KLAUS ERFMEYER

Gutachterland

TRIEBTÄTER Ein einfaches Hotel in der Dortmunder Nordstadt erhält an einem späten Novemberabend überraschenden Besuch: Die attraktive Miriam bittet auf der Flucht vor ihrem Ehemann den Nachtportier Bojarzin um Unterkunft. Währenddessen übernimmt Rechtsanwalt Stephan Knobel eher widerwillig das Mandat seines früheren Schulkameraden Patrick Budde, der inzwischen ein anerkannter Psychologe und Sachverständiger geworden ist. Knobel soll für den arroganten und selbstgefälligen Budde dessen gescheiterte Ehe mit Miriam abwickeln.

Als Budde erfährt, dass sich Miriam bei Bojarzin aufhält, wittert er seine Frau in Gefahr. Budde hat vor Jahren Bojarzin in einem Sachverständigengutachten als gefährlichen Triebtäter entlarvt. Doch Buddes Entdeckung kommt zu spät. Miriam und Bojarzin sind verschwunden, und Knobels Versuch, sich an die polizeilichen Untersuchungen zu heften, stößt auf das Misstrauen des die Ermittlungen leitenden Kommissars Kämpmann.

Klaus Erfmeyer wurde 1964 in Dortmund geboren. Nach dem Jurastudium an der Ruhr-Universität Bochum begann er 1993 seine Tätigkeit als Rechtsanwalt in Essen. Er ist zugleich Fachanwalt für Verwaltungsrecht und Fachanwalt für Familienrecht, außerdem Lehrbeauftragter für Öffentliches Recht an der Universität und referiert häufig über Fachthemen bei Unternehmen und Verbänden. Seit 2002 ist er Seniorpartner der Kanzlei Erfmeyer, Wassermeyer & Dudda in Essen und veröffentlicht neben Romanen zahlreiche Fachbeiträge. Mit »Gutachterland« legt er den neunten Kriminalroman rund um den Rechtsanwalt Stephan Knobel vor. Sein Roman »Karrieresprung« wurde für den Friedrich-Glauser-Preis in der Sparte »Bestes Debüt« nominiert.

Bisherige Veröffentlichungen im Gmeiner-Verlag:
Rasterfrau (2014)
Drahtzieher (2012)
Irrliebe (2011)
Endstadium (2010)
Tribunal (2010)
Geldmarie (2008)
Todeserklärung (2007)
Karrieresprung (2006)

KLAUS ERFMEYER

Gutachterland

Knobels neunter Fall

GMEINER SPANNUNG

Personen und Handlung sind frei erfunden.
Ähnlichkeiten mit lebenden oder toten Personen sind rein zufällig und nicht beabsichtigt.

Besuchen Sie uns im Internet:
www.gmeiner-verlag.de

Im Ehnried 5, 88605 Meßkirch
Telefon 07575/2095-0
info@gmeiner-verlag.de

1. Auflage 2015

Lektorat: Claudia Senghaas, Kirchardt
Herstellung: Benjamin Arnold
Umschlaggestaltung: U.O.R.G. Lutz Eberle, Stuttgart
unter Verwendung eines Fotos von: © bildamacha / photocase.de
Druck: GGP Media GmbH, Pößneck
Printed in Germany
ISBN 978-3-8392-1771-9

Für meine Tochter Liona Merita und meine Frau Anja

KAPITEL 1

Der Portier hatte ihre Ankunft zu dieser späten Stunde nicht mehr erwartet. Es war kurz vor 23 Uhr, als ihn die Nachtglocke im Büro hinter der Hotelloge aufschreckte.

Das alte Hotel, in dem er nun seit drei Jahren im Wechsel mit einem Kollegen den Rezeptionsdienst leistete, lag nahe der Dortmunder Innenstadt unmittelbar neben der Bahnstrecke, die – auf einem Damm verlaufend – die hier beginnende Nordstadt mit ihren Sexlokalen und Spielhallen vom Zentrum trennte und wie eine Grenze zwischen sozialen Welten wirkte. Das Haus war über die Jahrzehnte von baulichen Veränderungen, die kosmetisch der Verelendung der Nordstadt Einhalt gebieten sollten, im Wesentlichen unberührt geblieben. Lediglich die alte Haustür war durch eine große Glastür ersetzt worden. Auch der Kreis der Hotelgäste war gleich geblieben. Zumeist stiegen Vertreter, Monteure und Geschäftsreisende hier ab, die eine einfache und kostengünstige Übernachtungsgelegenheit suchten und mit dem schlichten, aber verlässlichen Service des Hotels zufrieden waren. Die funktional und schmucklos eingerichteten Zimmer verfügten durchweg über aus den 70er-Jahren stammendes Inventar. Neu waren einzig die Flachbildfernseher, die Giuseppe Mantini, seit nunmehr fast 20 Jahren Eigentümer des Hauses und neben seiner Eigenschaft als Hotelier auch Betreiber zweier Pizzerien, in jedem der 20 Zimmer diebstahlsicher montiert hatte. Mantini wusste, dass seine Gäste nach ihrer Ankunft im Hotel dieses zumeist bis zum nächsten Morgen nicht mehr verließen, und folgerichtig hatte er sein Geschäft nicht auf gesellige Runden in dem ohnehin nur kleinen Aufenthaltsraum ausgerichtet, sondern auf häufig einsame Männer, die sich allein vom Fernsehen unterhalten ließen. Er verzichtete auf eine Bar in seinem Haus. Stattdessen bot er Getränke – bevorzugt Bier, süffigen Wein und Spirituosen – überteuert in einem im Foyer stehenden Automaten an, und ein an alle Zimmertüren geheftetes Blatt informierte über die üppigen Preise und Mantinis noch viel teureres Angebot, über die Bildschirme Erotikfilme konsumieren zu können. Der Hotelier vermutete nicht zu Unrecht, dass auch dieser Service ihn davor bewahrte, sein Haus mangels Gästen schließen zu müssen, denn er wusste, dass er mit einem verlässlichen Angebot für eine klar umrissene Zielgruppe besser fuhr als manche Konkurrenten, die es allen recht machen wollten und keinen Gast auf Dauer binden konnten. Mantinis Konzept war einfach: schlichte Zimmer, geringe Übernachtungspreise – und der ebenso sichere wie lukrative Zuverdienst aus dem Verkauf von Getränken und dem stets erweiterten Filmangebot. Er setzte auf das bezahlbare Minimum und servierte morgens ein im Preis inbegriffenes karges Frühstück. Es gab kein Buffet, keine Frischwurst und auch keinen Fruchtsalat. Kaffee und Tee standen in Thermosflaschen bereit. Jeder Gast bekam zwei Brötchen, Marmelade in verschweißten Döschen, portionierte Butter und Honig – das war's. Mantinis Stammgäste indes wussten einen besonderen Service zu schätzen, von dem nur jene Kenntnis hatten, die sich das Vertrauen des Hoteliers erworben hatten oder sich auf die Empfehlung eines anderes Gastes berufen konnten: Wer sich unter diesen Voraussetzungen an Mantini wandte, wenn er selbst hinter dem Tresen Dienst schob, erhielt Kontaktdaten, die den Weg zur Erfüllung aller besonderen Wünsche der Gäste ebneten. Man erhielt Zugang zu Pokerrunden und Prostituierten, Vermittlern jeder Art von Diensten und Händlern von Waren, die legal nicht den Besitzer wechseln konnten. Mantini verstand, derartige Kontakte in einem ausgeklügelten System von Kontrolle und Gegenkontrolle zu vermitteln, das zum einen ihn und seine Kontaktperson schützte und zum anderen sicherstellte, das er die stets wechselnden Schlüsseldaten nicht aus der Hand gab. Wer den Kontakt ein zweites Mal suchte, musste erneut den Weg über Mantini wählen – und hierfür wieder im Hotel absteigen. Das Hotel war in Person seines Eigentümers zu einer Vermittlungsagentur unterschiedlicher Bedürfnisse und Geschäfte geworden, dessen Erfolgsrezept darin bestand, dass außer Mantini niemand Überblick über deren Art und Umfang hatte und er sein Wissen nur seinem Notizbuch und nicht seinen Angestellten anvertraute. Mantini hatte seinem Empfangspersonal eingeschliffen, dass sie es mit der Aufnahme der Personalien des Gastes nicht besonders genau nehmen mussten und großzügig darüber hinwegzusehen hatten, wenn sogenannte Servicedamen für einige Stunden im Hotel weilten und sich dort so selbstverständlich bewegten, als seien sie dort zu Hause.

Mantini entlohnte seine Herren am Empfang mit regelmäßigen Barzuwendungen, die er immer dann tätigte, wenn sie sich ihrer Vertrauensstellung in besonderer Weise würdig erwiesen hatten und gegenüber ihrem Chef mit gespieltem Desinteresse wortlos ihren Obolus dafür einforderten, dass alles in dem Hotel so reibungslos weiterlaufe wie bisher. Mantini quittierte diese zum Ritual gewordenen Forderungen mit der Hingabe von Fünfzig- oder Hunderteuroscheinen, die zumeist im stillen Einverständnis ihre Besitzer wechselten.

Mantinis Portiere brauchten Geld, viel mehr Geld, als sie mit ihrem Job hinter dem Tresen des alten Hotels redlich würden verdienen können.

Der eine war ein früherer Frisör, der seinen Salon aus wirtschaftlicher Not aufgeben musste, nachdem er als einst gefeierter Starfrisör hohe Umsätze und damit teure Autos fahren konnte, die er nach dem Niedergang des Geschäfts ebenso wenig zu bezahlen vermochte wie den Unterhalt für seine beiden noch immer schön anzusehenden Exfrauen.

Der andere war der, der am heutigen Abend im Hotel Dienst tat. Ein stiller Mann, Mitte 40, im Hotelfach zu Hause und mit besten Referenzen angesehener Häuser versehen, die Mantini ungläubig hätten aufsehen lassen, wenn er nicht aus dem Kreis seiner vertraulichen Gäste gewusst hätte, dass dieser Mann nicht mehr auf dem offiziellen Markt vermittelbar war und dringend Geld benötigte. Mantini hatte feinsinnig bemerkt, dass bei dem anderen etwas Dunkles auf der Seele lag – und er hatte erkannt, dass dieses Dunkel der Seele die beste Gewähr dafür bot, das er das Dunkel der Geschäfte Mantinis unangetastet ließ, wenn man sich nur wechselseitig in Ruhe ließe. Mantini hatte in diesem Mann den idealen Portier gefunden. Der Hotelier ahnte, dass diesen schlanken Portier mit seinen für dieses Hotel übertrieben scheinenden guten Manieren eine gewisse Verzweiflung nahezu demütig einen Job machen ließ, den er keinesfalls lieben konnte. Er würde ihn so lange ausführen, bis er eines Tages auf seinem rätselhaften Weg weitergehen musste. Deshalb spürte Mantini auch, dass der Zeitpunkt der Trennung nahte, und er bedauerte sie schon jetzt, wissend, dass die Loyalität des anderen dauerhaft sein und dessen Wissen niemals zur Gefahr für Mantinis Geschäfte werden würde.

KAPITEL 2

Der Portier hatte das Büro und den Tresen seitlich verlassen. Er ging zu der großen Glastür, die zur Straße hinausging und der schmucklosen Außenfassade so etwas wie einen Blickfang bescherte. Wer von der Straße aus das Hotel betrachtete, konnte in der Dunkelheit durch die Glastür in das beleuchtete Foyer und an dessen Ende bis auf den Empfang blicken. Das Hotel wirkte hier einladend und transparent, und es schien, als hätte diese vor rund fünf Jahren getätigte Investition Mantinis ihren Teil dazu beigetragen, als verschleiere ausgerechnet der gläserne Zugang zum Hotel die krummen Geschäfte, die hier vermittelt wurden.

Ab 20 Uhr war der Eingang an jedem Abend verschlossen, und es war Sache des Portiers, ab diesem Zeitpunkt, zu dem auch stets der Nachtdienst begann, Besucher in das Haus zu lassen oder mit Gesten und Worten abzuwimmeln, wenn Gefahr drohte. Es oblag dem Portier, die von Mantini so genannte »Gefahrenlage« einzuschätzen. Einzige Weisung Mantinis war, die Polizei nur dann hineinzulassen, wenn ein Durchsuchungsbeschluss vorlag (dessen Aussehen und Inhalt er seinen Portieren vorbereitend erläutert hatte), und ihn in diesem Fall sofort zu verständigen.

Der Portier sah durch die geschlossene Glastür nach draußen. Die ohnehin nur notdürftige Straßenbeleuchtung verwandelte den feinen Novemberregen in grauweiße Schleier. Die Gestalt vor der Glastür verhielt sich still. Die Lampe unter dem Vordach wurde mittels eines Bewegungsmelders gesteuert und schaltete nach zu kurzer Zeit wieder ab. Der Portier fand mit gekonntem Griff den seitlich neben der Eingangstür in das Mauerwerk eingelassenen Taster, mit dem er die Vordachbeleuchtung händisch einschaltete, ohne dass er seinen Blick von der Person abwandte, die vor der Tür stand.

Jetzt erst sah er die Frau, die sich vor rund zwei Stunden telefonisch angekündigt und das Hotel ihren wispernden Worten nach von einem der wenigen verbliebenen öffentlichen Telefone aus angewählt hatte. Es war ein eigentümliches Telefonat gewesen – schon deshalb, weil nur selten Frauen in diesem Haus logierten, vor allem aber deshalb, weil sich ein Gespräch entwickelt hatte, das so anders war als die Telefonate, die der Portier üblicherweise mit sich ankündigenden Gästen führte.

Der Anruf war eingegangen, als sich der Portier in Erwartung eines ruhigen Freitagabends dem kleinen Fernseher gewidmet hatte, der dem Nachtdienst von 20 Uhr abends bis 5 Uhr morgens über die Zeit half, bevor der kleine und als solcher fast nie genutzte Aufenthaltsraum mit Frühstück einzudecken und den Gästen ab halb sechs zur Verfügung zu stellen war. Anrufe am Freitagabend waren selten. Gäste für die nächste Arbeitswoche (auch wenn es häufig nur eine vermeintliche Arbeitswoche war) hatten zumeist schon vorbestellt. Gäste, die sich nur für ein Wochenende einquartieren wollten, waren die Ausnahme.

Die Frau, die gegen halb neun an diesem Abend angerufen hatte, begann ihr Telefonat mit den Worten, dass sie sich nicht sicher sei, das Richtige zu tun.

»Ich überfalle Sie förmlich in der Nacht«, hatte sie gesagt und dabei unsicher gelacht. Der Portier hatte nicht sofort geantwortet. Sein Anstand und seine Intuition geboten, sich zurückzuhalten. Er wollte eine Frau, der der Anruf Überwindung gekostet hatte, nicht mit Worten lenken, die unangemessen wirken und falsch sein konnten. Er hatte einige Augenblicke in den Hörer gehorcht, doch es hatte keine Stille geherrscht. Der Portier hatte ruhig und hörbar geatmet. Er war unauffällig präsent, abwartend und einladend.

»Darf ich Ihnen weiterhelfen?«, hatte er schließlich unaufgeregt gefragt.

Warum hatte er sich interessiert gezeigt? War es die Höflichkeit, die ihm zu eigen war und die er auf der Hotelfachschule vervollkommnet hatte? Dort hatte er gelernt, fehlgeleitete oder belästigende Anrufe zuvorkommend abzuwehren. Nüchtern betrachtet war ungewiss, ob die Frau ein Zimmer suchte – insbesondere, ob sie ein Zimmer in diesem Hotel suchte. Also wäre es nicht falsch gewesen, ihrer Unsicherheit mit Verbindlichkeit zu begegnen. Er hätte sie auffordern können, sich präzise zu erklären, und sie hätte – das spürte er – das Gespräch beendet. Er hätte ungestört wieder fernsehen können. Spontangäste waren selten in diesem Haus. Mantini schätzte sie auch nicht – er witterte in diesen Fällen Gefahr. Er konnte sich keine Gäste vorstellen, die zufällig auf das alte Hotel in einer Seitenstraße hinter dem Bahndamm stießen.

Hätte der Portier die Frau abgewimmelt, hätte er alles richtig gemacht. Aber er machte es anders. Er eröffnete der Frau eine Option. ›Sucht die Nähe zu Frauen‹, hatte man ihm attestiert. Ein Satz, dessen Aussage so unschuldig sein kann – und die doch so fatal war. Der Satz deutete auf etwas Triebhaftes hin, als nähme mit der Suche nach Nähe ein böses Schicksal seinen Lauf. Es war nichts dergleichen. Er war sich seiner sicher, so sicher man sich seiner sein kann, wenn man sich selbst vertraut.

»Mein Anruf muss Ihnen merkwürdig erscheinen«, hatte sie gesagt.

»Warum sollte er?«, hatte er geantwortet, sofort spürend, dass er nicht ehrlich gewesen war. »Wir sind ein Hotel«, hatte er lapidar angefügt und sich augenblicklich aus der Unverbindlichkeit gelöst. »Auch als Portier bin ich natürlich Mensch.«

Er hatte über diesen dümmlichen Satz gelächelt, dann hatte er sich gefragt, warum er ohne Not den Damm einriss, den er soeben errichtet hatte. Mehr noch, er hatte ihr die Tür geöffnet. Er hatte sich auf die Lippen gebissen. Was war unnormal daran, sich einem Menschen zu öffnen, der auf der Suche war. Er war normal, würde sich nicht ins Gegenteil verkehren lassen, hatte nichts Unrechtes gemacht. Sucht nach Nähe ... – Ja, warum nicht?

»Sie sollten bei der Telefonseelsorge arbeiten«, hatte sie erwidert. Ihre Stimme war bei diesem Satz gehoben, als hätte sie Kraft aufwenden müssen, um sich leicht zu geben.

Doch er spürte, dass ihr nichts leicht war.

›Neigt dazu, zu psychologisieren‹, zitierte er aus der Erinnerung. ›Versteckt seine Neigungen hinter dem scheinbaren Begehren, dem anderen helfen zu wollen‹, fuhr es ihm durch den Kopf.

»Habe ich Sie sprachlos gemacht?«, hatte sie gefragt.

»Nein«, hatte er mit Bedacht erst nach einigen Sekunden geantwortet. Seine Stimme war die ganze Zeit ruhig geblieben. »Ich habe mich in meinen eigenen Gedanken verfangen«, hatte er ihr erklärt. Er war ehrlich.

›Glaubt daran, dass das, was er sagt und denkt, gut und richtig ist‹, erinnerte er sich.

»Ich suche ein Zimmer – für eine Weile«, hatte sie schließlich gesagt. »Vielleicht nur für eine Nacht, vielleicht bis irgendwann – und irgendwann kann übermorgen, nächste Woche oder wann auch immer sein.«

Es war ein schnörkelloses Eingeständnis ihrer Hilflosigkeit gewesen. – ›Neigt dazu, zu psychologisieren …‹

»Wie kommen Sie ausgerechnet auf dieses Hotel?«, hatte er gefragt, als ihm ins Gedächtnis stach, dass Mantini ihn geohrfeigt hätte, wenn er erfahren hätte, wie arglos er das Hotel preisgab.

»Ich will nicht gefunden werden.«

Ihre Stimme war klar und hell. War es ihre Stimme, die ihn fesselte? Hätte er sich auf die Frau eingelassen, wenn sie mit brüchiger Stimme gesprochen hätte? Oder wenn sie rauchig und alt geklungen hätte? Was wäre gewesen, wenn die Frau geweint und ihr Schluchzen ihn in die Verantwortung genommen hätte? Er hätte sie abgewimmelt, wusste er. Das Telefonat gewährte wohltuende Distanz.

»Ich kann Ihnen keine professionelle Hilfe geben«, antwortete er knapp und eher, um Mantinis Distanzgebot zu genügen. Er musste sich herausziehen, einer Aufgabe entledigen, die er nicht übernommen hatte.

›Fängt die Menschen ein‹, erinnerte er sich, und die Erinnerung schlug unerbittlich zu. – Ja, alles was er ohne Hintergedanken und nur aus einer Laune heraus tat, konnte aus der Sicht eines Dritten ganz anders interpretiert und gegen ihn ausgelegt werden. Heute war er sich sicher, dass man für und gegen jeden Menschen alles finden, attestieren und begründen konnte. Jeder Mensch war grau, und es oblag allein dem Geschick eines Gutachters, sich der Klaviatur seiner Methoden und Theorien zu bedienen, um aus dem Farbgemenge das Weiß oder das Schwarz hervorzuheben. Er mochte die Frau am Telefon, ohne sie zu kennen und bisher auch nur einmal gesehen zu haben.

»Bekomme ich ein Zimmer?«

»Selbstverständlich«, antwortete er, ohne sich eilfertig oder anbiedernd zu geben. »Darf ich für Sie reservieren?«

»Ich komme im Laufe des Abends«, entschied sie. »Ich vermute, Sie haben noch Kapazitäten frei.«

»Ich möchte doch lieber Ihren Namen vormerken«, entgegnete er höflich.

»Miriam«, diktierte sie ihm durchs Telefon in den Notizblock.

»Und der Nachname?«

»Bitte, es kostet mich enorme Überwindung, überhaupt diesen Schritt zu gehen.«

»Machen wir später«, entschied er. »Ich werde da sein, wenn Sie hier ankommen.«

Der Portier näherte sich der Tür und winkte die Frau ins Licht der Eingangsbeleuchtung. Die Frau vor der Glastür war älter, als er sie vom Klang ihrer Stimme her eingeschätzt hätte. Sie mochte Mitte 30 bis 40 sein. Eine hochgewachsene schlanke Frau in einer dunklen Flanelljacke. Auf ihren schwarzen zusammengeknoteten Haaren glänzten Regentropfen.

Der Portier drückte den Türöffner.

Das laute Summen an der Glastür schien sie zuerst zu irritieren. Sie drehte sich noch einmal um, als müsse sie sich vergewissern, dass ihr niemand gefolgt war. Dann trat sie ein.

»Eigenartiges Gefühl, wenn man sich erstmals in die Augen sieht, nachdem man sich doch schon fast tiefgründig unterhalten hat.« Er lächelte verlegen, auch über seine gestelzten Worte. »Enttäuscht?«

›Sucht die Nähe zu Frauen …‹ – Nein, er verhielt sich nur nett.

»Sie tragen ja tatsächlich eine Uniform!«, spöttelte sie mit einem flüchtigen frechen Grinsen und wischte sich Regentropfen aus ihrem glänzenden Gesicht. Er sah ihre strahlend weißen Zähne.

»Ein Livree«, korrigierte er.

»Ich dachte, so etwas gebe es nur im Vier Jahreszeiten in München oder im Sacher in Wien …«

»Willkommen in Dortmund«, parierte er und deutete eine Verneigung an.

»Danke, ich komme aus dieser Stadt.« Sie trat in das Foyer.

Sie flüchtet vor ihrem Mann, ahnte er.

»Geht es Ihnen besser?«, erkundigte er sich.

»Nein. Wie sollte es?«

»Weil Sie gerade eben für einen Moment fast ein wenig gelöst wirkten.«

»Mir ist nicht zum Lachen zumute, auch wenn ich es zwischendurch immer wieder versuche«, erwiderte sie ernst.

»Haben Sie entschieden, wie lange Sie bleiben wollen?«, fragte er.

»Zunächst nur diese Nacht«, antwortete sie. »Dann sehen wir weiter.«

Er nickte.

»Ich zeige Ihnen Ihr Zimmer.« Er ging hinter den Tresen und nahm einen Schlüssel vom ledergepolsterten Brett, das noch aus der Anfangszeit des Hotels stammte und mit seinen verschnörkelten Messinghaken und den Schlüsseln mit ihren birnenförmigen Kunststoffanhängern, in die die Zimmernummern eingeprägt waren, fast museal wirkte.

»Brauchen Sie meine Daten?«, fragte sie.

»Nicht jetzt. – Außerdem wollen Sie doch nicht gefunden werden.« Er lächelte. »Folgen Sie mir bitte!«

Ihm war aus seinen Diensten in den großen Häusern bekannt, dass die verlässliche Vertraulichkeit den besonderen Wert eines guten Hotels ausmachte und neben allen Annehmlichkeiten im Service gerade die vom Gast eingeforderte Verschwiegenheit das Haus empfahl.

Er verließ den Tresen und ging durch das Foyer voran. Erst jetzt fiel ihm auf, dass sie kein Gepäck bei sich trug. Sie erriet seine unausgesprochene Frage.

»Ich bin einfach gegangen und über zwei Stunden umhergefahren«, erklärte sie. »Es war kein einfacher Entschluss für mich. Ich brauche jetzt nur etwas Ruhe.«

Er ging voran. Es kam so gut wie nie vor, dass er einem Gast sein Zimmer zeigte. Es gab auch nichts zu zeigen, was der besonderen Erwähnung wert gewesen wäre. Er kam sich lächerlich vor in seinem roten Livree mit den goldenen Epauletten.

»Ich gebe Ihnen die 16«, sagte er und stieg vor ihr die Treppe hinauf. Er hätte mit ihr den Aufzug benutzen können, aber er wollte die verlegene Nähe vermeiden, die sich in der engen Kabine unweigerlich ergeben hätte. Das Hotel verfügte über einen engen und mittlerweile über 50 Jahre alten Lift, der maximal drei Personen Platz bot, die sich eng aneinanderdrängen mussten, während sich die verbrauchten Falttüren unter lautem Zischen schlossen und nach ruckender Fahrt wieder öffneten. Der Portier hatte in früheren Zeiten während seiner Dienste in vornehmen Häusern die ankommenden Gäste wie selbstverständlich im Aufzug fahrend zu ihren Zimmern begleitet, und es war ihm stets ein Leichtes gewesen, mit höflicher und unverbindlicher Konversation die Momente des erzwungenen Nebeneinanders zu bestehen. Doch dieser Frau gegenüber konnte er weder schweigen noch in unverbindliches Plaudern zurückfallen. Der enge Lift wäre für ihn zur Falle geworden.

Woher sie kam und warum sie ausgerechnet in dieses Hotel ging? Das waren Fragen, deren Antworten ihn interessierten und die zu stellen er sich verbat.

Er sperrte die Tür zu Zimmer 16 auf. Ihm schlug jener muffige Geruch entgegen, der in jedem der 20 Zimmer waberte. Lüften nutzte nichts. Der Geruch stieg aus dem verfilzten Teppichboden auf, kam aus dem überalterten Mobiliar, das nie mit Pflegemitteln gereinigt und behandelt wurde, und er nistete in den staubgetränkten Vorhängen und den gilbenden Strukturfasertapeten.

Der Portier riss trotzdem das Fenster zum Innenhof auf, als könnte er damit Frische ertrotzen. Er sah einen Moment in den unattraktiven Hof, in dem im Schein einer Neonbeleuchtung der Regen lautlos aus einer bleiern wirkenden Luft auf den Boden trieb. Der Blick ging auf die verlassenen Büros eines Lageristen und auf Fenster der Häuser der Parallelstraße, von denen die meisten dunkel in die Nacht gähnten. Nur vereinzelt sah er Licht hinter den Fenstern, hier und da auch das bläuliche Flackern eines Fernsehers. Fast nie sah er Menschen, wenn er aus einem der Zimmerfenster in den Innenhof sah. Auch heute nicht.

»Brauchen Sie Zahnpasta und Zahnbürste?«, fragte er, als er sich umwandte.

Sie schüttelte den Kopf.

»Danke, ich habe mir das Nötigste vorhin noch in der Drogerie im Bahnhof gekauft. Haben Sie vielen Dank für alles!«

Sie holte die Utensilien aus ihrer Jacke, als wollte sie ihre Worte unter Beweis stellen.

»Sehe ich Sie morgen wieder?«

»Nur, wenn Sie ganz früh aufstehen. Mein Dienst geht nur bis sechs.«

»Danke noch mal!« Sie gab ihm ihre rechte Hand. Er spürte ihren festen Händedruck, sah in ihr Gesicht und wich ihrem Blick nicht aus.

»Wofür?«, fragte er und meinte es aufrichtig.

»Es wird schwierig im Leben, wenn die Konstanten wegbrechen«, sagte sie gepresst.

Er nickte und verbiss sich die Antwort, dass er wisse, was sie meinte.

»Es ist gut für heute«, schloss sie und ließ ihn an sich vorbeigehen.

Sie schob sanft die Tür ins Schloss. Der Portier ging nach unten und vergewisserte sich, dass die Glastür verschlossen und die Vordachbeleuchtung wieder ausgeschaltet war. Dann verschwand er im Büro. Die Leuchtstoffröhre flackerte und schlug leise dazu im Takt. Das Fernsehen lief noch immer. Er setzte sich in den alten speckigen Sessel, den Mantini von dem früheren Eigentümer des Hotels übernommen hatte, legte die Füße auf den Tisch neben dem Fernseher und verfolgte lustlos das Programm, wie er es immer tat, wenn er seinen Nachtdienst versah. Doch der Abend war besonders gewesen.

KAPITEL 3

Stephan Knobel hatte der Feier zum 25. Jahr des Bestehens des Abiturs mit gemischten Gefühlen entgegengesehen. Von den meisten seiner früheren Mitschülerinnen und Mitschüler hatte er seit dem Ende der Schulzeit nichts mehr gesehen oder gehört, und er hatte seitdem auch das Schulgebäude, in dem die Feier stattfand, nie mehr betreten.

Er erinnerte sich noch deutlich an den letzten Schultag, als ein Fotograf das finale Zusammensein in der Schule auf einem Gruppenbild festhielt. Das arrangierte Motiv war spontaner Anlass für ein überschwängliches Gelöbnis, sich fortan regelmäßig treffen und untereinander in Kontakt bleiben zu wollen. Aus alledem war bis zum heutigen Abend nichts geworden, und es war einzig der Initiative zweier Ehemaliger zu verdanken, die in mühevoller Kleinarbeit Adressen recherchiert und das erste gemeinsame Wiedersehen – ein halbes Jahr nach dem eigentlichen Jubiläum – an diesem verregneten Novemberabend arrangiert hatten.

25 verstrichene Jahre ließen sich nicht an einem Abend mit Erzählungen füllen, und im Grunde war es auch nicht interessant, warum das Leben in dieser Zeit dem einen Glück und dem anderen Pech beschert hatte. Das Wiedersehen komprimierte die Entwicklung der vergangenen Jahre zum Abgleich des Erreichten. Man erfuhr, wer welche Karriere gemacht hatte, wer verheiratet und wer allein geblieben war, und wer von sich alles in allem behaupten konnte, es geschafft zu haben. Die Feier bot die Bühne, das Hier und Jetzt schlaglichtartig zu beleuchten. Es gab

unausgesprochene Gewinner und Verlierer – und einige wenige, deren Weg in geheimnisvoll erscheinender Weise geradlinig nach vorn verlaufen und zu Zielen geführt hatte, die den anderen wie die irreal erscheinende Verwirklichung eines Traumes anmuteten. Der Werdegang des Professor Dr. Patrick Budde galt als Muster einer Bilderbuchkarriere, die sich nur damit erklären ließ, dass der Weg des früheren ungeliebten Primus mit konstanten Bestnoten vorgezeichnet war und jedem verschlossen bleiben musste, der nicht wie er beharrlich danach gestrebt hatte, sich selbst beständig mit neuen Höchstleistungen zu übertrumpfen. Jeder, der sich mit dieser Erklärung behalf, wusste zugleich, dass sie nichts taugte. In Wahrheit besaß Patrick Budde eine überragende Intelligenz, die es ihm schon immer gestattet hatte, seine stets besten Leistungen mit wenig Aufwand zu erreichen, und es war ihm schon zu Schulzeiten ein Leichtes gewesen, sein kompaktes Wissen zu jeder Zeit abzurufen und auch mit außergewöhnlichen Vorträgen zu brillieren. Einzig im Fach Sport hatte der schon damals kräftige und nunmehr dick gewordene Patrick geschwächelt. Seine unbeholfenen Versuche, an den Geräten halbwegs brauchbare Leistungen zu zeigen, machten ihn in diesen Situationen zum Ziel des Spotts, denen all jene entgegenfieberten, die in seinem körperlichen Versagen einen gerechten Ausgleich für seine sonstigen Bestnoten sahen. Patrick Budde, ein heute stattlicher Mann mit wuchtiger Statur, grauem Bürstenhaarschnitt und ebensolchem Vollbart, hatte die seinerzeitigen Verletzungen nie vergessen, auch wenn er sich dem ungeliebten Sport bald nach Eintritt in die Oberstufe durch Abwahl entledigen konnte.

Buddes besonderes Interesse galt der Psychologie, der er damals seinen schulischen Schwerpunkt widmete, um im Anschluss daran an den für dieses Fach bedeutendsten Universitäten dieses Fach zu seinem Beruf zu machen. Er hatte sein Studium intelligent und zielstrebig betrieben, hierbei seine Sprachbegabung genutzt und einige Semester in Frankreich und den USA absolviert, bevor er in Heidelberg sein Studium mit Bravour abschloss, dort promovierte und daran anschließend habilitierte. Aus Buddes ersten Veröffentlichungen in Fachzeitschriften entwickelte er in der Fachwelt mit Interesse gelesene Bücher, und er wurde zeitgleich gefragter Referent auf einschlägigen Tagungen, bald auch deren Initiator und Moderator. Patrick Budde hatte es geschafft, und er, der sich vor gut 25 Jahren als einer der Ersten von der Abiturfeier verabschiedete, weil er sich nach dem für ihn ungewohnten Alkoholgenuss nicht mehr auf den Beinen halten konnte, erschien an diesem Jubiläumsabend als einer der Ersten – strahlend, aufgeräumt und entspannt, wie man ihn zu Schulzeiten nie erlebt hatte. Seine Körperfülle, die ihn eher schlurfen als gehen ließ, schien er wie eine Wohlfühltrophäe zu präsentieren, und es befriedigte ihn, mit seiner demonstrierten Unsportlichkeit heute jenen einen Hieb zu versetzen, die sich zu Schulzeiten über seine Ungelenkigkeit amüsiert hatten und dem im Erfolg badenden Budde heute nichts entgegenzusetzen hatten, was dessen Karriere nur im Ansatz ebenbürtig war.

Erst später am Abend kam Patrick Budde auf Stephan zu, und es war, als hätte der von allen bewunderte Star alle bisherigen Gelegenheiten zu einem vertiefenden Gespräch mit Stephan gemieden, um sich jetzt mit ihm vertraulich in eine Ecke zurückziehen zu können, in die Budde nun seinen früheren Schulkameraden drängte, indem er ihn mit sanftem Druck an der jetzt aufspielenden Band vorbei in einen Nebenraum führte.

Budde setzte sich mit lautem Schnaufen an einen Tisch, doch kaum, dass er saß, befand er, dass es hier wegen der gut zu hörenden Musik zu laut sei, und schlug einen Gang über den Schulhof vor. Stephan nickte, sie zogen sich wortlos ihre Mäntel über und verließen das Gebäude.

Stephan hatte zu Schulzeiten fast keinen Kontakt zu Patrick Budde gehabt. Der Zufall hatte sie weder in den früheren Klassenverbänden noch in den späteren Kursen zusammengeführt. Sie kannten sich tatsächlich nur vom Sehen, und dieser Umstand schien für Patrick Budde bedeutsam zu sein, als er mit Stephan auf dem Schulhof ein vertrauliches Gespräch begann.

»Du bist Anwalt geworden, Stephan«, sagte Budde. »Ich habe vor einigen Monaten in der Zeitung von dir gelesen, als du einen recht spektakulären Prozess zugunsten deines Mandanten entscheiden konntest.«

»Wiederaufnahmeverfahren in einem Mordprozess«, antwortete Stephan abgeklärt. »Ein früherer Lehrer war zu Unrecht wegen des Mordes an einem Rentner verurteilt worden. Ich habe ihm zum Freispruch verholfen.«

Er spulte diese Worte ebenso herunter wie Budde die seinen, die er sich offensichtlich zur Eröffnung des Gesprächs zurechtgelegt hatte. Stephan war in den vergangenen Monaten immer wieder auf seinen Erfolg angesprochen worden, und so geschäftsmäßig und gelernt diese Worte aus seinem Mund klangen, so sehr waren sie nach wie vor von Stolz getragen. Der Fall des unschuldig verurteilten Lehrers hatte ihm über Nacht zu Ansehen verholfen und die leere Kanzleikasse mit Honoraren aus Folgeaufträgen gefüllt.

»Der Fall hat Schlagzeilen gemacht«, wusste Budde. »Es stand sogar in Düsseldorf in der Zeitung, wo ich damals wohnte.«

Sie schwiegen eine Weile. Stephan merkte, dass Buddes Interesse an ihm rein beruflicher Natur war, was ihm nur recht sein konnte, weil er sich nicht zu jenen Lobeshymnen über Buddes Karriere verleiten lassen wollte, die er anderen abzunötigen verstand.

Über Professor Dr. Budde las man häufig in der Zeitung – und das bundesweit. Er galt als leuchtender Stern auf dem Gebiet der Psychologie. Jetzt drehte Stephan mit ihm Runden über den dunklen Schulhof wie Gefangene beim täglichen Freigang im Innenhof einer Haftanstalt. Sie klappten die Kragen ihrer Mäntel hoch. Der Regen stieb fein in ihre Gesichter.

»Meine Welt ist nicht so makellos, wie sie scheint«, setzte Budde wieder an, während er hörbar kurzatmiger wurde. »Lass uns dort in eine Ecke gehen«, bat er. »Es ist nicht leicht, über diese Sache zu sprechen. Ich muss mich konzentrieren, was ich bei diesem Gehetze nicht kann. Es mag Menschen geben, die sich bewegen müssen, um ihre Gedanken sammeln zu können. Ich gehöre mit Sicherheit nicht dazu. Das Gehirn braucht keinen Sport.«

Stephan schmunzelte. Buddes schulisches Versagen im Fach Sport hatte bis heute seine Spuren hinterlassen.

»Okay«, willigte Stephan gleichmütig ein. Vielleicht machte dieses Bestimmen die Erfolgsmenschen aus, überlegte er. Schnörkelloses Dirigieren auch in kleinen Dingen. Vorgaben machen, keine Frage danach stellen, ob das eigene Tun dem anderen recht war.

»Da hinten, Stephan!« Budde meinte eine Nische in dem rechtwinkligen Anstoß des Nebenflügels an das Hauptgebäude. »Weißt du noch, da war zu unserer Zeit die Raucherecke …«

»Ich weiß, aber ich habe nie geraucht, Patrick. – Was willst du von mir?«

»Ich habe bislang nie einen Anwalt gebraucht, Stephan. Also kann ich mir kein eigenes Bild davon machen, welcher Advokat etwas taugt und welcher nicht. Es mag viele geben, die mir Empfehlungen geben könnten, aber deren Wert ist relativ. Wenn einem ein Anwalt zum Erfolg verholfen hat, wird er von diesem Mandanten weiterempfohlen werden. Aber das sagt nichts darüber aus, ob dieser Anwalt wirklich gut ist oder nicht. Ich bin von Berufs wegen ein misstrauischer Mensch.«

»Psychologen können wohl nicht anders, als alles zu hinterfragen«, vermutete Stephan und setzte spitz nach: »Schon das harmlose Bohren in der Nase kann auf einen psychischen Defekt hindeuten, nicht wahr?«

»Kann es«, bestätigte Budde trocken. »Ich bin überzeugt, dass du einer der Besten deines Fachs bist«, fügte er unbeirrt hinzu.

»Eine kühne These für jemanden, der der Welt suggeriert, dass er das Wesen eines jeden durchleuchten könne, wenn er es nur lang genug studiert habe.«

»Eben«, erwiderte Budde kurz. »Ich kenne dich trotzdem. Kein Mensch verändert sich grundsätzlich. So, wie du zu Schulzeiten warst, bist du geblieben. Manchmal etwas still, aber immer bei der Sache. Gründlich in der Analyse, zurückhaltend im Urteil.«

»Du hast mich doch auch in der Schule nie unmittelbar erlebt«, meinte Stephan.

»Ich habe mir trotzdem ein Bild von dir gemacht«, gab Budde zurück. »Ich kann keine bessere Wahl treffen. Du bist mir bekannt und trotzdem nicht nahe. Ich weiß deinen Charakter und deine Arbeitsweise einzuschätzen und bin nicht darauf angewiesen, andere für dich sprechen zu lassen. Wenngleich mich der Zeitungsbericht über dich und deinen grandiosen Erfolg in diesem Wiederaufnahmefall natürlich beeindruckt, letztlich aber nur in meiner Diagnose bestätigt hat.«

»Diagnose …«, wiederholte Stephan belustigt.

Budde seufzte und orientierte sich in der Dunkelheit.

»Hier – an diesem Platz, den wir zu Schulzeiten nie betreten haben, diene ich dir mein Mandat an«, sagte er feierlich und parierte damit zugleich Stephans flapsige Reaktion. »Du wirst natürlich ordentlich für deine Dienstleistung bezahlt werden – ebenso wie deine Marie …«

Stephan verzog erstaunt die Mundwinkel.

»Ich habe den damaligen Zeitungsbericht genau gelesen«, sagte Budde und forderte damit zweifelsohne Bewunderung für seine Aufmerksamkeit ein.

Natürlich kannte Stephan den Artikel, der wortgleich in mehreren Zeitungen abgedruckt worden war. Marie, seine Lebensgefährtin, war tatsächlich darin – aber nur in einem Nebensatz – erwähnt worden, weil sie neben ihrer eigentlichen Tätigkeit als Lehrerin gelegentliche Recherchedienste für Stephan übernahm, soweit es ihre Zeit noch zuließ, seit sie und Stephan von ihrer nunmehr dreijährigen Tochter Elisa beansprucht wurden.

»Ich bin nicht unvorbereitet hergekommen«, nahm Budde Stephans weitere Frage vorweg. »Ich habe mich über dich erkundigt, weiß also mehr über dich und Marie, als der Artikel hergab.«

»Also …«, forschte Stephan.

»Ich stehe möglicherweise vor der Trennung von meiner Frau«, sagte Budde und verstummte für einen Augenblick, in dem er in Stephans Gesicht eine Regung zu suchen schien, soweit ihm das in der Dunkelheit möglich war.

»Ich weiß, das hört sich nicht spektakulär an – und für einen Außenstehenden ist es das wohl auch nicht. Für mich hingegen ist dies eine Katastrophe, vielleicht auch eine Niederlage, die neben ihrer persönlichen Tragik mich auch an meinen beruflichen Fähigkeiten zweifeln lässt. Du hast Miriam bislang nie kennengelernt. Sie ist eine attraktive warmherzige Frau, die ich vor fast zehn Jahren in der Überzeugung geheiratet habe, in ihr den Menschen gefunden zu haben, mit dem ich alt werden wollte. Meine wesentlichen beruflichen Schritte hatte ich bis zu diesem Zeitpunkt schon gemacht. Miriam hatte ich auf einem Kongress kennengelernt. Sie war dort als Kauffrau für den Veranstalter tätig. Wir verliebten uns augenblicklich ineinander – und sie wich mir fortan nicht mehr von der Seite. Es gibt Menschen in meinem persönlichen Umfeld, die unsere Ehe nie verstanden haben. Was sollte der angesehene Professor mit einer Frau anfangen, die ihm intellektuell vermeintlich nicht das Wasser reichen konnte? Was sollte umgekehrt diese Frau mit mir anfangen, der beruflich stets eingespannt war und ist und der seinerseits mit dem Gewerbe seiner Frau nichts anzufangen wusste? Kaum einer konnte sich mit der Erklärung zufriedengeben, dass es aus damaliger Sicht einfach passte. Leider blieben uns Kinder versagt – ein aus heutiger Sicht glücklicher Umstand. Vor etwa zwei Jahren begann Miriam, sich zu verändern. Ich kann kein Ereignis benennen, dass diese Veränderung ausgelöst haben könnte, und Miriam hat mir trotz meiner steten Bemühungen, den Ursachen auf den Grund zu gehen, nichts sagen können, was mir als schlüssige Erklärung gereicht hätte. Miriam zog sich mehr und mehr zurück. Sie verlor an Gewicht, obwohl sie nach meinem Eindruck zunächst nicht weniger oder etwas anderes aß. Auch heute noch ist sie eine attraktive Frau, aber sie hat sich äußerlich und vor allem in ihrem Wesen stark verändert. Sie ist oft teilnahmslos und still und lebt – wie es scheint – in einer eigenen Welt, die sich von meiner mehr und mehr entfernt. Miriam ist mir gegenüber freundlich geblieben – und doch von mir entrückt. Du kannst dir vorstellen, dass ich alles versucht und überlegt habe, sie zu verstehen und ihre Entwicklung nachzuvollziehen. Doch ich bin gescheitert, Stephan! Vielleicht gibt es Menschen, die an meiner Stelle auf die Zeit setzen würden. Aber ich befürchte, dass die Zeit nichts verändern wird. Miriam hat mir vor über einem halben Jahr einmal gesagt, dass sie sich in Düsseldorf nicht mehr wohlfühle. Wir hatten ein Haus im Ortsteil Bilk angemietet, in dem es uns an nichts fehlte. Trotzdem haderte sie mit allem und verließ – wie zu diesem Zeitpunkt schon fast ein Jahr nicht mehr – weiterhin kaum mehr das Haus. Stattdessen widmete sie sich einer gleichermaßen unermüdlichen wie wahllosen Internetrecherche nach allen möglichen Persönlichkeitsdefekten, ohne dass sie mich hieran im Detail teilhaben ließ. Seit einigen Monaten wohnen wir nun wieder in Dortmund. Ich dachte, es sei gut, wieder in unsere gemeinsame Heimatstadt zu ziehen, und anfänglich schien ihr dieser Wechsel auch gutgetan zu haben. Ich habe hier ein Haus gekauft, ähnlich komfortabel und elegant wie jenes in Düsseldorf, doch mit einem großen Garten dahinter, den man fast einen Park nennen kann. Doch Miriams früheres Wesen flackerte nach dem Ortswechsel nur kurz auf. Seit rund drei Monaten sitzt sie wieder überwiegend zu Hause und hängt ihren

Gedanken und Studien nach. Nur ab und zu verlässt sie das Haus, ohne mir ihr Ziel zu nennen und ohne mir nach ihrer Rückkehr zu sagen, wo sie gewesen ist. Sie ist mir entglitten, Stephan, und ich weiß, dass ich so nicht länger leben kann und will. Wenn es zur Trennung, vielleicht sogar zur Scheidung kommt, möchte ich einvernehmliche und für uns beide gute Lösungen. Wir haben zu Beginn unserer Ehe einen Ehevertrag gemacht, der fast alle wechselseitigen Ansprüche ausschließt. Ein Vernunftsvertrag, wie ihn viele Paare schließen, wenn sie nicht von der Blindheit geschlagen sind, dass sich im Fall einer Trennung alles einvernehmlich regeln ließe. Aber ich muss trotzdem in etwa wissen, was mich erwartet oder erwarten könnte – und ich möchte eine in jeder Hinsicht geräuschlose Lösung. Ich bekenne gern, dass es meiner Reputation schadet, wenn bekannt wird, dass meine Frau unter einer Persönlichkeitsstörung leidet und ausgerechnet ich hilflos vor diesem Umstand kapitulieren muss.«

»Es kann eine Stärke sein, sich dazu zu bekennen, etwas nicht zu können«, entgegnete Stephan.

»Das ist naive Theorie, Stephan!«, lächelte Budde. »Du weißt, dass die Gesellschaft anders denkt. Wir sind nach außen toleranter und weicher geworden, und in der offiziellen Lesart verbergen sich hinter den sogenannten Soft Skills die wahren Werte. Aber die Realität ist eine andere. Das Konkurrenzdenken und der Ausleseprozess sind so gnadenlos wie nie. Und in einer Zeit, in der der gesellschaftliche Wohlstand schwindet, gilt ein simpler Satz: Geht die Konjunktur, hat das Arschloch Konjunktur. Ein guter Teil meiner Arbeit besteht darin, Menschen zu betreuen, die an dieser Gesellschaft und ihren Anforderungen scheitern. Ich bin Realist, weil ich weiß, dass es für mich besser ist, mit

Stärken prahlen zu können als mit Schwächen um Sympathien werben zu müssen. Also brauchst du mir nicht bewusst zu machen, dass ich ein System vorlebe, dass ich aus tiefstem Herzen scheiße finde. Ich bin förmlich zum Gott der Psychologie geworden, und ich will der Gott bleiben. Folglich werde ich mich denen zur Wehr setzen, die dieses Licht ausknipsen wollen. – Das ist nur konsequent«, bekräftigte er sich selbst.

»Also« und »folglich« an den Satzanfang, »weil« in die Satzmitte, dachte Stephan. So hatte es sein Deutschlehrer gelehrt. Budde musste denselben gehabt haben. Er redete durch und durch strukturiert – und beherrscht.

»Wenn ich dich recht verstehe, lebst du bereits von deiner Frau getrennt«, sagte Stephan.

»Trennung im Rechtssinne heißt Trennung von Tisch und Bett«, nickte Budde. »Ich habe mich erkundigt. Es wird über zwei Jahre her sein, dass wir das letzte Mal miteinander intim waren. Sie verlangt nicht mehr nach mir – und ich nicht mehr nach ihr. Aber wir leben noch räumlich zusammen. Ich versorge meine Frau, kaufe ein und putze. Fremde Personen wie etwa eine Haushaltshilfe will sie nicht ins Haus lassen. Warum das so ist, erklärt sie mir nicht. Sie geht auch nicht mehr ans Telefon, sondern lässt Anrufe auf die Mailbox auflaufen. Ich wünschte, dass sie einen Bekanntenkreis unterhielte, aber sie macht nichts. Sie hatte schon in der Düsseldorfer Zeit fast alle Kontakte einschlafen lassen. Außerdem war sie magersüchtig geworden. Die wenigen Bekanntschaften, die sie noch unterhielt, versiegten. Keiner hatte mehr Interesse an einer Frau, die nur noch mit sich selbst beschäftigt war und sich in sich selbst verloren hatte. Inzwischen hat Miriam wieder zugenommen, ohne dass ich mir die Wendung zum Besseren erklären könnte. Ich bin natürlich glücklich, dass es so gekommen ist, aber die grundsätzlichen Probleme sind geblieben. Die Hilfe eines Fachkollegen hatte sie noch zu Beginn ihrer Magersucht – damals noch in Düsseldorf – in Anspruch genommen, dann aber abgelehnt, und ich schied in dieser Hinsicht für sie von vornherein aus.«

»Du hättest Hilfe ins Haus holen müssen – gleich, ob Miriam will oder nicht«, meinte Stephan.

»Ach ja«, entgegnete Budde milde, »auch das ist bloße Theorie. Wer sich nicht helfen lassen will, dem ist auch nicht zu helfen. Du hattest vorhin etwas süffisant das Bohren in der Nase erwähnt. – Nein, Stephan, mein Ansatz ist ein ganz anderer: Ich lasse die Menschen so, wie sie sind. Es ist mir gleich, ob die einen ständig Saltos machen und die anderen lethargisch den ganzen Tag aus dem Fenster schauen. Jeder ist, wie er ist, und darf es bleiben. Wer sich verändern möchte, dem reiche ich die Hand. Ich bin kein Missionar – und will es auch nicht sein. Wer sterben möchte, sollte es tun! Meine Maxime! – Schlimm?« Er lächelte spöttisch. »Meine Frau ist heute schon so weit von mir entfernt, als wäre sie gar nicht mehr auf dieser Welt. Ich will keine Diskussion über Schuld und Gründe. Es soll einen sauberen Schnitt geben, kein Orakeln über juristische Spitzfindigkeiten. Betrachte den Fall einfach aus heutiger Sicht. Stell dir vor, ich trennte mich heute von meiner Frau und bewerte unter diesem Aspekt alle juristisch relevanten Fakten.« Er rieb sich die Regentropfen aus dem Gesicht. »Wir sind gleich völlig durchnässt«, setzte er nach und beendete damit das Gespräch so unvermittelt, wie er es begonnen hatte.

»Eigentlich bin ich nur deinetwegen hergekommen, Stephan«, sagte er dann in den stärker werdenden Regen.

»Mich interessiert nicht wirklich, wer aus meiner früheren Jahrgangsstufe eine Banklehre gemacht und wer Informatik studiert hat. Ein Klassentreffen offenbart doch keine Neuigkeiten, die wirklich interessieren. Jeder schlägt sich eben so durch das Leben, so gut er es kann.«

»Manche können es weniger«, erwiderte Stephan.

»Ist das wirklich neu? – Muss ich an diesem verregneten Freitagabend am heutigen …«, er blickte auf die Datumsanzeige seiner Uhr, »… siebten November meine alte Schule aufsuchen, um das zu erfahren?« Er lächelte amüsiert. »Lass uns gehen, Stephan!«

Er zog eine Visitenkarte aus seiner Brieftasche und reichte sie Stephan.

»Sag mir einfach, welche Informationen du benötigst, um meine Ehe abzuwickeln, falls es dazu kommen sollte. Ich denke, du hast deinen Auftrag verstanden.«

»Gehst du nicht mehr hinein?«, fragte Stephan.

»Hilft es, wenn man sich einen ganzen Abend darüber unterhält, was fast aus einem geworden wäre, wenn nicht irgendwelche widrigen Umstände das ganz große Glück vereitelt hätten, das man doch verdient hatte? Hilft es, sich darüber auszutauschen, wenn man weiß, wer aus sich hätte mehr machen können? Ich weiß, dass ich nie ein großer Sportler geworden wäre. Und weißt du was: Ich bin stolz darauf!«

Er begann ein wieherndes Lachen und verschwand mit eiligen Schritten in der Dunkelheit.

KAPITEL 4

Als der Portier gegen 5 Uhr früh am Samstagmorgen das Büro hinter dem Tresen verlassen und in der Küche am Ende des vom Foyer abgehenden Flures die Kaffeemaschine in Gang gesetzt hatte und danach in den Aufenthaltsraum gegangen war, um für die wenigen Gäste das Frühstück auszurichten, saß die Frau schon an einem der schlichten Holztische. Er hatte in den vergangenen Stunden immer wieder an sie gedacht, sich ihrer klaren Stimme und ihrer Traurigkeit erinnert und war der Frage nachgegangen, wer sie war und wovor sie floh. Er hatte spekuliert und seine Gedanken wieder verworfen. Man hatte ihm auf der Hotelfachschule Einfühlungsvermögen und die in diesem Gewerbe gern gesehene Fähigkeit bescheinigt, als Vertrauter der Gäste wahrgenommen und angenommen zu werden. Es war jene unaufdringliche und bedingungslose Loyalität, die Mantini über alles an ihm schätzte, ohne dass er sie dem Portier gegenüber auch nur ein einziges Mal lobend erwähnt hätte.

Der Portier hatte nicht erwartet, vor seinem Dienstende die Frau noch einmal zu sehen. Sie trug dieselbe Kleidung wie am Vorabend, und es schien, als sei sie in der Zwischenzeit überhaupt nicht im Bett gewesen. – Sich ins Bett zu legen, wenn die Gedanken durch den Kopf jagten, war Folter. Das wusste er nur allzu gut.

»Grübeln Sie nicht zu sehr über mich!« Sie versuchte ein Lächeln.

»Ich bin für unsere Gäste verantwortlich«, antwortete er dienstbeflissen und strich mit seiner rechten Hand über sein Livree, als wollte er noch korrekter aussehen, als er es ohnehin schon tat.

»Ein Kaffee wird Ihnen guttun«, sagte er weich und beugte sich zu der kleinen Anrichte herunter, in der Mantini Geschirr und Besteck bereithielt.

»Sie wissen noch immer nicht, wer ich bin und wie ich heiße«, bemerkte sie und sah dem Portier dabei zu, wie er Teller und Tassen auf den Tischen verteilte.

»Wenn Sie es mir hätten sagen wollen, hätten Sie es getan oder würden es jetzt tun«, antwortete er und sah kurz zu ihr auf. »Ich vermute, Sie wollen das gar nicht.« Er widmete sich wieder dem Geschirr. »Also: Heißen Sie Miriam Schmidt, Miriam Müller oder Miriam Meier?«, fragte er, ohne aufzublicken. »Oder heißen Sie gar nicht einmal Miriam?«

Sie grinste.

Der Portier ging in die Küche, kam mit frisch aufgebrühtem Kaffee zurück und schenkte ihr eine Tasse ein.

»Wissen Sie, es gibt viele Gäste, die hier nur deshalb absteigen, weil sie vor irgendetwas oder irgendjemandem auf der Flucht sind. Es ist für unser Haus nicht wichtig, wie diese Gäste heißen. Wichtig ist, dass Sie selbst wissen, wer Sie sind – und vor allem, wohin Sie wollen.«

»Ich verstehe«, antwortete sie. »Ich könnte Ihnen meinen Namen sagen – und Sie würden ihn für erfunden halten. – Und meinem Ausweis würden Sie nicht glauben. Was ist schon ein Ausweis wert – in diesem …« – sie hob bedeutungsvoll die Stimme – »… Haus?«

Jetzt fiel ihm auf, wie albern der Begriff »Haus« für Mantinis Hotel klingen musste, das er gerade noch zwielichtiger zeichnete, als es war. Er setzte sich zu ihr an den Tisch, schlug die Beine übereinander und betrachtete eine Weile ihr jugendhaft gebliebenes Gesicht.

»Sie wissen nicht, ob Sie gehen oder bleiben sollen, nicht wahr?«

Sie antwortete nicht.

»Denken Sie ernsthaft daran, wieder zurückzugehen?«

Sie rührte gedankenverloren in ihrem Kaffee.

»Es wäre unklug«, beantwortete er seine eigene Frage. »Sie haben ein Hotel gesucht, in dem man Sie nicht vermutet – und die ganze Nacht durchwacht. Sie sind aus Verzweiflung, doch mit Bedacht hergekommen. Es hat Sie Überwindung gekostet, und Sie sind erst stundenlang umhergefahren, bevor Sie hergekommen sind. – Gehen Sie nicht zurück – bitte!«

»Ich kann nicht ständig auf der Flucht sein!« Sie sah zu ihm auf, als erwarte sie seine Bestätigung oder seinen Widerspruch.

Er stand auf und fuhr fort, die anderen Plätze einzudecken.

»Ich bürde Ihnen Verantwortung auf«, sagte sie und strich sich fahrig durch die Haare. »Das steht mir nicht zu.«

»Es ist schon gut«, wehrte er mit einer flüchtigen Handbewegung ab. ›Umgarnt die Menschen mit seiner empathischen Bereitschaft, für andere einstehen zu wollen‹, war ihm attestiert worden.

»Ich habe keine Verantwortung für Sie«, stellte er klar.

»Doch!«, erwiderte sie sanft. »Sie sind für Ihre Gäste verantwortlich, die sich in Ihre Obhut begeben. Indem Sie Ihr Livree anziehen, übernehmen Sie sichtbar Verantwortung.«

Sie verzog die Mundwinkel zu einem gewinnenden Lächeln.

»Es ist nur ein Kleidungsstück«, meinte er.

»Nein!«, entgegnete sie. »Sie spielen sich herunter. Glauben Sie mir: Ich verstehe, sehr fein zu deuten.«

Der Portier sah sich im Zimmer um und hörte auf, weitere Plätze einzudecken.

»Es macht keinen Sinn«, sagte er, als müsse er sein Tun erklären. »Es sind derzeit kaum Gäste hier. Am Wochenende ist das Haus nie ausgelastet. Aber der Chef will, dass immer alles eingedeckt ist.«

Er zuckte mit den Schultern, als verstünde er Mantinis Ritual nicht, ständig Betriebsamkeit und Vollbelegung vorzuspielen.

Sie lachte.

»Man darf Ihnen nicht sagen, dass Sie sich um andere Menschen kümmern und sich ihnen verantwortlich fühlen. Dann tauchen Sie sofort ab. Als wäre es Ihnen peinlich.«

»Vielleicht ist es für den anderen gefährlich«, gab er zurück und erstickte sofort den entzündeten Zweifel. »Jeder Mensch steckt eben in seiner Haut«, sagte er leicht dahin.

Sie streifte die Flanelljacke ab und hängte sie über die Stuhllehne. Darunter trug sie einen langärmeligen schwarzen Pullover. Sie rollte den rechten Ärmel auf und streckte ihm den entblößten Arm entgegen.

»Sehen Sie sich die roten Flecken an!«, bat sie verschämt und betrachtete dabei die Male der erlittenen Verletzungen in einer Weise, als könne sie selbst nicht begreifen, was ihr widerfahren war.

Der Portier näherte sich, warf einen flüchtigen Blick auf ihren Arm, wandte sich ab und begann die Decken der nicht eingedeckten Tische zu glätten. Ihre unvermittelte Nähe ängstigte ihn.

»Haben Sie keine Sorge!«, beruhigte sie, als sie seine Scheu verstanden hatte. »Es ist nicht Ihre Sache. Ich möchte nur, dass Sie mein Handeln begreifen.«

»Brandwunden?«, fragte er.

»Heißes Wasser aus dem Wasserkocher«, nickte sie. »Mein Mann hat mit dem gefüllten Gerät nach mir geworfen. Am Ende habe ich Glück gehabt. Es hätte weitaus schlimmer enden können.«

Sie zog den Ärmel wieder runter.

»Also gibt es keinen Weg zurück«, schloss er.

»Das sagt sich leicht«, seufzte sie.

»Es ist das, was Sie hören mussten, weil Sie es hören wollten«, war er sich sicher. »Gewalt ist Ausdruck einer Grenzverletzung, die nicht mehr heilbar ist. Die Würde hat eine Wunde erlitten, die sich nicht mehr schließt.«

Sie sah ihn erstaunt an. Seine Worte wirkten wie eine mit behutsam gewählten Worten vorgetragene vernichtende Diagnose.

»Ich habe nur die Antwort ausgesprochen, die Sie für sich schon gefunden haben«, wiederholte er mit anderen Worten.

»Sie hätten Psychologe werden sollen«, meinte sie.

»Es gibt Menschen, die das anders sehen«, entgegnete er.

Sie zog erstaunt die Augenbrauen hoch.

»Werden Sie hierbleiben?«, fragte er, bevor sie nachhaken konnte. »Ich kann die 16 noch etwas gemütlicher machen. Viel geht nicht, aber ich werde mich bemühen«, versprach er.

»Zumindest bis morgen«, entschied sie.

Er spürte, dass ihr sein Anstoß gutgetan hatte.

KAPITEL 5

Stephan hatte schon vor einigen Monaten den Mietvertrag für seine Büroräume gekündigt. Ihm war bewusst geworden, dass sich sein Beruf verändert und der Wandel in vielen Bereichen der Gesellschaft auch ihn dazu gezwungen hatte, sein Geschäft und dessen Abläufe neu auszurichten. Als er vor rund zwölf Jahren seine anwaltliche Tätigkeit aufgenommen hatte, herrschten noch die althergebrachten Strukturen vor, nach denen sich der Betrieb einer Anwaltskanzlei im Wesentlichen noch immer so gestaltete, wie es immer der Fall gewesen war. Er benötigte Büro und Sekretärin, einen Mandantenwarteraum und Platz für Kopierer und Büromaterial. All dies kostete Geld und Organisationsaufwand. Stephan hatte alle Höhen und Tiefen seiner Arbeit in diesem Umfeld erlebt, bis die Kosten den größten Teil des erwirtschafteten Umsatzes auffraßen und ihm schlaflose Nächte bescherten. In ihm war die Erkenntnis gereift, dass der Kuchen der insgesamt zu verteilenden Mandate nicht, dafür aber die Zahl der mit ihm konkurrierenden Kolleginnen und Kollegen größer geworden war, die von dem Ertrag ihrer Arbeit leben mussten. Stephan hatte die Reißleine gezogen, noch bevor ihm sein Erfolg in dem medienwirksamen Prozess weitere Mandanten zugetrieben hatte. Er hatte den Entschluss gefasst, auf eigens für diesen Zweck eingerichtete Büroräume zu verzichten und seine Kanzlei von zu Hause aus zu betreiben.

Gemeinsam mit Marie und der kleinen Elisa hatte er eine geräumige Vierzimmerwohnung im Saarlandstraßenviertel in der südlichen Dortmunder Innenstadt bezogen, die formal zugleich als Kanzleisitz diente, aber nicht dazu bestimmt war, dort auch Mandanten zu empfangen. Stephan hatte die Zeichen der Zeit erkannt und auf virtuelle Präsenz im Internet gesetzt, indem er mit einer werbewirksamen Kampagne aus der Not Kapital schlug und damit warb, seiner Klientel alle Unannehmlichkeiten zu ersparen und stattdessen diese selbst daheim oder in deren Unternehmen aufzusuchen.

Das Arbeitszimmer, von dem aus er seine Kanzlei betrieb und Schriftsätze über ein Spracherkennungsprogramm fertigte, teilte er mit Marie, die einer Teilzeitbeschäftigung als Lehrerin nachging und darüber hinaus vor einigen Monaten einen Internetshop eingerichtet hatte, über den sie erotische Unterwäsche in Übergrößen vertrieb. Ihre Geschäftsidee war von nüchternem Kalkül bestimmt: Wer hier bestellte, nutzte die Anonymität des Internets und würde im Zweifel höhere Preise bezahlen als in einem der einschlägigen Geschäfte. Und schließlich gestatteten die zumeist in handlichen Pappschachteln verstauten Artikel einen räumlich überschaubaren Lagervorrat, von dem aus die mit beachtlichen Gewinnspannen veräußerten Teile zeitnah und dienstleistungsorientiert versandt werden konnten. Das gemeinsame Arbeitszimmer beherbergte also Akten, Schachteln mit BHs und Slips in vielfältigen Variationen, Kommentare zum Bürgerlichen Gesetzbuch und zum Handelsrecht, Plastikkörbchen für eingehende Bestellungen und ausgehende Rechnungen und schließlich mit zwei PCs ihre wichtigsten Arbeitsmittel.

KAPITEL 6

Der Portier verbrachte die Stunden zwischen den Nachtschichten, bei denen er sich mit seinem älteren Kollegen abwechselte, zumeist in träger Schläfrigkeit in seiner nicht weit vom Hotel entfernten einfachen Mietwohnung am Borsigplatz. Es waren schmucklose Räume in einem aus den 1920er-Jahren stammenden Mehrfamilienhaus, die er vor rund vier Jahren in der Hoffnung bezogen hatte, dass es ihm bald wieder wirtschaftlich besser gehe und er sie gegen eine komfortablere tauschen könne. Doch er hatte sich geirrt. Der Portier musste länger in der alten Wohnung ausharren, deren Mängel zu allerlei Beschwerden Anlass gaben, ohne dass dies den Vermieter veranlasste, die notwendigen Reparaturen vorzunehmen. Den Mehrverdienst, den der Portier durch seine Arbeit für Mantini erzielte, reichte nicht für einen Wohnungswechsel. Vorab hatte er ohnehin Wichtigeres zu tun: Er brauchte Geld, um sich gegen die Schatten zu wehren, die man über ihn geworfen hatte und die sein Leben zerstörten.

Zwischen den Nachtschichten lag er meist dösend auf seinem Bett. Er zog sich bis auf die Unterwäsche aus, doch er schlüpfte nicht unter die Bettdecke, sondern legte sich auf sie und bedeckte seinen Körper nur mit einer wollenen Tagesdecke. Der Tag war nicht zum Schlafen da. Er hing seinen Gedanken nach, sah zwischendurch fern und kaufte Lebensmittel ein. Dann legte er sich wieder hin und grübelte darüber, was ihm widerfahren war.

Heute dachte er an die Frau, die ihm am gestrigen Abend im Hotel begegnet war. Er hatte die Begegnung mit anderen Menschen stets als besonderen Vorzug seines Berufs empfunden, und als er vor vielen Jahren die Ausbildung an der Hotelfachschule begann, hatte er die Hoffnung, später in einem vornehmen Hotel arbeiten und dabei zufällig auf die Frau treffen zu dürfen, in die er sich verlieben und mit ihr sein Leben teilen würde. Der Portier stammte aus einfachem Elternhaus: Sein Vater war Bergmann, die Mutter Verkäuferin in einem Lebensmittelgeschäft gewesen. Ehrbare Leute, wie man gern zu sagen pflegte, doch er lernte schnell, dass allein eine so verstandene Ehrbarkeit nicht zu einem Leben führte, das einen wenigstens bescheidenen Luxus ermöglichte. Ihm schwebte nicht einmal die große Welt mit ihren glitzernden Verlockungen vor, doch er träumte von einem Leben, in dem ihm eine deutlich bequemere Arbeit als die seiner Eltern Annehmlichkeiten bescherte, die für seine Eltern unerreichbar blieben. Ein schönes Hotel sollte sein Arbeitsplatz werden, ein Vier- oder Fünf-Sterne-Haus, in dem er sich unter Beweis stellen und Karriere machen konnte.

Er hatte die Hotelfachschule mit Eifer begonnen und sich mit Fleiß allen Fächern gewidmet. Umgangsformen lernte er aus einschlägigen Büchern und auf diese Weise mehr, als im Unterricht vermittelt wurde. Er schloss mit Bravour ab und arbeitete die ersten Jahre in einem Firstclass-Hotel in Frankfurt, dann in einem ähnlichen Haus in Stuttgart. Überall attestierte man ihm Bestleistungen, lobte sein dienstliches und außerdienstliches Verhalten. Auch auf Betriebsfeiern wahrte er stets höfliche Distanz, trank nicht und blieb stets souverän und loyal. Er galt als durch und durch anständig, nahm sich immer zurück; doch er blieb unbeirrbar in seiner Absicht, sein Lebensideal zu verwirklichen. Seine Liebe begegnete ihm nicht vor, sondern hinter dem Tresen. Es war Sabine, eine attraktive Hotelfachfrau, so alt wie er und ihm im Wesen ähnlich. Sie arbeitete gewöhnlich in einem anderen Haus derselben Hotelkette und wurde schließlich als Ersatz für eine erkrankte Kollegin in das Essener Haus abgeordnet, in dem er – nach seinen Tätigkeiten in Frankfurt und Stuttgart – erstmals eine leitende Stellung bekleidete. Er verzauberte Sabine mit seinem Charme und seiner unaufdringlichen Liebe, die ihr scheues Herz eroberte. Sie waren sich Schritt für Schritt langsam nähergekommen, verbargen ihre Zuneigung eine Zeit lang hinter professionell höflichen Umgangsformen, kaschierten flüchtige Berührungen als zufällig und tarnten das Interesse aneinander mit dem Austausch von scheinbaren Belanglosigkeiten. Sie wich zurück, wenn er sich zu weit vorwagte, und er musste sich ihr zaghaft von Neuem nähern. Er hinterfragte und bedrängte nicht. Im Schutz dieses Aufgehobenseins erwachte ihre Liebe zu ihm, doch sie blieb zaghaft und verletzlich. Das war nun rund zehn Jahre her. Sie hatten nie geheiratet. Sie wollte es nicht, ohne dass sie ihm jemals seine Frage beantwortet hatte, warum ihm Sabine diesen Wunsch versagte. Jessica, ihre Tochter und einziges Kind, war jetzt sieben Jahre alt. Der Portier hatte seine Tochter – wie Sabine – seit vier Jahren nicht mehr gesehen. Ihre Herner Adresse war ihm gut bekannt. Aber er wagte nicht, dort hinzugehen. Ein Gerichtsbeschluss untersagte ihm jede absichtliche Näherung zu Sabine und ihrer gemeinsamen Tochter auf eine Distanz von unter 500 Metern.

Die Gedanken des Portiers kreisten immer wieder um das Kind und um Sabine, und es schien, als schaffte es nicht einmal sein Gehirn, den auferlegten Bannkreis zu durchbrechen und wenigstens in der Fantasie zu den Menschen zu gelangen, die ihm alles bedeuteten. Die Frau in Mantinis

Hotel hatte es geschafft, ihn für eine Zeit aus dem Gedankenkreisel zu lösen.

Als der Portier am Abend zur Aufnahme des Nachtdienstes in das Hotel zurückkehrte, erwartete ihn Mantini, um ihm erste Instruktionen für die kommende Woche zu erteilen. Mantini avisierte die Ankunft zweier russischer LKW-Fahrer am frühen Montagnachmittag, die voraussichtlich bis Mittwoch bleiben und während dieser Zeit im Kellergeschoss den neben dem Hauswirtschaftsraum gelegenen Kellerraum nutzen wollten. Der Portier nickte. Derartige Informationen Mantinis implizierten die unausgesprochene Anweisung, den Gast gewähren zu lassen und ihm kommentarlos die Schlüssel zu den Räumlichkeiten auszuhändigen, die Mantini für den Gast vorgesehen hatte. Mantini quittierte des Portiers folgsames Nicken mit der Hingabe eines 200-Euro-Scheines.

»Vorsicht mit der Frau auf Zimmer 16«, sagte Mantini dann, und als der Portier fragend die Schulter hob, erklärte er: »Die Frau ist zu schön für dieses Hotel – jedenfalls als Gast. Sie saß vorhin, als ich kam, auf dem Ledersofa im Foyer, immer mit dem Blick zur Tür, und sagte, dass sie auf Sie warte. Stimmt das?«

»Sie ist auf der Flucht vor ihrem Mann«, erwiderte der Portier und steckte das Geld ein.

»Flucht?« Mantini rieb sich entgeistert das Gesicht. »Solche Dinge bringen Ärger. Wenn sie auf der Flucht ist, gibt es einen Mann, der sie sucht. Ich will hier keinen Stunk. Das Hotel lebt davon, dass alles ruhig bleibt. Sie regeln das mit der Frau, ja?«

Der Portier verstand, dass Mantinis Frage keine war, und Mantini spürte, dass sein Portier die Anweisung nicht als solche verstehen wollte.

»Wie heißt sie?«, fragte Mantini. »Ich habe keine Anmeldung gesehen.«

»Ich habe sie nicht nach ihrem Namen gefragt«, bekannte der Portier freimütig.

»Ich habe sie gefragt und trotzdem keine Antwort erhalten«, setzte Mantini in einer Schärfe hinzu, die er dem anderen gegenüber noch nie angeschlagen hatte. »Einen Ausweis konnte sie nicht vorzeigen. – Was machen Sie bloß? Die Frau muss weg! Hat Sie Ihnen den Kopf verdreht? Ich erkenne Sie ja gar nicht wieder. Amore – oder was?«

Mantini musterte seinen Portier. Seine Frage provozierte. Es gab nichts, was er an oder in seinem Portier wiedererkennen konnte. Er kannte ihn eigentlich gar nicht. Es war Mantinis ungelenker Versuch, seinem Portier etwas Privates zu entlocken.

»Nein«, antwortete der Portier ruhig und dienstbeflissen. »Ich werde die Dame bitten zu gehen.«

»Pronto!«, erregte sich Mantini, eher über den Umstand verärgert, dass er seinen Portier nicht aus seiner stoischen Ruhe bringen konnte, als darüber, dass sich mit der Frau eine Person im Haus aufhielt, die er mühelos selbst hätte vor die Tür setzen können. Mantini konnte seinen Portier nicht knacken, was ihn einerseits stolz machte und andererseits frustrierte, weil er sich dem anderen unterlegen fühlte und er sich nicht die Blöße geben wollte, dies zu offenbaren.

Mantini winkte unwillig ab, gab sich gehetzt und rannte geschäftig aus dem Haus, während er über sein Handy ein hastiges Gespräch in italienischer Sprache begann und dabei mit der freien Hand wild gestikulierte. Von draußen winkte er dem Portier noch flüchtig zu, während er sich gelenkig in sein Auto schwang.

Der Portier lächelte milde. Er verstand einige Brocken Italienisch. Es reichte nicht, um im Detail nachvollziehen zu können, wovon Mantini redete. Aber er verstand, wenn der Hotelier – wie jetzt – mit gewichtiger Geste und lautstarker Stimme seinen Pizzabäcker anwies, mehr Teig anzurühren. Er wusste Mantinis Ansprache zu deuten. Es waren wohlmeinende Warnungen eines Menschen, der sein Freund war, ohne dass sie sich einander jemals nach außen als Freunde begegnet waren.

Als der Portier Mantini außer Reichweite wusste, ging er in den ersten Stock des Hotels und klopfte an die Tür von Zimmer 16. Er öffnete die Tür, als sie antwortete, und blieb dann im Türrahmen stehen.

»Guten Abend!«, sagte er schüchtern und strich sein Livree glatt.

Sie saß an dem kleinen furnierten Schreibtisch und blätterte in einer Illustrierten, die sie sich tagsüber besorgt haben musste.

»Übernehmen Sie den Zimmerservice?«, fragte sie lächelnd und sah von der Illustrierten auf.

»Ich habe schlechte Nachrichten«, eröffnete er. »Mein Chef wünscht, dass Sie gehen.«

»Sie waren unvorsichtig«, fand sie und betrachtete ihn abschätzend. »Unvorsichtigkeit ist nicht Ihre Art.«

»Nicht ich, sondern Sie waren unvorsichtig«, widersprach er und versteckte sich dabei hinter Mantini. »Wer auf der Flucht ist, setzt sich nicht in ein gläsernes Foyer. Es ist, als wollten Sie gefunden werden.«

»Mein Mann wird mich hier nicht finden, weil er mich hier nicht sucht«, entgegnete sie gelassen und schien fast heiter. »Despoten haben den Vorteil, ihre Gegner aus ihrer eigenen Sichtweise heraus verstehen zu wollen. Mein Mann wird mich also dort suchen, wo er sich versteckt hätte, wenn er auf der Flucht wäre. Also wird er mich in den größeren und besseren Hotels suchen, aber …« Sie hob erlöst lächelnd die Schultern. »Sein Opfer verhält sich planwidrig, und somit wird er es nicht finden.«

»Was ist seit gestern mit Ihnen passiert?«, fragte der Portier nüchtern.

»Es relativiert sich viel, wenn man zeitlichen Abstand gewinnt«, sagte sie, ohne seine Frage zu beantworten.

»Sie haben keine Angst mehr«, meinte er, eigentümlich bedrückt von der Vorstellung, dass dies tatsächlich so sein könnte. »Angst ist kein guter Ratgeber«, fügte er theoretisierend an.

»Ich muss meine Lebensumstände ändern«, stellte sie fest. »Werden Sie Ihrem Chef gehorchen?«, fragte sie so beiläufig, wie es ihr möglich war.

»Darf ich als Angestellter gegen seine Wünsche aufbegehren?«, fragte er zurück.

»Die Frage ist nur, ob Sie es tun werden«, erwiderte sie sachlich.

»Mantini ist erst mal weg. Wie ich ihn kenne, wird er heute nicht mehr wiederkommen. Aber ich kenne ihn auch gut genug, um zu wissen, dass es Ärger geben wird, wenn er Sie morgen noch hier antrifft.« Er machte eine Behauptung ins Blaue, die ihm die Verantwortung nahm.

»Warum arbeiten Sie in einem solchen Hotel?«, fragte sie weiter. »Sie sind – gestatten Sie mir diese Worte – zu fein für diese Absteige.«

»Absteige?«, wiederholte er und tat erstaunt.

»Was sonst? Sie wissen genau, was ich meine.«

»Ich kann mir meine Stelle nicht aussuchen«, erklärte

er. »Besser gesagt: Ich kann sie mir heute nicht mehr aussuchen.«

»Also tragen auch Sie eine längere Geschichte mit sich herum«, stellte sie fest. »Es gibt kaum Menschen, die ohne Bruch durchs Leben gehen dürfen.«

»Ich habe mich Ihnen nicht angedient«, betonte er höflich.

»Ich weiß. Sie würden sich nie andienen. Vielleicht üben Sie sich auch nur deswegen in Bescheidenheit, weil Sie fürchten, anderen Menschen damit zur Last zu fallen. Ich spüre förmlich Ihr schlechtes Gewissen. Mein Mann nennt Typen wie Sie U-Boote.«

»U-Boote«, wiederholte er ungläubig.

»Weil sie nur im Verborgenen leben«, erklärte sie. »Sie ordnen sich äußerlich unter und murren nicht. Explosionen sind ausgeschlossen. Dafür implodieren sie heftig!«

Sie lachte.

»Aber wissen Sie was?« Sie warf entschlossen die Illustrierte auf das Bett. »Wenn man wie ich den ganzen Tag nichts zu tun hat, wird die Zeit zu einem Gut, mit dem ich richtig prassen kann. Ich habe Zeit! – Mein Gott – Wann habe ich das zuletzt sagen können? – Wann beginnt Ihr Dienst?«

»Eigentlich um acht, aber ich müsste jetzt schon unten sein. Es ist niemand am Empfang. Mantini, mein Chef, würde durchdrehen, wenn er wüsste, dass ich hier oben mit Ihnen quatsche.«

»Das stört Sie nicht. Sonst wären Sie nicht hiergeblieben«, war sie sich sicher. »Ich mache Ihnen einen Vorschlag: Sie gehen jetzt nach unten, und ich mache mich hier im Rahmen meiner Möglichkeiten frisch. Und dann leiste ich Ihnen im Hinterzimmer Gesellschaft. Wir trinken eine Flasche Wein – und Sie erzählen von sich und ich von mir.«

»Wir haben keinen Wein hier, jedenfalls keinen wirklich trinkbaren. Es gibt nur den Fusel aus dem Automaten und Bier und Korn.«

»Ich hole Wein vom Supermarkt«, schlug sie vor. »Sagen Sie mir, wo ich den nächsten Laden finde. Ich hole einen richtig guten Wein, einen Cabernet. – Die Supermärkte haben doch heutzutage lange geöffnet.«

Sein Blick hellte sich auf.

»Ich merke, Sie können mit solchen Juwelen etwas anfangen«, freute sie sich. »Ich sagte doch: Sie sind zu fein für dieses Haus.«

»Zwei Straßen weiter gibt's einen Laden, der gut sortiert ist. Aber Sie werden dort keine erlesenen Weine finden. Höchstens guten Durchschnitt.«

»Gut!«, war sie zufrieden. Sie griff nach ihrem Handy, das seitwärts auf der kleinen Kommode lag, und schrieb eine SMS.

»Despoten neigen dazu, ihre rohe Gewalt hinter einer mit freundlicher Fürsorge gestrichenen Fassade zu verbergen«, erklärte sie. »Ich werde meinem Mann mitteilen, dass ich unterwegs bin und er nicht nach mir suchen soll. – Sonst vertauscht er noch Täter und Opfer. Ich habe gelernt, mein Leben und meinen Umgang mit ihm zu dokumentieren.«

Sie vergewisserte sich des geschriebenen Textes, sandte ihn ab und sah auf.

»Gehen Sie nur nach unten! Ich folge Ihnen gleich und kaufe erst noch den Wein.«

»Etwas Käse und Gebäck dazu wären gut«, sagte er. Dann lächelte er.

KAPITEL 7

Stephan hatte das Telefonat gegen 20 Uhr entgegengenommen, weil er die auf dem Display angezeigte Telefonnummer des Anrufers nicht kannte und nicht auszuschließen war, dass sich auch noch am Samstagabend ein Neumandant meldete. Sein geändertes Dienstleistungsbewusstsein verlangte – wie er es auf seiner Homepage versprach – eine ständige Erreichbarkeit, die ihm früher zuwider war, aber nach Marktanalysen einen Wettbewerbsvorteil versprach. Doch der Anrufer trug ihm kein neues Mandat an. Es war Budde, der sich schnöde bei Stephan für die Störung entschuldigte und sofort zur Sache kam.

»Sie ist jetzt die zweite Nacht in Folge unterwegs«, schloss Budde seinen gehaspelten Bericht. »Vermutlich ist sie in irgendeinem Hotel, denn Freundinnen oder Bekannte, bei denen sie unterkommen könnte, hat sie nicht. Ich wundere mich nur darüber, dass sie fast gelöst wirkt. – Stephan, ich habe am Telefon eben eine ganz andere Frau erlebt.«

»Ändert das was an deiner Trennungsabsicht?«, fragte Stephan.

»Aus fachlicher Sicht kann ich sagen, dass solche Stimmungsschwankungen eher die von mir vermutete Störung bestätigen als widerlegen. Es passiert etwas mit ihr, aber ich weiß auch, dass sie gänzlich aus meinem Leben ausscheidet. Sie sagte gerade, dass sie mit einer Flasche Wein spazieren sei.«

»Was hältst du davon?«, fragte Stephan.

»Als ich mit Miriam zusammenkam, haben wir einmal bei einer Wanderung eine Flasche Wein mitgenommen.

Sie nannte das ›mit der Flasche spazieren gehen‹. Es war schon damals eine übertriebene Beschreibung für einen nicht erwähnenswerten Vorgang. Es war damals – und ist auch jetzt – lediglich ein infantil anmutender Ausdruck augenblicklicher Beschwingtheit, in der sie sich zu einer übermütigen, aber irrealen Ausgelassenheit treiben lässt.«

»Vielleicht hat sie jemanden kennengelernt.«

»Ach, Stephan!« Budde lachte heiser auf. »So etwas wäre das Letzte, woran man bei ihrer Struktur denken könnte. Erinnere dich an das, was ich dir über ihren gesundheitlichen Zustand erzählt habe. Ein neuer Freund für sie wäre wirklich das schönste Geschenk, das sie sich und mir machen könnte, verstehst du? Dann würde sie nicht zurückbleiben.«

»Kann es sein, dass du deine Frau unterschätzt?«, fragte Stephan.

»Ich wünschte, es wäre so«, erwiderte Budde. »Sie ist viel zu scheu und schwach, als dass ich sie unterschätzen könnte. – Doch ich gebe zu, dass ich gern wüsste, worin ihr Glücksrausch begründet ist.«

»Was soll ich tun?«, fragte Stephan ungeduldig. »Es ist Samstagabend.«

»Ich weiß – und ich entschuldige mich noch einmal«, wiederholte Budde. »Mir fehlt jemand, dem ich mich mitteilen kann. Ich brauche dich in dieser Sache als Anwalt und als Mensch. Für mich ist die Trennung von Miriam mehr als das Ende eines Lebensabschnitts. Ich kämpfe damit – auch wenn ich diesen Schritt brauche. Mir fehlt die Orientierung, welchen Schritt ich wie und wann tun soll. Sie hat mir am Telefon gesagt, dass sie morgen einige persönliche Sachen abholen will. Was soll ich tun?«

»Lass sie die Sachen abholen. Es ist in Ordnung«, meinte Stephan gelassen.

»Kannst du nicht dabei sein, Stephan?«

»Morgen ist Sonntag, Patrick«, antwortete Stephan missmutig.

»Und du bist mein Anwalt und mein Beistand«, gab Budde beharrlich zurück und nahm Stephan in die Pflicht. Er verstand, seinen Forderungen Nachdruck zu verleihen und den anderen in Verantwortung zu nehmen.

»Geld ist kein Thema«, fügte er hinzu und entzog Stephans Widerstand den Boden. »Ich bin ein scheußlicher Typ«, lachte er dann und steigerte scherzend: »Ein Schurke, der sein Gegenüber korrumpiert.«

Er wartete einen Augenblick, dann setzte er nach: »Das war jetzt deine Gelegenheit zu widersprechen, Stephan! Ich habe dich beleidigt. Du hättest jetzt Nein sagen können, ohne dich schlecht fühlen zu müssen.«

»Wann?«, fragte Stephan.

»Meine Frau sagte, dass sie irgendwann im Laufe des morgigen Vormittags kommen wolle. Darf ich dich also anrufen, wenn sie da ist? Ich werde sie aufhalten, bis du da bist. Ist das okay? – Bitte, Stephan!«

KAPITEL 8

Als der Portier gegen 20:30 Uhr zur Glastür eilte, um sie zu öffnen, hielt die Frau die Einkaufstüte in ihren auf dem Rücken verschränkten Armen versteckt. Sie blieb lächelnd stehen, als er geöffnet hatte. Er verstand, verneigte sich vornehm und bat sie mit galanter Handbewegung hinein, schloss hinter ihr ab und eilte dann in das kleine Büro hinter dem Empfang voraus, wo er ihr mit zuvorkommender Geste den alten speckigen Sessel als beste Sitzgelegenheit anbot. Sie warf ihre Flanelljacke auf das Sideboard vor dem Fenster, nahm dankend Platz und schlug die Beine übereinander. Erst jetzt fielen ihm ihre schwarzen Lederstiefel auf, deren Schäfte bis unter den wollenen Winterrock reichten. Er zog wie ein Automat den alten Bürostuhl aus der Ecke, der für die seltenen Fälle bestimmt war, dass sich eine zweite Person in dem engen Raum aufhielt, und befreite den einfachen Holztisch, den Mantini für seine Büroarbeit benötigte, von alten Zeitungen, einigen Papierblöcken und dem Aktenordner, in dem sich die diesjährigen Dokumente desjenigen Teils des Hotelbetriebs befanden, von dem die Behörden wissen durften. Sie zog mit gekonnter Langsamkeit eine Flasche Cabernet aus der Tüte, hielt sie wie eine Trophäe in der Hand und zauberte nun die weiteren Leckereien hervor, Allgäuer Bergkäse und würzigen Appenzeller, dazu Salzgebäck, bevor sie dann auch noch einen Korkenzieher auf den Tisch legte.

»Wenn das Ihr Chef wüsste«, frotzelte sie sanft und zwinkerte ihm zu.

Er holte in scheinbarer Geschäftigkeit Teller, Messer und zwei der billigen Weingläser aus der Küche, die fast nie benutzt wurden. Mantini würde vor Montag nicht wiederkommen. Er verbrachte das Wochenende gewöhnlich damit, in seinen Pizzerien mit majestätischer Geste den Chef zu geben und sein Personal mit barschen Worten zur Eile anzutreiben. Nur selten verbrachte er das Wochenende mit seiner Frau in dem erst kürzlich erworbenen Einfamilienhaus im Dortmunder Süden.

»Erzählen Sie mir jetzt Ihr Geheimnis!«, forderte sie mit mildem Nachdruck, nachdem sie ihm dabei zugesehen hatte, wie er gekonnt die Weinflasche geöffnet und den Korken fachmännisch berochen hatte. »Warum arbeiten Sie in diesem und in keinem besseren Hotel?«

Er zauderte. So verzagt und unsicher sie am gestrigen Abend ins Hotel gekommen war, so sicher erschien sie nun. Natürlich hatte sie ihren Auftritt inszeniert, ihn mit Gebärden gelockt, bewusst ihre Beine lasziv übereinandergeschlagen.

»Sie denken falsch«, sagte sie weich und sah ihm ruhig ins Gesicht.

»Was denke ich denn?«, fragte er knabenhaft dümmlich zurück.

»Ich will Sie nicht erobern«, sagte sie ungeschminkt, während sie sich zur Seite beugte, ein Stück des Allgäuer Bergkäses abschnitt, und, als sie sich wieder aufgerichtet hatte, mit der anderen Hand ihren Wollrock nach unten glattstrich. Dann steckte sie den Käse in ihren Mund und kaute ihn genüsslich.

»Sie testen mich«, sagte er schüchtern.

»Nein, ich fordere Sie«, korrigierte sie und drehte sich schwungvoll mit dem alten Sessel, bis er wieder die alte Position eingenommen hatte.

Sie war ihm zu unruhig.

»Ich überfordere Sie«, vermutete sie und spielte mit ihm: »Komm her, mein Portier!«

»Sie wollen mir vielleicht nichts Gutes«, sagte er matt und schenkte Wein ein.

»So unsicher?« Sie sah, dass seine Hand beim Einschenken kaum merklich zitterte. »Sie sind zu gut für diese Welt, eleganter Portier!«

»Was hilft Ihnen meine Geschichte?«, fragte er.

»Sie könnte mir helfen, meinen Weg zu finden. Ich möchte nicht in einem Hotel wie diesem enden, verstehen Sie? – Wenn dieses Hotel den Schlusspunkt Ihres Weges markiert: Mein Weg soll hier wieder herausführen. Ich möchte nicht wie Sie in einer Sackgasse enden.«

»Sie provozieren mich. Warum tun Sie das?«

Sie nahm einen Schluck Wein, schmeckte ihn einen Augenblick lang im Mund, bevor sie ihn genussvoll durch die Kehle gleiten ließ.

»Ja!«, schnalzte sie und genoss ihr Vergnügen. »Es stimmt! Ich provoziere Sie! Trinkt man so den Wein in den Hotels, die Ihnen entsprechen? – Kommentieren Sie die Geschmacksnoten, den Abgang. Sie können das doch! Oder wollen Sie lieber weiterhin Bier und Korn in den Automaten nachfüllen?«

Sie erwartete keine Antwort und drehte sich wieder mit ihrem Sessel.

»Sie sind Opfer, ich bin Opfer«, wusste sie und hielt in der Bewegung inne. »Aber man muss unterscheiden. Schade ist es um die Opfer, denen man ihren Status dauerhaft ansieht. Sie haben sich in ihre Rolle gefügt und leben sie. – Schauen Sie sich an: Ihr Livree ist wie eine Uniform aus Ihrem früheren Leben. Sie haben eine Traurigkeit, die Sie verrät.«

»Traurigkeit«, wiederholte er und trank hastig.

»Mein Mann hat mich über Jahre gedemütigt und misshandelt. Wenn ich Ihnen all das erzählen würde, was mir über Jahre widerfahren ist, würden Sie mich als Opfer bedauern. Aber richtiger wäre, mich zu ohrfeigen, weil ich mir dies über Jahre hinweg antun ließ. Mein Mann ist ein Gutmensch. Eloquent und intelligent. Erfolgreicher Wissenschaftler. Sie würden ihn nie für einen Täter halten, weil er so gebildet ist, dass sein geschulter Menschenverstand ihn vor dem bewahren müsste, was er mir angetan hat. Und weil es eigentlich nicht sein kann, dass gerade er solches tut, habe ich verinnerlicht, dass es an mir liegen müsse, wenn mein so wunderbarer Mann mir Gewalt antut. Also wurde ich krank, musste an mir selbst leiden und an mir selbst scheitern, doch in Wahrheit litt ich an ihm. Ich habe verstanden, dass ich zum Opfer wurde, weil ich es zugelassen habe. Jetzt will ich den Weg zurück ins Leben, und das Hotel hier ist mein Wendepunkt, und ich feiere ihn mit Ihnen. Indem ich Sie in Ihrem Livree und die Traurigkeit in Ihren Augen sehe, weiß ich, dass ich was tun muss! Ich habe Ihnen zu danken!«

Sie schwenkte ihr Glas und trank.

»Ich benutze Sie für meine eigenen Zwecke, Opferportier!«, lächelte sie. »Weiter so!«, ermunterte sie ihn. »Es ist doch nicht schlimm. Sie kennen doch Ihre Rolle. Wie lange füllen Sie sie schon aus? Fünf Jahre? Zehn Jahre?«

Er sah sie verunsichert an. Der wenige Wein, den er getrunken hatte, trat in Perlen auf seine Stirn.

»Ich bin wie Ihr Mann. Einer, der seiner Frau Gewalt angetan hat«, sagte er hart.

»Ja, sicher«, lachte sie. »Jetzt kokettieren Sie aber.«

Doch der Portier merkte, dass sie innerlich schwankte.

»Sie glauben mir nicht?«

»Glauben?« In ihrer Stimme klang Unsicherheit an, dann sagte sie entschieden: »Glauben hilft in solchen Angelegenheiten nicht. Wenn Sie meinen Mann sehen, würden Sie niemals glauben, dass er zu so etwas imstande ist.«

»Man hat mir die Gewaltbereitschaft attestiert«, sagte er.

»Gerichtlich verbürgt. Ein Beschluss sorgt dafür, dass ich seither meine Tochter nicht mehr sehen darf, ebenso wenig wie ihre Mutter, mit der ich einmal glücklich zusammen war. Gegen mich ist ein Näherungsverbot ausgesprochen worden. Kennen Sie so etwas? Mir ist bei Androhung von Ordnungsgeld und Ordnungshaft verboten, mich beiden gewollt unter eine bestimmte Distanz zu nähern. Und es gab ein Strafverfahren gegen mich. Sexuelle Nötigung, vermeintlich begangen an meiner früheren Partnerin, also der Mutter unserer Tochter. Das Verfahren endete mit einer Verurteilung, die im Führungszeugnis erscheint. Und deshalb arbeite ich hier und nicht im Hilton oder im Savoy. Verstehen Sie jetzt?«

Sie schwieg und füllte ihr Glas.

»Ist das Ihre Art, Ihre Unsicherheit zu überlisten?«, fragte er spitz und fand Gefallen daran, sie zu treiben. »Nun los! Trinken Sie!«

»Sie tun so, als könnten Sie tatsächlich anders sein!«

»Trinken Sie die Flasche aus, damit Sie die Ungeheuerlichkeiten ertragen können, die ich von mir zu berichten habe!«

»Nein!« Sie stellte das Glas entschlossen ab. »Sie würden eine Geschichte erfinden.« Ihre Augen funkelten.

»Wie wollen Sie das wissen?«, fragte er kühl.

»Weil Sie gar keine Veranlassung haben, mir all dies zu erzählen, wenn es wahr wäre. Sie würden mich ohne Not in die Flucht schlagen. Und das wollen Sie gar nicht. Sie kommen gar nicht gegen Ihr Livree und Ihre Traurigkeit an. Lassen Sie das schlechte Spiel! Es stimmt also nicht, was man Ihnen vorgeworfen hat«, folgerte sie.

»Es gab nichts, was diese Vorwürfe gerechtfertigt hätte.«

»Justizopfer?« Sie blinzelte ihn an.

»Ich hätte Ihnen all das verschweigen können«, wiederholte er.

»Warum sind Sie nicht dagegen vorgegangen?«, fragte sie.

»Bei Sexualdelikten steht Aussage gegen Aussage. Und wenn das Gericht nicht von sich aus weiß, welcher Seite es glauben kann, dann lässt es sich von einem Sachverständigen erklären, welcher Seite es glauben soll. Wie also sollte ich mich wehren? Wie sollte ich mit Erfolg kämpfen, nachdem ich stigmatisiert war. Woher hätte ich das Geld nehmen sollen, um den Kampf gegen die Windmühlen aufzunehmen?«

Sie schwieg abwartend.

»Sie sind in keiner Falle«, sagte er weich und rückte mit seinem Drehstuhl zur Seite, als wollte er den Weg aus dem kleinen Büro räumen. Er legte den Schlüssel für die Glastür auf den Tisch. »Sie können jederzeit gehen!«

›Neigt dazu, zu psychologisieren‹, fiel ihm ein. ›Er versteht es, seine Opfer in Sicherheit zu wiegen und das in ihn gesetzte Vertrauen erst zu bedienen, um es dann zu missbrauchen.‹

»Doch noch Wein?«, fragte er, nahm die Flasche und schenkte ihr nach, bevor sie geantwortet hatte.

Er bot ihr das Du an, nachdem ihm aufgefallen war, dass sie sich bis jetzt nicht direkt angeredet hatten. Ab jetzt nannten sie sich Miriam und Markus.

»Dein Chef will mich hier nicht«, sagte sie. »Ich habe es deutlich gemerkt. Und ich möchte nicht, dass du hier Ärger bekommst.«

»Mantini bellt laut, aber er ist zahm«, wusste er.

»Er bleibt trotzdem der Chef. – Gibt es ein Hotel in der Nähe, in das ich überwechseln könnte?«

»Ich kenne keines«, antwortete er. »Ich kenne die

Gegend. Es ist auch nicht wahrscheinlich, dass du hier etwas findest, was dir entspricht.«

»Nur eine Schlafmöglichkeit für zwei oder drei Nächte. Ich stelle keine Ansprüche.«

Sie sah ihn an, und er begriff, worauf sie hinauswollte.

»Du verstehst es richtig, Markus. Ich will mich bei dir einquartieren. Aber ohne Hintergedanken. Ich fühle mich in einer Privatwohnung einfach sicherer als in einem Hotel. Ich will ausschließen, dass mich mein Mann finden kann. Es gibt manchmal so dumme Zufälle.«

Vor seinem geistigen Auge erschienen weitere Passagen des Gutachtens über ihn, das das Gericht maßgeblich zur Grundlage seiner Entscheidung gemacht hatte. Das Gutachten ängstigte ihn. Es waren die langen Passagen, die Graues aus den Tiefen seiner Persönlichkeit hervorzerrten und in der Analyse zum Schwarz machten. Das Gutachten sagte aus, dass er eigentlich kein schlechter Mensch sei, bis auf die Gefahr, die unter der friedvollen Oberfläche schlummere und gleichsam einem Vulkan in einer gewaltigen Eruption ihre vernichtende Wirkung offenbaren würde. ›Differenziert ohne klare Positionierung. Gibt sich verständnisvoll und bedient die Wünsche anderer, bis sein Ego die Verwirklichung eigener Ziele einfordert. An diesen Stellen entsteht Konflikt. Rückzug und Abbruch des Kontakts sind die glimpfliche, der Ausbruch unbeherrschter aggressiver Gewalt ist die schlimme Alternative des Konfliktausgangs. Eine konstruktive Konfliktlösung ist mangels Empathie und Einfühlungsvermögen nicht möglich.‹

Er wurde nicht schlau aus Miriam, die zwischen Distanz und Nähe pendelte. Er hatte Angst vor sich selbst und davor, außer Kontrolle zu geraten, wie es ihm gegenüber Sabine, seiner Freundin, passiert war. Er hatte immer gewusst, einen schweren Fehler begangen zu haben. Aber er hatte nie verstanden, welche Folgen dieser Fehler ausgelöst haben sollte. Er konnte sich bis heute nicht für das verantwortlich machen, was am Ende passiert war. Die gerichtlichen Entscheidungen gegen ihn hatte er nicht angefochten und dennoch nie für sich akzeptiert. Das Gericht wertete sein Nichtverstehen als Beleg für seine Gefährlichkeit. Er selbst klammerte sich an seine Überzeugung, dass sein Fehler ein einmaliges Ereignis und nicht Vorbote einer verhängnisvollen Entwicklung zu einer nicht abreißenden Gewaltspirale war. Er war sich vom Verstand her seiner selbst sicher – doch manchmal nagte der Zweifel in ihm.

Er hatte sich zurückgezogen. Es würde das erste Mal sein, dass außer ihm jemand in seiner Mietwohnung übernachtete.

Miriam stand auf und drückte ihm den Schlüssel für die Glastür in die Hand.

»Gib mir morgen lieber die Schlüssel für deine Wohnung!«

»Du gehst?«

»Ich werde noch etwas Zeit mit meinen Gedanken verbringen.« Sie nahm die Weinflasche. »Oder ich gehe mit der Flasche Wein spazieren.«

Markus sah sie fragend an.

»Ein Ritual aus der Anfangszeit der Beziehung mit meinem Mann. Da sind wir an lauen Sommerabenden häufig in die Wälder gelaufen und haben eine Flasche Wein mitgenommen und an einem schönen Plätzchen ausgetrunken.«

»Es ist November. Dazu nasskalt, Miriam.«

»Es hat nur symbolische Bedeutung. Ich beginne eine schöne neue Zeit – mit mir selbst.«

»Bleib lieber im Hotel! – Du sagtest, dass du Sorge hast,

von deinem Mann entdeckt zu werden. Was passiert, wenn er nachts durch die Straßen fährt, um dich zu finden?«

»Mach dir keine Sorgen!«, sagte sie. »Ich werde morgen in aller Frühe zu meinem Mann fahren, weil er dann bestimmt nicht mit mir rechnet, ein paar Sachen aus unserem Haus mitnehmen. Danach sollten wir uns einen schönen Tag machen.«

Er nickte, und sie tauschten ihre Handynummern aus. Die Situation überforderte und ängstigte ihn, doch er wollte ihr nicht ausweichen.

Er hörte, wie sie durch das Foyer zur Treppe zu den oberen Stockwerken ging. Ihre Schritte klangen leicht, als sei sie von einer Last befreit.

KAPITEL 9

Buddes Anruf weckte Stephan am Sonntagmorgen gegen 7 Uhr.

»Sie ist eben ins Haus gekommen!«, rief er erregt. »Sie spricht kein Wort mit mir, sondern läuft durch die Räume und packt Sachen in mitgebrachte Tüten. Es sind auch Sachen von mir dabei. Ich kann das nicht zulassen, aber ich weiß nicht, wie ich es verhindern kann. Ich müsste eingreifen, aber ich will keine Auseinandersetzungen.«

Stephan versprach, sich zu beeilen, und schaffte es, kaum 20 Minuten später in Buddes Haus im Süden der Stadt zu erscheinen.

Patrick Budde führte ihn sogleich ins Schlafzimmer, während er auf dem Weg dorthin Stephan aufzählte, was seine Frau im Wohnzimmer und im Arbeitszimmer schon an sich genommen hatte. Stephan ließ die hektische Aufzählung in dem Bewusstsein über sich ergehen, dass er jetzt ohnehin nicht mehr tun könne, als Miriam Budde mit beschwichtigenden Worten dazu zu bewegen, die ihrem Mann gehörenden Gegenstände im Haus zurückzulassen. Er stellte sich Buddes Frau als dessen Anwalt vor, die – von seinen Worten unbeeindruckt – in dem lediglich von einer Nachttischlampe dürftig erhellten Raum Bettwäsche und Handtücher aus den geöffneten Schränken zerrte und auf den Boden warf. Als sie nicht reagierte, setzte Stephan neu an und schlug vor, eine Liste zu fertigen, um die Dinge zu erfassen, die sie jetzt mitnehme, um sich zu einem späteren Zeitpunkt einigen zu können, welche Sachen wem zugeordnet werden sollen.

Doch sie ließ sich nicht beirren und stopfte einige Handtücher in eine große Plastiktüte.

»Es ist höchste Zeit, diesen Weg zu gehen«, zischte sie, während sie in die anderen aus dem Schrank gezerrten Sachen trat, sodass sich das angerichtete Chaos noch vergrößerte. Dann zwängte sie sich an Stephan vorbei und strebte mit eiligen Schritten ins Badezimmer, dessen Tür sie sofort hinter sich abschloss.

»Immerhin redet sie«, bemerkte Budde zynisch und führte Stephan mit bemerkenswerter Gelassenheit ins Wohnzimmer und bedeutete ihm, in einem Sessel Platz zu nehmen.

»Ich nehme an, du erlebst in deinem Beruf solche Situationen häufiger«, vermutete Budde mit bedauerndem Unterton.

»Ich meide sie, so gut es geht. Die wenigsten Menschen begreifen, dass solche Konflikte nicht mit juristischen Mitteln lösbar sind.«

»Das will wahrscheinlich niemand hören«, lächelte Budde. »Und du bist nur hier, weil ich es so wollte, obwohl du weißt, dass du gar nichts bewirken kannst.«

Stephan sparte sich die Antwort.

»Von außen würde ich es genauso sehen wie du«, gab Budde zu. »Wenn man in eine Sache verstrickt ist, fehlt es natürlich an Objektivität und Professionalität. Das ist in meinem Job nicht anders. Du musst mir sagen, wenn ich etwas falsch mache oder mich in die Sache verrenne. Ich möchte nicht zu den Typen gehören, deren Trennung vom Partner die Ausbildung von Psychosen und Neurosen begünstigt. Du bist in meiner Sache der Chef, Stephan!«

»Ich bin dann so weit!«

Miriam Budde war ins Wohnzimmer gekommen. Sie hatte ihre Flanelljacke übergezogen und hielt drei Plastiktüten in den Händen. Sie lehnte sich an die breite Fensterbank und stellte die Tüten darauf, von denen eine sofort auf den Boden rutschte. Kleinutensilien aus dem Badezimmerschrank verteilten sich auf dem Boden.

»Du bist nervös, Miriam. Es geht dir nicht gut.« Budde nahm seine Frau ins Visier. »Was meinst du, Stephan?«

»Lass es gut sein, Patrick!«, beschwichtigte Stephan.

»Miriam?«, insistierte Budde.

Sie antwortete nicht und begann hektisch, die Dinge zusammenzuraffen, die aus der Tüte gefallen waren.

»Wohin wirst du gehen, Miriam?«, fragte Budde ruhig. »Wie kann ich dich erreichen? Ich mache mir Sorgen um dich, auch wenn wir getrennte Wege gehen. – Verstehst du, dass ich mir Sorgen mache?«

»Sorgen?«, wiederholte sie hämisch, ohne aufzublicken. Sie stopfte die Tüten voll.

»Miriam …«

»Nein!« Sie sprang auf und warf mit einem Deostift nach ihm. »Hör endlich auf!«

»Miriam …«, sagte er wieder und blickte ihr kopfschüttelnd zu, wie sie nach ihren Tüten griff und mit energischen Schritten aus dem Raum lief.

»Wir müssen eine Sachebene finden«, sagte er, an Stephan gewandt.

»Du tust gerade nicht viel dafür«, erwiderte Stephan. »Du stellst sie in eine Ecke. Das provoziert sie.«

»Meinst du? – Mag sein. Ich habe keine Distanz. Du siehst ja, wie sie ist. Ich kann tun, was ich will. Vielleicht verhalte ich mich falsch. Aber ich weiß mir nicht mehr zu helfen.«

»Du Schwein!«, kreischte es aus dem Flur.

Patrick Budde sah Stephan resigniert an. Miriam war zurückgekehrt.

»Ich musste dir den Autoschlüssel vom Bund abnehmen, Miriam«, rief er in Richtung Flur.

Sie hörten, wie sie Schlüssel auf den Boden warf.

»Sie ist am Schlüsselbrett«, flüsterte Budde, »und sucht den Zweitschlüssel. Aber den habe ich vorhin ebenfalls entfernt. Sie hat die Angewohnheit, ihre Schlüssel nach Betreten des Hauses immer vorn auf einer auf dem Schuhschrank stehenden Schale abzulegen. Auch heute. Da habe ich gleich beide Autoschlüssel an mich genommen.«

»Das darfst du nicht«, hielt ihm Stephan vor.

»Dürfen und nicht dürfen …« Budde machte eine abfällige Handbewegung. »Diese rechtlichen Kategorien lösen doch nichts.«

»Schämst du dich nicht?«, schrie sie aus dem Flur.

»Du hast Medikamente genommen, Miriam. Ich weiß es. Du hast immer welche genommen. Du kennst die Wirkungen. Sie schränken deine Fahrtüchtigkeit ein. Ich werde nicht dafür geradestehen, wenn du in diesem Zustand verunglückst«, rief er zurück.

»Sie hat außerdem eine Fahne«, fügte er leise für Stephan hinzu. »Hast du es nicht gerochen?«

»Nein. Aber ich war ihr nicht nahe.«

»Du riechst es, wenn sie direkt vor dir steht. Sie geht mit den Weinflaschen nicht spazieren, Stephan. Sie trinkt sie aus, und häufig bleibt es nicht bei einer Flasche am Abend. Das ist die Realität – und wir müssen jetzt nicht über die Gründe sprechen. Ich habe sicherlich viel falsch gemacht.« Er wandte sich Richtung Flur. »Miriam!«, rief er laut. »Soll ich dir ein Taxi bestellen?«

Jetzt erschien sie keuchend im Türrahmen.

»Du hast dich wie immer gut munitioniert, Patrick! Hast sogar einen Anwalt gefunden, der am Sonntagmorgen für dich Männchen macht …«

»Lass es gut sein, Miriam«, erwiderte Budde ruhig. »Ich bestelle dir jetzt ein Taxi. – Oder möchtest du es lieber selbst bestellen?« Er holte sein Handy hervor und hielt es ihr entgegen.

»Du bist ein armseliges Geschöpf!« Sie warf ihm einen kalten Blick zu, dann wandte sie sich um und lief aus dem Haus.

»Es ist schwer zu beurteilen, was mit ihr wirklich los ist«, sagte Budde nachdenklich und verfolgte durch das große Wohnzimmerfenster, wie sie mit den drei Plastiktüten das Grundstück verließ und vor der Zufahrt am Straßenrand stehen blieb.

»Jetzt telefoniert sie von ihrem Handy aus«, beobachtete Budde und schüttelte verständnislos den Kopf.

Stephan wandte sich um und sah hinaus. Er beobachtete Buddes Frau. Sie wirkte erregt und gehetzt. Dann schien sie ihren Gesprächspartner erreicht zu haben und lief auf und ab, während sie telefonierte. In der anderen Hand hielt sie die zum Bersten gefüllten Tüten.

»Es ist traurig«, befand Budde. »Mit ihr stimmt etwas nicht«, war er sich sicher. »Allein dieses Bild: Meine Frau verlässt mit drei Plastiktüten unser Haus. Ich hätte mir eine solches Ende nicht vorstellen können.« Er flüsterte unverständliche Worte vor sich hin.

»Auch die Trennung kann würdevoll verlaufen«, sagte er lauter und behielt seine Frau im Blick.

»Du hast dazu nicht unmaßgeblich beigetragen«, kommentierte Stephan und sah auf seine Uhr. Es war kurz vor halb acht.

Patrick Budde hob mit einem Schnaufen die Schultern.

»Das Geheimnis solcher Erkrankungen ist, dass sie nicht wie körperliche Leiden sichtbar sind«, sagte er. »Ich habe mit Miriam Dramen erlebt, die zu erleben ich niemandem wünsche.« Er verstummte und betrachtete mitleidig seine Frau, die jetzt hinten an der Straße auf und ab lief und weiterhin ihr Handy am Ohr hielt, während ihr Mann und Stephan ihr Tun durch das große Wohnzimmerfenster verfolgten und auf die Zuschauerrolle verwiesen waren.

»Das ist ein Schnitt in meinem Leben«, ahnte Budde und blickte sich irritiert zu Stephan um, als er ein knisterndes Geräusch hörte.

»Was ist das?«, fragte er.

»Das kleine Erinnerungsbuch zur Abiturjubiläumsfeier«, antwortete Stephan. »Ich habe es daheim vorhin noch schnell eingesteckt. Jeder konnte am Ende der Feier ein Exemplar mitnehmen, und weil du nicht mehr da warst, habe ich eines für dich mitgenommen.«

»Schön, dass du an solche Dinge denkst!« Budde warf Stephan einen kalten Blick zu und konzentrierte sich wieder auf seine Frau, die plötzlich aus dem Blickfeld verschwunden war.

»Los, Stephan! Sie ist gegangen! Ich will wissen, wohin sie geht. Es ist mir wichtig. Wir sollten ihr hinterherfahren. Vielleicht hat sie doch einen Neuen.«

»Das hattest du ausgeschlossen, Patrick. Außerdem wird sie uns bemerken, wenn wir ihr folgen.«

»Nicht, wenn wir deinen Wagen nehmen und auf Abstand bleiben«, entgegnete Budde. »Sie wird vermutlich mindestens bis zur Hauptstraße laufen. Vielleicht nimmt sie dort den Bus. Ich will wissen, zu wem sie will.«

»Was hilft dir das?« Stephan befürchtete langwierige Recherchen, die den Sonntag zerschlugen.

»Wenn sie einen Neuen hat, wäre das unterhaltsrechtlich von Vorteil«, erklärte Budde. »Dann könnten wir damit argumentieren, dass sie aus der Ehe ausgebrochen ist. Das kann mich von Unterhaltspflichten entlasten, wenn sie solche Ansprüche haben sollte.«

Budde hatte ein frohlockendes Leuchten in seinen Augen. Stephan staunte, dass Budde plötzlich in diesen Kategorien dachte.

»Ich habe mich im Internet vorgebildet«, sagte er mit hörbarem Stolz. »Wir sollten jede Chance nutzen. Wobei ich – ehrlich gesagt – gehofft habe, dass solche strategischen Tipps von dir kommen. In der heutigen Zeit darfst du nicht mehr mit dummen Mandanten rechnen. Das Informationszeitalter ist das Graus für die beratenden Berufe.« Er grinste verschlagen. »Da habe ich gegenüber euch Rechtsverdrehern einen entscheidenden Vorteil: Die Seele ist nicht planbar, und deshalb ist die individuelle Analyse auch nicht aus dem Netz herunterzuladen. Meine Leistung am Patienten ist unersetzlich und muss aus marktstrategischen Gründen auch unersetzlich bleiben, Stephan. In der heutigen Zeit geht es immer nur darum, unersetzlich zu sein. Meine Diagnosen sind pointierter und – sagen wir – ein wenig schriller geworden. Weg von den Schubladenanalysen! Das ist meine Antwort auf die Frage, wie ich mich am Markt positionieren soll. – Nun komm endlich! Ich investiere nicht in Totgeburten!«

Er zog Stephan aus dem Sessel hoch, in den Budde ihn platziert hatte, als sie vorhin das Wohnzimmer betreten und darauf gewartet hatten, dass Miriam aus dem Badezimmer zurückkehrte, in das sie sich eingeschlossen hatte. Sie verließen das Haus, und Budde drängte Stephan zu seinem Auto.

Dann fuhren sie mit gemächlicher Geschwindigkeit die Straße hinab und sahen schon bald Miriam Budde vor sich. Stephan bremste und blieb mit gehörigem Abstand hinter ihr.

»Ich hätte mir nie träumen lassen, dass ich einmal meiner Frau nachstellen würde, um zu beobachten, wie sie mit drei prall gefüllten Plastiktüten auf dem Weg in ihr eigenes Leben ist«, meinte Budde.

»Du wolltest diese Ansicht«, gab Stephan trocken zurück und setzte spitz hinzu: »Ging es nicht auch um Würde?«

»Du bist ein Arschloch, Stephan«, gab Budde mit einem Augenzwinkern zurück. »Aber ich mag dich. Wir sind uns ähnlich.«

Er ließ seine Frau nicht aus den Augen.

»Parke hier!«, forderte er dann.

Er hatte gesehen, dass seine Frau an der Ecke zur Hauptstraße stehen geblieben war und dieser entlang Richtung Innenstadt blickte.

»Sie nimmt nicht den Bus. Sie wartet auf jemanden«, war sich Budde sicher.

»Ich werde aus deiner Beziehung zu Miriam nicht schlau«, gestand Stephan, während er das Auto an einer Stelle parkte, von der aus sie ungehindert Buddes rund 30 Meter entfernt stehende Frau sehen konnten.

»Ich kann dir psychiatrische Berichte über Miriam zeigen, die dich sprachlos machen würden, Stephan. Sie sind in der Gesamtschau eine Dokumentation über eine Frau, die in einer uns entrückten Welt lebt.«

»Da kommt jemand«, unterbrach Stephan.

Budde sah angestrengt nach vorn. Ein alter Kleinwagen wendete im Bereich der Einmündung zu der Straße, in der Stephan mit seinem Auto parkte, und hielt vor Miriam Budde, die ihre Plastiktüten neben sich auf den Asphalt gestellt hatte. Ein Mann stieg aus, öffnete die Heckklappe und lud die Plastiktüten ein. Dann umrundete er sein Auto und öffnete die Beifahrertür, während er die Frau mit galanter Bewegung bat einzusteigen.

»Wir müssen uns das Kennzeichen merken«, drängte Budde.

»Schon passiert«, antwortete Stephan gelassen. »Ich habe es mir eingeprägt, als der Wagen wendete. Ich werde feststellen lassen, wer der Halter ist.«

Budde nickte flüchtig. »Gut!«, ächzte er, während er unverwandt nach vorn starrte.

»Was ist da los? Warum steigt sie nicht ein?«, ereiferte er sich. »Was macht der Typ?«

»Ich glaube, er stützt gerade deine Frau«, meinte Stephan. »Es sieht so aus, als hätte sie sich den Fuß verstaucht, als sie einsteigen wollte. Sie steht noch immer am Auto.«

»Das sehe ich«, raunte Budde unwirsch. Er griff in seine Jackentasche, fingerte nervös sein Handy hervor und wählte die Fotofunktion.

»Die Lösung kann so einfach sein«, murmelte er, während er wiederholt auf den Auslöser drückte.

»Jetzt steigt sie ein«, sagte Stephan, doch Budde konzentrierte sich auf die von ihm geschossenen Fotos, die er nachdenklich betrachtete.

»Sie fahren los«, beobachtete Stephan weiter, aber Budde war zu sehr mit seinen Bildern beschäftigt, die in der Vergrößerung deutlich den Fahrer des Kleinwagens zeigten.

»Ich kenne diesen Menschen, Stephan«, sagte er. »Ich weiß nicht, woher, aber ich bin mir sicher. Du hast dir wirklich das Kennzeichen gemerkt?«

»Habe ich«, bestätigte Stephan.

»Du bekommst es einfach so heraus, wer der Halter ist?«, staunte Budde.

»Nicht einfach so, aber ich habe Kontakte«, blieb Stephan vage. Er verschwieg, dass ein Bekannter von Marie, der bei der Kriminalpolizei arbeitete, vertraulich für Stephan an sich verbotene Halterfeststellungen vornahm. Es war ein Gefälligkeitsdienst, für den sich Marie mit Nachhilfestunden für den Sohn des Beamten revanchierte. Überall ging es darum, effektiv vernetzt zu sein.

»Danke!« Budde atmete erleichtert aus. »Ich darf dich noch zum Frühstück einladen?«

Stephan sah auf die Uhr und schüttelte den Kopf. »Wir haben jetzt fast halb neun. Um zehn kommen einige Eltern mit ihren Kindern zum Frühstück. Es ist eine Gruppe, die sich in der Kita zusammengefunden hat, die Elisa besucht. – Und ich verhehle nicht, dass ich jetzt viel lieber ein ruhiges Frühstück ohne Kindergeschrei hätte«, fügte Stephan lächelnd hinzu.

»Ich beneide dich um dein Unglück«, erwiderte Budde und fasste mit der rechten Hand gespielt mitfühlend an sein Herz.

KAPITEL 10

Die Wohnung des Portiers war funktional eingerichtet. Fast schien es, als hätten die Zimmer in Mantinis Hotel für die Auswahl der Möbelstücke Pate gestanden. Es fehlten jegliche Accessoires, die der Wohnung eine individuelle Note verliehen hätten, und als Miriam Budde die beiden Räume – eine Wohnküche und ein kleines Schlafzimmer – musterte, enthielt sich der Portier kommentierender Worte, die sie schließlich selbst fand, als sie sagte: »Man sieht, dass dies nur eine vorübergehende Bleibe sein soll.«

An den Wänden hingen Bilder seiner Tochter. Momentaufnahmen aus dem noch jungen Leben Jessicas bis hinein in ihr viertes Lebensjahr, also bis zu dem Zeitpunkt, als ihm ein Gericht untersagte, sich seiner Tochter zu nähern. In der Ecke des kleinen Schlafzimmers befand sich ein Kleiderschrank, an dessen rechter Außenseite an einem gesondert angebrachten Haken unter einer Schutzfolie ein weiteres

Livree hing. Es war noch feiner als jenes, das er gewöhnlich während seines Dienstes in Mantinis Hotel trug, und nur dafür bestimmt, in Gebrauch genommen zu werden, wenn er wieder von feineren Häusern verpflichtet würde. Bis dahin hing das gute Stück sichtbar – und deshalb nicht im Schrank – vor seinen Augen, um ihn daran zu erinnern, dass er wieder dorthin zurückwollte, woher er kam.

Er zeigte Miriam ihre Schlafgelegenheit und zog in der Wohnküche die einfache Stoffcouch mit wenigen Handgriffen aus.

»Es liegt sich nicht komfortabel darauf, aber ich denke, du wirst es aushalten können«, sagte er. Er stellte ihre Plastiktüten neben die Couch.

»Ein wenig bizarr ist es schon«, meinte sie. »Und du musst mir jetzt nicht das Nachtlager herrichten. Es ist gerade Morgen.«

»Ich möchte nur, dass du alles siehst«, sagte er und deutete auf die Schlafzimmertür. »Ich werde dort schlafen – und natürlich die Tür geschlossen halten. Du kannst sie von hier aus sogar abschließen.«

»Ach, wirklich? – Was ist, wenn du mal zur Toilette musst?«

»Ich habe einen Nachttopf, den ich dann benutzen würde«, antwortete er und blickte frech grinsend zu Boden.«

»Lügner!«, feixte sie.

»Du solltest aber abschließen«, erwiderte er ernst. »Ich bin gefährlich. Es ist gerichtlich festgestellt. Du wirst nachher nicht sagen können, dass du nichts gewusst hast.«

»Du solltest nicht über solche Dinge scherzen. Es ist kein Thema, mit dem man Witze macht.«

»Ich verschweige nichts«, bekannte er und hob die Hand wie zum Schwur.

Irgendetwas in ihm drängte ihn, sie zu peinigen. Warum sollte er nicht mit der Angst spielen? Sie hatte ihn eingefangen, sich ihm genähert, ein Opfer der Gewalt ihres Mannes – und unerklärlich oder vielleicht nur aus Naivität bereit, sich einem Menschen anzuvertrauen, der gerade wegen solcher Gewalt verurteilt worden war. Das Alleinsein nach einer solchen Verurteilung hatte ihn zynisch werden lassen. Fast war es so, als habe er in der Gesamtabrechnung noch etwas gut. Er sollte doch noch das tun dürfen, weswegen man ihn angeklagt und verurteilt hatte, um die Waage wieder ins Lot zu bringen. Die Prozesse hatten ihn zerstört, ihm mit der Würde auch die Sanftmut genommen, die seit Kindesbeinen sein Wesen prägten. Es gefiel ihm nicht, dass sie sich damit zufriedengab, dass er ein Justizopfer war. – Und nein, er war auch kein Opfer der Justiz, sondern Opfer der Beweise, die man konstruiert hatte. Er litt darunter, dass Miriam so schnell Vertrauen zu ihm gefasst hatte. Dass sie blind seiner Version folgte, die erst recht aus ihren Augen völlig unbewiesen sein musste. Im Herzen beleidigte es ihn, dass sie ihm seine Geschichte als wahr abnahm, über die sich Gerichte unter Zuhilfenahme von Gutachtern den Kopf zerbrochen und letztlich gegen ihn entschieden hatten. Das war der Kern: Er wollte kein Vertrauen mehr geschenkt bekommen, nachdem er es sich trotz größter Mühen redlich nicht erkämpfen konnte. Es demütigte ihn, was sie tat. Das war es, was ihn wahrlich ängstigte: Er wollte keine Menschen mehr um sich, die es ihm leicht machten, nachdem er es nicht geschafft hatte, für sich selbst erfolgreich zu kämpfen. Sie schenkte ihm etwas, was ihn anwiderte. Und er hatte Angst vor sich selbst, dass aus ihm das ausbrechen könnte, was das verhängnisvolle Gutachten über ihn prophezeite.

»Du bist ernst geworden«, sagte sie.

»Du solltest mich nicht leicht nehmen«, erwiderte er und gab sich mit einem Lächeln heiter. »Du wirst im Schlafzimmer übernachten und ich hier auf der Couch.«

»Warum der Sinneswandel?«, fragte sie erstaunt.

»Es ist zu deinem Schutz«, erwiderte er wahrheitsgetreu. »Du kannst das Zimmer auch von innen abschließen.«

»Du kannst teuflisch sein«, sagte sie flüchtend.

»Ich bin es, Miriam!«, unterstrich er. »Vergiss das Livree! Es ist nur ein Kostüm.«

»Markus, sag mir bitte, dass du nur spielst!« Sie sah ihn besorgt an.

Er musterte sie.

»Du musst ängstlich sein, Miriam. Meine Worte verlangen danach, dass du Angst hast. – Aber ich sage, was du hören möchtest: Ja, ich spiele nur! Jetzt muss es dir besser gehen, oder?«

Sie antwortete nicht und suchte das Bad auf. Markus gab sich sofort fürsorglich und mahnte, dass sie aufpassen müsse. Die Dachschräge reiche so weit herunter, dass sie die Toilette nur geduckt rückwärtsgehend erreiche. Seine Beschreibung war technisch nüchtern und ohne jeden Witz, der sich hier angeboten hätte.

Sie war verunsichert wegen seiner Stimmungsschwankungen. Das kleine Bad erlaubte kaum, sich in der Räumlichkeit zu bewegen. Die stumpfe abgenutzte Wanne stieß an den ebenso verbrauchten Spülstein, über dem ein schlichtes Weichholzregal Handtücher und Fläschchen mit etlichen Herrendüften beherbergte, dazu Schachteln mit kostbaren Seifen, die er offensichtlich aus einem Spezialgeschäft bezog. Sie näherte sich der in den Dachschrägenwinkel eingezwängten Toilette, wie er es ihr geraten hatte, und blickte auf die gegenüberliegende Badezimmertür, in der sich ein kleines Fenster mit einer gewellten Glasscheibe befand. Es war dunkel hinter der Scheibe, doch sie war gehemmt, weil sie fürchtete, dass er sie beobachten könnte. Sie schlich langsam nach vorn, nahm ein Handtuch aus dem Regal und hängte es oberhalb des Fensters an einen offenbar für den Bademantel bestimmten Haken. Dann schloss sie die Tür leise von innen ab. Täuschte sie sich oder hatte sie hinter der Tür das Knarzen des Dielenbodens gehört?

Sie versuchte, ihre Beklemmung zu zerstreuen, doch es gelang ihr nicht.

Als sie wieder ins Wohnzimmer kam, schien er wie ausgewechselt. Er hatte auf dem Couchtisch das Frühstück zubereitet. Vier duftende Brötchen lagen in einem geflochtenen Korb, und sie fragte sich, wo er sie so schnell beschafft haben mochte. Er hatte einen Sessel, demjenigen in dem kleinen Büro hinter dem Tresen des Hotels nicht unähnlich, an den Tisch herangeschoben und auf dem kleinen Tisch zwei Plätze mit pedantischer Liebe zum Detail eingedeckt. Die Frühstücksbrettchen lagen exakt parallel zur Tischkante, das sorgfältig arrangierte Besteck präzise im rechten Winkel dazu. Die Papierservietten hatte er kunstvoll gefaltet und sie akkurat ausgerichtet. Frisch aufgebrühter Kaffee duftete, und als er Marmelade und Käse auf den Tisch gestellt, den Kaffee eingeschenkt hatte und er sich mit einem zufriedenen Seufzer auf die Couch fallen ließ, die Knie bis unter das Kinn zog und wie ein Kind hin und her wippte, wirkte er mit einem Male kindlich entspannt und so gelöst, dass es ihr ebenso fremd war, wie es ihr gefiel.

»Es ist so schön«, freute sie sich.

»Ja, schön«, wiederholte er nüchtern. Er schnitt ein Brötchen an.

»Hast du kein Brötchenmesser?«, fragte sie erstaunt. »So fallen doch die Krümel auf den Boden. Du solltest dir ein Brötchenmesser kaufen und die Brötchen über der Spüle aufschneiden.« Sie sprang auf, nahm ihr Brötchen und trat an die alte Küchenzeile.

»Du wirst doch wohl ein schärferes Messer haben als die alten Dinger, die auf dem Tisch liegen«, meinte sie.

»In der oberen Schublade«, erwiderte er.

Sie zog die Schublade mit einem Schwung auf und studierte den Inhalt.

»Dies hier zum Beispiel …« Sie nahm ein Messer mit langer Klinge in die Hand. »Hotel Kronenhof, Stuttgart«, las sie auf dem Schaft. »So ist es also, wenn man an der Quelle sitzt«, schmunzelte sie.

Sie teilte das Brötchen mit einem Schnitt.

»So ist es doch viel besser«, meinte sie. »Gib mir bitte die anderen!«

Er schüttelte unwirsch den Kopf.

»Ich bin Portier und nie Kellner gewesen.« Er nahm den Brötchenkorb und stand auf.

»Aber du bist Perfektionist«, erinnerte sie ihn. Er reichte ihr den Korb, und kaum, dass sie ihn fassen konnte, entglitt er ihr. Sie versuchte, den Korb mit der anderen Hand abzufangen und verlor dabei das Messer. Es fiel alles auf den Boden.

»Ich bin kein Perfektionist«, stellte sie fest und bückte sich, um alles aufzusammeln.

Als sie sich aufgerichtet hatte, blutete sie am rechten Unterarm.

Sie betrachtete erstaunt ihre Wunde und tastete mit dem Zeigefinger ihrer linken Hand behutsam über den klaffenden Schnitt.

»Kannst du mir erklären, wie es passiert ist?«

Er sah sie an, überlegte, und konnte es nicht.

»Du musst den Schnitt verbinden«, riet er. »Ich hole dir ein Pflaster.«

»Es heilt von selbst.« Sie drückte die Wunde ab. »Drei oder vier Minuten, und dann wächst es zusammen. Ich habe gutes Heilfleisch.«

Er sah sie skeptisch an.

»Ich setze mich einfach hin und warte. Ruhe ist das Wichtigste in solchen Dingen.«

Sie setzte sich aufrecht auf die Couch und betrachtete aufmerksam ihren rechten Unterarm, den sie jetzt fest mit ihrer linken Hand umschloss.

»Es tut mir leid, Markus!«

»Was?«

Sie deutete mit einer Kopfbewegung auf die grauen Teppichfliesen, mit denen die Wohnküche ausgelegt war.

»Es sind einige Tropfen Blut auf den Boden gefallen. Ich habe es wirklich nicht gemerkt.«

»Es ist eben so«, meinte er gleichmütig.

»Es gibt Mittel, die ziemlich gut wirken. Ich besorge dir welche.«

»Du bindest nicht richtig ab!« Er sah, dass unter ihrer linken Hand Blut durchsickerte und bereits auf die Couch getropft war.

Er kam mit schnellem Schritt zu ihr und setzte sich neben sie. Dann schob er ihre linke Hand beiseite und umschloss statt ihrer mit festem Griff ihren rechten Unterarm. Es vergingen Minuten des schweigenden Nebeneinanders, in denen die Innenfläche seiner Hand ihren Puls immer stärker spürte und er immer mehr zudrückte, je mehr er ihr Blut warm und klebrig auf seiner Haut spürte.

Sie hob ihren Atem wie nach einer erregenden Berührung. Er wagte nicht, sie anzusehen, blieb stoisch ruhig wie ein Mediziner, der abgeklärt die Erstversorgung des Verletzten übernommen hatte.

»Du tust mir weh!«, flüsterte sie.

Er reagierte nicht, sondern starrte auf das Brötchenmesser, das noch auf dem Boden vor der alten Küchenzeile lag. An der Klinge haftete rostbraun ihr inzwischen getrocknetes Blut.

Sie hatte falsch vermutet. Das Messer war ein Geschenk des Direktors des Stuttgarter Kronenhofs gewesen, ein Symbol der Verbundenheit mit dem Haus, dem er einige Jahre treu gedient und es verlassen hatte, nachdem ihn ein Düsseldorfer Hotel abgeworben hatte. Das Messer symbolisierte den Wunsch des Direktors, dass er sich – wo auch immer er sei – durchs Leben schlagen und Hindernisseile durchtrennen solle. Sie hielt ihn für einen Dieb. Sie dachte einfach, ließ sich von Klischees leiten, urteilte nach dem ersten Eindruck. Sie würde ihm nicht nahe werden können. Sie würde nicht darauf kommen, dass der Rat, die Tür zum Schlafzimmer abzuschließen, nicht sie vor ihm beschützen, sondern sie auf Distanz zu ihm halten sollte. Er dachte über sich in dieser irreal anmutenden Situation nach, in der er das warm puckernde Blut eines Menschen fühlte und ihm zugleich so fern war, als verbinde ihn nichts mit ihr. Warum hatte sie sich so mit dem Messer schneiden können, dass die Wunde nicht zu stillen war? Er erlebte sich wie ein Beobachter seiner selbst, filterte seine Selbstbetrachtung in den Feststellungen des Gutachtens, das den Stab über ihn gebrochen hatte. Es war falsch und richtig, was darin zu lesen stand. Das Gutachten war wie ein Horoskop, in dem jeder Wahrheiten über sich finden würde. Aber die

Schlussfolgerungen waren falsch. Er beharrte darauf und hatte Angst, dass er gerade deswegen die Störung hatte, die man ihm attestierte. Hatte das Gericht recht, in seiner Unbelehrbarkeit seine Krankheit zu erkennen?

»Es ist jetzt wirklich gut!« Sie löste sich mit einem Ruck aus seiner Umklammerung. Er nahm seine Hand weg und betrachtete sie versonnen. Die Knöchel waren weiß hervorgetreten, und der Druck, mit dem er zugepackt hatte, hatte die Hand taub werden lassen. Die Innenfläche war dunkelrot. Er sah interessiert auf die Struktur des geronnenen Blutes.

»Einmal abwaschen, und alles ist weg«, sagte sie.

Er spürte wieder ihre Unsicherheit. »Ich nehme ein feuchtes Hygienetuch«, erwiderte er, nur um ihr zu widersprechen. Er hatte eine zynische Freude daran, zu treten, wenn er Schwächen witterte. Hatten Miriams Anruf und seine Rolle als Portier ihn erst fürsorglich gemacht, so verstörte ihn nun die von ihr erzwungene Nähe und reizte ihn.

»Du bist ein kauziger Typ.«

Er zuckte mit den Schultern.

»Mag sein!«, sagte er tonlos.

KAPITEL 11

Elisas spontan geschlossene Freundschaften mit Kindern aus der Tagesstätte bescherten Marie und Stephan vermehrte Kontakte mit den Eltern der anderen Kinder. Wie von selbst hatte sich eine Elterngruppe gebildet, die ihre Treffen im zweiwöchigen Turnus jeweils sonntags mit einem gemeinsamen Frühstück ausrichtete. Marie und Stephan hatten sich vor der Geburt ihrer Tochter vorgenommen, sich nicht zu sehr mit anderen Eltern in Gespräche über die Kinder zu verlieren. Obwohl ihnen dies häufig gelang, konnten sie sich nicht vollständig dem Sog entziehen, den die sich verselbstständigende Dynamik der Elterngruppe mit sich brachte. Marie und Stephan widersetzten sich jedem Gruppenzwang, so gut es eben ging, aber sie hatten auch verstanden, dass sie Gefahr liefen, Elisa zu isolieren, wenn sie sich nicht ein Stück weit darauf einließen. Deshalb hatten sie die Flucht nach vorn angetreten und mit der heutigen Einladung zum gemeinsamen Frühstück ein Zeichen gesetzt, hoffend, damit für die nächste Zeit sich weiterer Verpflichtungen entziehen zu können. Marie hatte auf das gemeinsame Frühstück so wenig Lust wie Stephan. Einzig Elisa schien sich angesichts des zuvor mit Girlanden und Luftballons geschmückten Wohnzimmers auf das Spielen mit Merle, Thorben, Frederic, Lea, Emma und Alexander zu freuen. Marie und Stephan hingegen schöpften aus ihren Erfahrungen aus früheren Treffen und wussten, dass sie Diskussionen über die ökologisch wertvollsten Lebensmittel und die pädagogisch sinnvollsten Spiele erwarteten. Also war es ihnen eine Freude gewesen, neben der eingeforderten Biokost reichlich Bier und Chips aufzufahren und neben dem avisierten Tomatensaft Sekt und Schnäpse anzubieten. So standen die Alkoholika direkt neben den Schalen mit Leinsamen und Müslisorten, und statt der sonst üblichen Schale mit Trockenobst hatte Marie kleine panierte Schnitzel vorbereitet. Zu allem Überfluss hatten Marie und Stephan vor der Ankunft der anderen bereits eine Flasche Sekt geleert, bevor der ungeliebte Besuch erschien und ungeniert die Wohnung in Beschlag nahm. Stephan wusste, dass sich die wenig geschätzten Gäste nicht in Zurückhaltung üben würden, und sein Alkoholgenuss machte es ihm leicht, erste spitze Bemerkungen zu machen, als die rundliche Mutter von Frederic mit ihrem Gesäß zwischen den Sesselwangen festklemmte und deshalb vorzog, in die Küche zu wechseln, um sich dort nützlich zu machen. Der Zufall wollte es, dass der kleine Frederic, der seiner Mutter robbend gefolgt und flink in einen Unterschrank gekrabbelt war, mit einem stark verschimmelten Brot wieder auftauchte, das er dort unter freudigem Quieken gefunden hatte. Stephan quittierte diesen Fund mit einem weiteren Glas Sekt, während die Geschwister Thorben und Merle die neue Ledercouch im Wohnzimmer für Hoch- und Weitsprünge nutzten, beobachtet von den aufmerksamen Blicken ihrer Eltern, die sorgsam darauf achteten, dass sich die Kleinen nicht verletzten. Stephan holte sein Handy, und während er so tat, als wolle er damit Erinnerungsfotos von diesem gelungenen Vormittag machen, dokumentierte er das Chaos, um den nötigen Beweis führen zu können, wenn die Haftpflichtversicherungen der netten Eltern Belege für das zerstörerische Wirken der ansonsten so friedliebenden Kinder sehen wollten.

Schließlich gelang es doch, im Wohnzimmer beieinanderzusitzen, und während sich das Gespräch bald auf die Vor- und Nachteile von Holzspielzeug konzentrierte, blaffte Stephan auf die interessierte Frage der fülligen Mutter des kleinen Alexanders, ob die kleine Elisa denn auch so voller Fantasie wie ihr Kind sei, dass er nur wisse, dass er selbst gleich voll sei. Marie versuchte noch, die aufkommende Missstimmung mit leichter Plauderei über das anstehende Weihnachtsbacken abzuwenden, doch ihr ohnehin nur leidlich erfolgreiches Bemühen scheiterte vollends, als es dem kleinen Alexander, Sohn der alleinstehenden Brigitta, mit Elisas Hilfe gelungen war, den Schlüssel zum versperrten Arbeitszimmer zu finden und dessen Tür zu öffnen.

Marie hatte sich gerade angesichts Stephans demonstrativen Desinteresses an den von ihm so genannten »Müslifressern« vorauseilend angeboten, die Wohnung für ein Kinderbackfest bereitzustellen, als Alexander und Elisa mit einer grauen Pappschachtel aus dem Arbeitszimmer zurückkehrten. Marie erkannte die aufkommende Gefahr, doch sie konnte Schlimmeres nicht mehr verhindern, denn Alexander rannte freudig zu seiner Mama, die die Schachtel flüchtig beäugte, bevor ihr Sohn sie wieder an sich riss, auf den Boden warf und in Windeseile geöffnet hatte.

Was auf den ersten Blick nicht zu identifizieren war, nannte sich ausweislich der Aufschrift auf der Schachtel, die Alexanders Mutter an sich genommen hatte und nun aufmerksam studierte: »Körperlust mega 1.«

Schweigen.

»Ach, Brigitta«, sagte Stephan leicht dahin. »Das ist kein BH von uns. Wir verkaufen das nur. – Da haben wir noch ganz andere Sachen im Programm.«

»Titti«, kicherte Alexander vergnügt und fing sich eine Ohrfeige seiner im selben Moment im Gesicht errötenden Mutter.

»… noch ganz andere Sachen im Programm …«, wiederholte sie brüsk Stephans letzte Worte und stand mit schwerfälligem Keuchen auf, während sie ihr Kind mit einem Handgriff vom Boden hochzerrte. »Schluss jetzt!«

Stephan hatte das Sektglas abgestellt. Das gemeinsame Frühstück endete früher als erhofft und schlimmer als erwartet.

KAPITEL 12

Miriam hatte sich in das Bett des Portiers gelegt. Der Blutfluss war zum Stillstand gekommen, nachdem er ihre Wunde mit einem großen Pflaster versorgt und das blutgetränkte Pflaster gegen ein neues ausgetauscht hatte. Sie wollte sich etwas ausruhen und hatte vorgeschlagen, später am Tag einen Spaziergang zu machen. Der Portier hatte erleichtert eingewilligt und sich dafür entschuldigt, dass er auf sie so kauzig wirke. Seine bitteren Erfahrungen hätten ihn zu einem eigensinnigen Menschen gemacht, hatte er erklärt. Sie hatte sich mit einem flüchtigen Kuss auf seine Wange bedankt und seine erstaunte Nachfrage, wofür sie sich bedanke, unbeantwortet gelassen.

Als sie sich hingelegt hatte, ging er in die Wohnküche und reinigte das Messer. Er putzte die Klinge und polierte sie anschließend, hielt das gesäuberte Messer gegen das Licht und vergewisserte sich, dass es rein war. Sabine hatte sich oft über seine Pedanterie belustigt, mit der er seine Sachen ordnete und reinigte. Dabei war es auch seine Korrektheit gewesen, die sie an ihm fasziniert hatte. Seine Welt war sauber, hell und klar gewesen – bis er versagte und er seine dunkle Seite wie eine Teufelsfratze offenbarte.

»Was hast du vor?«, fragte Miriam. Sie sah ihn von seinem Bett aus im Spiegel des Kleiderschrankes. Er stand im Türrahmen, das Messer in Händen haltend.

»Es ist wieder sauber«, meinte er. »Für den Boden werde ich ein Spezialmittel kaufen.«

»Kaum bin ich in deiner Wohnung, besudele ich sie«, bedauerte sie.

»Es ist nicht schlimm«, sagte er, obwohl es ihn störte, die Spuren nicht sofort beseitigen zu können.

Sie wandte sich ab und betrachtete die karge Wand seines Schlafzimmers. An der Wand mussten Bilder gehangen haben. Es waren deutlich die Umrisse der Bilderrahmen als dunkle Schatten auf der bleichen Raufasertapete zu sehen. Sie wollte zur Ruhe kommen und konnte es nicht. Miriam war aufgeregt und wälzte sich hin und her. Ihre Gedanken waren wirr und stachen sie, sobald sie meinte, sich in den Griff zu bekommen. Sie wälzte sich leise hin und her, bemüht, dass er aus dem Nebenzimmer heraus ihre Unruhe nicht bemerkte. Sie war nervös. Ihr ganzes weiteres Leben würde sich verändern. Miriam hatte Angst.

Sie blieb knapp zwei Stunden liegen, stand zwischendurch auf, trank mit ihm einen Kaffee und legte sich wieder hin, ohne dass es ihr besser ging.

»Du fragst dich, ob du das Richtige tust«, vermutete er. Er war an das Bett gekommen und sah sie ruhig an. Ihr Gesicht sah fahl und abgespannt aus.

»So schlimm?«, fragte er.

»Ich konnte noch nie Blut sehen«, gestand sie. »Ich weiß, es klingt albern.«

»Es wird bald dunkel«, sagte er. »Wir wollten noch einen Spaziergang machen.« Er blickte nachdenklich aus dem Fenster in den schwindenden diesigen Tag.

»Es wird ein Gang durch triste Straßen«, meinte er.

»Gibt's hier kein Grün?«

»Nein.« Er lachte auf. »Du kennst die Nordstadt nicht. Wenn wir ins Grüne wollen, müssen wir erst ein Stück fahren.«

Sie zog behutsam das Pflaster ab und richtete sich auf. Die Wunde hatte sich geschlossen.

»Gib es mir!« Er streckte die Hand aus.

Sie gab ihm das Pflaster, er ging in die Küche und warf es in den Abfalleimer.

»Nicht in den Eimer, Markus. Das ist widerlich.« Sie holte ein Papiertaschentuch aus ihrer Jacke, nahm die benutzten Pflaster aus dem Abfalleimer, wickelte sie in das Tuch ein, ging ins Bad, warf das Knäuel in die Toilette und spülte, bis es verschwunden war.

Als sie sich umwandte, stand er hinter ihr. Er richtete die Fläschchen auf dem Holzregal neu aus, bis sämtliche Etiketten nach vorn wiesen.

»Du hast sie dir angesehen«, vermutete er.

»Und?«, fragte sie.

»Ich will, dass alles ordentlich ist«, antwortete er.

KAPITEL 13

»Ich mag Spaziergänge im Dunkeln«, meinte Miriam, »auch wenn es regnet. – Eigentlich mag ich sie sogar ganz besonders, wenn es regnet«, verbesserte sie sich.

Der Portier hatte ihr seine alte Regenjacke mit Fellbesatz geliehen und sich dafür entschuldigt, dass der Reißverschluss klemmte.

»Ich gehe viel zu selten raus«, sagte er.

»Zu zweit ist es eben schöner«, befand sie und hakte sich bei ihm unter. Er hielt den ausladenden dunklen Regenschirm beschützend über sie und nahm es hin, dass ihn der Regen seitlich traf.

»Es ist die Zeit, in der ich als Kind begann, meine Weihnachtswünsche aufzuschreiben und die Tage bis zum Fest zu zählen«, erinnerte sie sich.

Sie hatten das Mahnmal in der Bittermark passiert und liefen auf einem der abgehenden Wege weiter. Der feine Splitt knirschte dumpf unter ihren Sohlen. Niemand begegnete ihnen. Er beschritt Wege mit ihr, die er zuletzt vor Jahren mit Sabine gegangen war. Das Spazierengehen war ihm fremd geworden. Der schleiernde Regen schluckte die Geräusche und fiel auf triefend schwarze Äste, deren Schemen im bleichen Mondlicht bizarre Konturen zeichneten. Er hustete, als müsse er seine Stimme aus der Taubheit lösen, suchte nach Worten, die er ihr hätte sagen können, ohne dass sie unecht wirkten. Vorhin, als sie in seinem Bett gelegen hatte, hatte er sie aus dem Türrahmen heraus beobachtet, ohne dass sie ihn bemerkt hatte. Er hatte sie mit Blicken abgetastet. Es gelang ihm mühelos, sie sich nackt vorzustellen. Er hatte sie aus der Distanz entblößt, seltsam unemotional und ohne Begehren. Es machte ihn beklommen, dass er so stumpf war. Er fand keine anderen als hölzerne Worte und schwieg.

Die modrige Herbstluft lag auf seiner Zunge. Er leckte nach Regentropfen in seinen Mundwinkeln und drehte gleichzeitig den Regenschirm so, dass er nicht länger sie, sondern nun ihn beschützte. Es war widersinnig, was er tat, und er ließ sich selbst geschehen. Sie merkte, dass er sich wieder änderte. Sie selbst war still geblieben und zog ihn weiter. Wenige hundert Meter noch, dann blieb sie stehen und wandte sich ihm zu. Sie standen eng voreinander. Er war einen Kopf größer als sie. Der Schirm wölbte sich wie ein Dach über beide, von dem Regentropfen wie schwere Tränen abfielen. Perlen, die nicht glitzerten und nicht störten. Sie spitzte ihre Lippen. Er neigte scheu seinen Kopf. Ihre Lippen fühlten Bartstoppeln auf der kalten feuchten Wange. Sie tastete sich zu seinem Mund vor. Ihre Zunge lockte die seine, sie umspielten einander.

Das Messer drang lautlos in den Körper ein. Der Stich war platziert, schnell und tief. Er löste ein staunendes Schweigen aus, stach in trunkene Ungläubigkeit ein, die zu keiner Gegenwehr in der Lage war. Es folgte ein zweiter Stich wie ein flüchtiger schneller Kuss, genauso tief wie der erste. Noch immer glaubte das Hirn an den Kuss. Dann plötzlich löste sich der eine Körper von dem anderen, weil die Kraft schwand, abgeschaltet wie Strom, fiel in sich zusammen wie ein Sack, während der andere Körper abwartend verharrte, regungslos auf den Tod wartend. Die Stiche begannen plötzlich zu schmerzen, wurden der Betäubung beraubt, lebten und pumpten das Blut von innen nach außen. Das schwindende Leben hielt mit letzter Kraft eine schwache zitternde Hand in die feuchte Luft, dann kippte der Körper zur Seite, krümmte sich auf dem feinen Splitt, streckte sich, als wollte er sich ausruhen, vom sanften Regen benetzt, gewässert wie ein gestrandeter Wal. Noch ein Keuchen. Dann war Stille.

KAPITEL 14

Um 20 Uhr hätte der Portier im Hotel an diesem Sonntagabend seinen Nachtdienst antreten müssen, doch er kam nicht. Sein Kollege, mit dem er sich im Schichtdienst abwechselte und die heutige Tagschicht übernommen hatte, rief um 20:10 Uhr Mantini an. Der Kollege sorgte sich nicht um den anderen, sondern einzig deswegen, weil die Verspätung den eigenen Feierabend hinauszögerte. Mantini hingegen war besorgt, als er erfuhr, dass der zuverlässigste Mitarbeiter, den er je hatte, nicht zur Nachtschicht erschienen war. Sein Portier hatte sich noch nie verspätet. Er war auch dann stets pünktlich gewesen, wenn Unwetter oder andere widrige Umstände die Verspätung plausibel gemacht hätten. Mantini verzichtete darauf, seinen Portier über Handy anzurufen. Er wusste intuitiv, dass er sich selbst bei seinem Chef gemeldet hätte, wenn er das gewollt oder gekonnt hätte. Mantini wusste, dass beide Alternativen implizierten, dass der Portier nicht wiederkehren würde. Er ahnte, dass sich das Dunkle, das im Innern seines Portiers verborgen war, sich seiner bemächtigt hatte. Mantini wies den Kollegen des Portiers an, dessen Dienst zu übernehmen. Dann lehnte er sich zurück und wartete unruhig. Er klammerte sich an die vage Hoffnung, sich zu täuschen.

KAPITEL 15

Buddes Anruf erreichte Stephan gegen 21:30 Uhr.

»Er heißt Markus Bojarzin«, rief er. »Ich habe lange überlegt und mir die Handyfotos immer wieder angesehen. Jetzt bin ich mir sicher, dass er es ist.«

»Woher kennst du ihn?«, fragte Stephan.

»Aus einem Gerichtsverfahren. – Es ist etwa vier Jahre her. Ich war als Gutachter in einem Verfahren tätig, indem es um das Sorgerecht für sein Kind ging. Soweit ich mich erinnere, war er mit der Kindesmutter nicht verheiratet, hatte mit ihr aber das gemeinsame Sorgerecht. Die Mutter wollte wieder das alleinige Sorgerecht haben und hatte zugleich beantragt, dass Bojarzin jeglicher Kontakt zu dem Kind untersagt werde. Sie hatte mit einer einstweiligen Verfügung erwirkt, dass er sich nicht bis unter eine bestimmte Distanz Mutter und Kind nähern dürfe.«

»Was war deine Aufgabe?«

»Bojarzin hatte die Kindesmutter vergewaltigt. Es ging um die Frage, ob von ihm weitere Gefahr ausging und zum Wohl des Kindes der Kontakt ausgeschlossen werden sollte. – Nach meiner festen Überzeugung war und ist er eine Zeitbombe. Ich hatte damals ausführliche Explorationsgespräche mit Bojarzin geführt und ihn auch noch einmal im Gerichtssaal gesehen, als ich ergänzend angehört wurde. Der Mann ist gewalttätig, Stephan. – Woher um Himmels willen kennt Miriam diesen Menschen?«

»Bist du sicher? Ich habe das Autokennzeichen bisher nicht überprüfen können.«

»Ganz sicher«, antwortete Budde. »Ich konnte Bojarzin heute Morgen nur deshalb nicht zuordnen, weil die Sache eine ganze Weile her ist und eine überraschende kurze Begegnung an einem anderen Ort das Erinnerungsvermögen überfordert. – Stephan, Miriam kannte diesen Menschen, denn sie hat ihn gezielt an diese Straßenecke bestellt.«

»Weißt du, wo er wohnt und was er beruflich macht?«, fragte Stephan.

»Nein. Ich weiß nur, dass er damals Empfangschef in einem Nobelhotel war. Ein ganz feiner Pinkel, der so aussieht, als könne er keiner Fliege was zuleide tun. Aber in Wirklichkeit ist er ein gewaltbereiter Mensch, der zur Bestie werden kann. Das Gericht hat es damals genauso gesehen. Die gegen ihn ergangenen Entscheidungen waren rechtens. Das Strafgericht hatte ihn nur deshalb lediglich wegen sexueller Nötigung und nicht wegen Vergewaltigung verurteilt, weil man den vollen Beweis gegen ihn nicht führen konnte. Letztlich stand noch ein ganz anderer Vorwurf gegen ihn im Raum.«

»Was meinst du, Patrick?«

»Seine Partnerin hatte behauptet, dass er sogar versucht habe, sie umzubringen. Und nach allem, was ich hinsichtlich der Persönlichkeit dieses Markus Bojarzin erforschen konnte, spricht alles dafür, dass dies stimmte. Ich war mir selten in einer Diagnose so sicher wie in diesem Fall. Aber an eine versuchte Tötung wollte das Strafgericht wohl nicht ran. Man begnügt sich allzu schnell mit dem Beweisbaren.«

»Das heißt, dass die gerichtlichen Entscheidungen im Wesentlichen auf dem Ergebnis deiner gutachterlichen Feststellungen beruhten«, folgerte Stephan.

»Gutachter war ich aktiv nur in dem familiengerichtlichen Verfahren«, sagte Budde. »Zum Strafverfahren kam es nur, weil das Familiengericht die Akten an die Staatsanwaltschaft weitergegeben und diese dann selbst ermittelt hat. Wie ich hörte, hat sich Bojarzin in diesem Verfahren nicht mehr gewehrt. Mein Gutachten lag dort als weiteres Beweismittel vor. Nachdem die Staatsanwaltschaft ankündigte, die Ermittlungen wegen versuchter Tötung und Vergewaltigung einzustellen, zeigte sich Bojarzin hinsichtlich der sexuellen Nötigung geständig. Zur Belohnung kam er mit einer Bewährungsstrafe davon. Es bedurfte also nicht mehr meiner Einvernahme als Sachverständiger. – Psychologie ist keine Hexerei, Stephan, und erst recht keine Laberei. Manchmal muss man nur in Worte fassen, was man sieht, und auswerten, was bei näherem Studium dessen, was mir die Menschen erzählen, in völliger Klarheit offenkundig ist. – Und jetzt frage ich mich natürlich, wie dieser Mann und Miriam zusammengefunden haben.«

»Sie wird in dem Hotel untergebracht sein, in dem er arbeitet«, vermutete Stephan.

»Nein«, erwiderte Budde. »Ich weiß nicht, in welchem Hotel er damals arbeitete, aber er ist mit Sicherheit dort nicht mehr oder wieder beschäftigt. Ich weiß noch, dass ihm damals vom Gericht nahegelegt wurde, sich einer Behandlung in einer psychiatrischen Klinik zu unterziehen. Soweit ich weiß, hat er das aber nicht getan. Markus Bojarzin ist gefährlich, Stephan!«

»Also denkst du, dass seine Begegnung mit Miriam kein Zufall ist«, meinte Stephan.

»Es kann kein Zufall sein, Stephan! – Ich will diesen Gedanken nicht zu Ende denken, verstehst du! In den Augen dieses kranken Menschen bin ich derjenige, der sein Leben zerstört hat. Es gehört zu seinem Krankheitsbild, jede eigene Verantwortung zu leugnen und diese nur bei anderen zu suchen. Seitdem mir vor einer Stunde klar wurde, wer der Mann ist, zu dem sich Miriam ins Auto gesetzt hat, versuche ich, sie über Handy zu erreichen. Vergeblich.«

»Du musst die Polizei verständigen!«

»Habe ich gerade gemacht. Ich musste mir nur sicher sein. Ich wollte es erst nicht wahrhaben. Es ist so ungeheuerlich, Stephan. Wie oft schon habe ich befürchtet, dass sich einmal diejenigen rächen könnten, die ich als Gutachter enttarnt habe. – Und jetzt?«

KAPITEL 16

Gegen 22 Uhr fuhr Mantini mit seinem Auto zu Bojarzins Adresse. Er war zuvor noch nie dort gewesen. Er parkte seinen Wagen in einer Seitenstraße. Dann ging er, die Hände lässig in den Taschen seiner Lederjacke versteckt, gemächlich schlendernd an dem Haus vorbei, in dem Bojarzin wohnte, und sah, dass die äußere Ruhe auf der Straße darüber hinwegtäuschte, dass alles anders war als an einem sonstigen beliebigen Sonntagabend. Er bemerkte die beiden geparkten Polizeiwagen auf der anderen Straßenseite, die geöffnete Tür zum Flur des Hauses, in dem Bojarzin wohnte, sah das hell erleuchtete Treppenhaus und das Licht in Bojarzins Wohnung im ersten Stock, an deren Decken er Schattenspiele von Personen sah, die sich darin bewegten. Es waren keine ausgelassenen, sondern bedächtige, fast wie in Zeitlupe sich vollziehende Bewegungen, die unwirklich und bedrohlich wirkten.

Mantini wusste ab diesem Augenblick, dass Bojarzin nicht mehr zurückkehren konnte. Er fuhr in sein Hotel zurück, löste den Portierkollegen ab und schickte ihn in den Feierabend. Mantini übernahm den Nachtdienst, und er nutzte die Zeit, in seinem Büro all jene Unterlagen einzusammeln, die Hinweise auf dubiose Geschäfte geben könnten. Es war unwahrscheinlich, dass die Beamten schnell auf sein Hotel stoßen würden, denn die einzige Ausfertigung des mit Mantini geschlossenen Arbeitsvertrages befand sich in Mantinis Händen, und er war sich sicher, dass sein Portier seiner Anweisung Folge geleistet hatte und in seiner Wohnung keine Dokumente aufbewahrte, die auf seine Tätigkeit im Hotel hingewiesen hätten. Mantini wählte gleichwohl den sichersten Weg: Er rief seine russischen Freunde an und bat, die für die kommende Woche geplante Visite auf einen späteren Zeitpunkt zu verlegen. Mantini beseitigte noch dies und das, und irgendwann nach Mitternacht war sein Hotel rein.

Beim Suchen nach Unterlagen war er im Bürounterschrank auf eine angebrochene Flasche Wein gestoßen.

Mantini holte sie hervor und hielt sie gegen das Licht. Er prostete seinem Portier zu, dann leerte er die Flasche in einem Zug. Mantini wusste, dass er jemanden verloren hatte, der wenig von ihm und von dem umgekehrt Mantini fast nichts wusste. Und doch hatte die beiden so etwas wie Freundschaft verbunden.

KAPITEL 17

Ebenfalls gegen 22 Uhr mühte sich ein Polizeikommissar damit ab, im Haus der Buddes im Gespräch mit dem ratlosen Ehemann Beziehungsgeflechte zu klären. Miriam Budde war wie Markus Bojarzin spurlos verschwunden, und Budde reagierte auf die polizeilichen Fragen mit verständlicher Erregung. – Ja, seine Frau sei psychisch belastet und früher über einen langen Zeitraum bei einem Düsseldorfer Kollegen in Behandlung gewesen, aber sie sei nicht irre. – Und ja, seine Ehe mit Miriam stehe vor dem Ende, aber er suche in der Trennung den konstruktiven Weg – und nein, es gebe keine weiteren Kontakte zu Markus Bojarzin, den er im Rahmen eines familiengerichtlichen Verfahrens begutachtet und dabei das Drama in der Psyche des scheinbar friedlichen Bojarzins entlarvt habe.

»Lesen Sie das Gutachten und fragen Sie die damals zuständige Richterin«, bellte Budde, als er den Eindruck gewann, dass seine Informationen den Kommissar überforderten.

Das vorläufige Ergebnis der Spurensicherung, die auch Buddes Haus und das davor geparkte Auto seiner Frau untersuchte und zur genauen Analyse Vergleichsproben nahm, war, dass die in Bojarzins Wohnung gefundenen Blutspuren von Miriam Budde stammen konnten, deren Blutgruppe ihr Mann auswendig kannte.

Auch die Fingerabdrücke, die man an sämtlichen in Buddes Haus und Bojarzins Wohnung herumliegenden Gegenständen nahm, wiesen nach einer Schnellanalyse auf dieselbe Frau, nämlich Miriam Budde hin.

Versuche, von Bojarzins Wohnung aus mit Spürhunden die Fährte aufzunehmen, scheiterten. Einerseits stand der Dauerregen entgegen, andererseits schienen sich die dürftigen Spurenansätze in geringer Entfernung von Bojarzins Wohnung am Straßenrand zu verlieren, was darauf hindeutete, dass er gemeinsam mit Miriam Budde mit einem Auto weggefahren war.

Der Polizeikommissar hatte nach Buddes Aussage schnell die schlüssige Erklärung gefunden: Bojarzin habe Rache an dem Gutachter geübt, der nach seiner Auffassung sein Leben zerstört hatte, und ihm seinerseits einen nahestehenden Menschen genommen. Von der Ehekrise der Buddes habe Bojarzin nichts wissen können.

Er brachte Budde behutsam bei, welche Hinweise man in Bojarzins Wohnung gefunden hatte: Bojarzin hatte einen Aktenordner angelegt, in dem er Informationen über Professor Dr. Patrick Budde sammelte, die über die Medien zugänglich waren. Es war ein Sammelsurium von Bildern und Berichten, die im Laufe der letzten Jahre über Buddes Arbeit in Zeitschriften und anderen Quellen veröffentlicht worden waren. Die polizeiliche Schlussfolgerung war richtig und zwingend: Bojarzin hatte Budde ins Visier genommen.

KAPITEL 18

Die nächsten Tage brachten keine neuen tiefgreifenden Ermittlungsergebnisse hervor. Miriam Budde und Markus Bojarzin blieben verschwunden. Die Auswertung der in Bojarzins Wohnung aufgefundenen Blutspuren bestätigte, dass es sich um das Blut der verschwundenen Frau des Psychologen handelte. Ein eingehender genetischer Spurenabgleich wies aus, dass Miriam Budde zweifellos in der Wohnung des Portiers gewesen war und auch in dessen Bett gelegen hatte. Die Halterfeststellung des Fahrzeugs, mit dem Frau Budde in der Nähe ihres Hauses abgeholt worden war, führte zu dem nicht überraschenden Ergebnis, dass es sich um Bojarzins Auto gehandelt hatte. Man fand seinen PKW ordnungsgemäß geparkt und verschlossen in der Nähe seiner Wohnung. Nachforschungen bei Taxiunternehmen, ob Frau Budde oder Bojarzin deren Dienste in Anspruch genommen hatten, blieben ebenso ergebnislos wie die Auswertung der Videoaufnahmen aus den U-Bahnhöfen der Verkehrsbetriebe. Auf in den örtlichen Zeitungen veröffentlichte Fahndungsfotos meldete sich die Angestellte eines Supermarktes, die sich daran erinnerte, dass Frau Budde am letzten Samstagabend Wein und Käse in der Filiale nahe des Bahndamms in der Nordstadt gekauft hatte. Man schloss daraus zunächst, dass sie von dort in die Wohnung des Portiers gegangen sei. Da man jedoch weder dort noch im Hausmüll eine Weinflasche oder Reste des Käses gefunden hatte, folgte man der These, dass Miriam Budde und Markus Bojarzin diese Waren mitgenommen hatten, was wiederum nahelegte, dass zwischen ihnen ein vertrauliches Verhältnis entstanden war oder beide eine dritte Person aufsuchen wollten.

Der Fall blieb rätselhaft. Insbesondere blieb unerklärlich, wie es Bojarzin in so kurzer Zeit augenscheinlich gelungen sein musste, das Vertrauen der als schüchtern geltenden Miriam Budde zu gewinnen. Die Polizei ermittelte ergebnisoffen und somit auch in Richtung des Ehemannes der Verschwundenen, und Stephan musste sich schneller als erwartet mit den wirtschaftlichen Verhältnissen der Eheleute Budde auseinandersetzen, um die finanziellen Folgen der Trennung zu berechnen. Patrick Budde drängte auf diese Berechnung, weil er das Misstrauen der die Untersuchung leitenden Beamten spürte, die hier einen möglichen Ermittlungsansatz sahen, der sich nach Stephans – von der Polizei nochmals eigenständig nachvollzogener – Auswertung indes schnell erledigte. Trennung und Scheidung von seiner Frau hätten Professor Budde nachweislich kaum wirtschaftlich belastet. Miriam Budde war von Haus aus finanziell gut betucht. Sie und ihr Mann hatten schon zu Beginn ihrer Ehe Gütertrennung und einen wechselseitigen Erbverzicht vereinbart und stattdessen für den Todesfall eigene Verwandte bedacht. Man konnte kein nachvollziehbares Interesse Buddes finden, sich seiner Frau zu entledigen, zumal ihm die Publicity nicht recht sein konnte, die durch das öffentliche Interesse geweckt war. Budde scheute in den ersten Tagen nach dem Verschwinden seiner Frau nicht nur den Weg in seine Praxis, sondern auch den Blick in die Zeitung, die noch zweimal über den Fall in größeren Artikeln berichtete, bevor er aus den Schlagzeilen verschwand. Es kam die Vermutung auf, dass Bojarzin, der Budde hassen musste, mit Miriam Budde durchgebrannt sein könnte, die sich ihrerseits von ihrem Mann trennen wollte. Doch diese Geschichte war zu wenig aufregend, als dass sie in den Medien noch einen herausragenden Platz hätte beanspruchen können.

Auch Mantini hatte die Zeitungsberichte gelesen und in dem Foto von Miriam Budde jene Frau wiedererkannt, die in seinem Hotel gewesen war. Er hatte geahnt, dass diese Frau Unheil bringen würde. Mantini entsorgte die Zeitungen, schwieg, sorgte vor und wartete die Ermittlungen der Polizei ab.

KAPITEL 19

Die nun eher geschäftsmäßig verlaufenden polizeilichen Untersuchungen führten zu dem Schluss, dass die in Bojarzins Wohnung aufgefundenen Blutspuren nicht von einem Gewaltverbrechen herrühren mussten. Vieles sprach für eine unbedeutende Verletzung, die eine Zeit nachgeblutet hatte. Auch die Auswertung der Handy-Telefonverbindungen brachte keine nennenswerten Aufschlüsse. Es konnte lediglich ein Anruf von Miriam Budde bei Bojarzin am frühen Sonntagmorgen, also dem Tag ihres Verschwindens, festgestellt werden. Ansonsten gab es zwischen beiden keinen nachweisbaren telefonischen Kontakt auf diesem Wege. Die Handys von Miriam Budde und Markus Bojarzin blieben verschwunden und waren nicht zu orten.

Vermutlich waren sie ausgeschaltet und ihrer Akkus entledigt worden.

Nach nicht einmal einer Woche verloren die Ermittlungen deutlich an Fahrt, weil sich keine erfolgversprechenden Ansätze ergaben und man sich keine polizeilichen Maßnahmen mehr vorstellen konnte, die irgendeine Gefahr hätten abwenden können, die sich zu diesem Zeitpunkt noch nicht realisiert hatte.

Budde fand am Freitagabend – es war der 14. November – erstmals zu Marie und Stephan in deren Wohnung, nachdem er bis zu diesem Zeitpunkt sein Haus nur wenige Male verlassen hatte, um Besorgungen für den Alltag zu erledigen, der nun von der quälenden Ungewissheit über das Schicksal seiner Frau geprägt war. Stephan spürte, dass Budde sein Redebedürfnis stillen wollte, das sich immer wieder um dieselben Fragen und Buddes Vorwürfe gegen sich selbst drehte, weil er ahnte, die Zeichen der Veränderung bei seiner Frau nicht rechtzeitig und richtig gedeutet zu haben.

»Es hätte nicht passieren dürfen«, resümierte er seine wiederkehrenden Selbstvorwürfe, ohne dass Stephan ihn damit trösten konnte, dass er sich nichts vorzuwerfen und alles getan habe, als die Gefahr erkennbar wurde.

»Ja, der Polizei mache ich keinen Vorhalt«, bestätigte Budde dann und klärte auf, worüber sich Stephan bereits gewundert, eine entsprechende Nachfrage aber nicht gewagt hatte: »Es hat ein anderes Kaliber, wenn ich mich bei der Polizei melde und etwas dringlich mache, als wenn dies Max Mustermann täte. Man kennt mich bei Polizei und Justiz. Ich habe nicht nachgezählt, in wie vielen Strafprozessen ich als Gutachter für das Gericht Täter oder Opfer untersucht habe. Wenn einer wie ich sagt, dass es eile, gehen überall die Signallampen an. Also hatte ich den für Kapitalverbrechen zuständigen Staatsanwalt, den ich aus vielen Verfahren kenne, angerufen und ihn gebeten, bei der Polizei Dampf zu machen«, sagte er und erläuterte, warum die Polizei binnen kürzester Zeit nach Buddes Meldung in Bojarzins Wohnung eingedrungen war.

»Es hilft eben, wenn man die richtigen Leute kennt«, stellte er mit einem Anflug von Zufriedenheit fest, ohne dass ihm seine Beziehungen in der eigenen Sache bisher etwas gebracht hatten.

»Ich denke manchmal, dass wir die falschen Leute kennen«, sagte Marie, die in diesem Augenblick zu Budde und Stephan ins Wohnzimmer stieß und einen Brief des Jugendamtes präsentierte, den sie erst jetzt aus dem Briefkasten geholt und geöffnet hatte.

Stephan überflog irritiert die Zeilen und las dann genauer: ›… besteht Anlass zu der Befürchtung, dass Sie der in Ihrer Wohnung aufhältigen dreijährigen Tochter Utensilien zugänglich machen, die dem Erotikbereich zuzuordnen sind. Diese minderjährigen Kindern freimütig zu offenbaren, gefährdet das Kindeswohl ebenso wie der ungezügelte Genuss von Alkohol vor Kinderaugen, weshalb ich von Amts wegen diesen Sachverhalt aufklären muss und im Anschluss daran über etwaige amtliche Maßnahmen zu entscheiden habe. Sie haben Gelegenheit, sich binnen einer Woche nach Zugang dieses Schreibens zu den entscheidungserheblichen Tatsachen schriftlich zu äußern oder nach terminlicher Vereinbarung bei mir vorzusprechen. – Mit freundlichen Grüßen – im Auftrag, Kumorowski.‹

Stephan sah auf.

»Das Frühstück mit den Müslifressern«, witzelte er, aber spürte, dass hier nicht zu spaßen war.

»Irgendeine dieser Gestalten hat sich ans Jugendamt gewandt«, meinte er.

»Nein, schlimmer, Stephan!«, widersprach Marie. »Wir haben das Jugendamt bereits im Haus gehabt. Schau auf den Briefkopf!«

Er blickte irritiert auf den Absender, sah das Stadtwappen, Telefonnummer und Mailadresse und darunter Aktenzeichen und Datum.

»Frau Kumorowski ist Brigitta«, sagte Marie, bevor er den Namen gefunden hatte. »Die Mutter von Alexander. Du erinnerst dich doch an diese dicke Frau!«

Stephan legte das Schreiben zur Seite. Er wusste wie Marie so gut wie nichts von den anderen Eltern. Es war eine nur über die Kinder verbundene Gemeinschaft ohne jede innere Bindung – und deshalb im Wesentlichen nur über die Vornamen miteinander bekannt.

»Ärger?«, fragte Budde.

»Kein Vergleich zu deinen Problemen.«

»Wenn ich helfen kann, Stephan …« Budde gelang ein aufmunterndes Lächeln. Dann nahm er ungefragt das Schreiben des Jugendamtes an sich und las es.

»Ihr dürft das nicht auf die leichte Schulter nehmen«, sagte er ernst.

»Es ist nur zu Papier gebrachter Schwachsinn«, fauchte Stephan.

»Nein«, widersprach Budde ruhig. »Es ist ein amtliches Schreiben. Und glaube mir: Jedes Schreiben, das von berufener amtlicher Stellung kommt, hat Wirkung. Denn es sieht immer so aus, als müsse inhaltlich was dran sein. – Ihr habt ein Problem, Stephan!«

KAPITEL 20

Am nächsten Montag, und somit acht Tage nach dem Verschwinden des Portiers und Miriam Budde, erschien die Polizei in Mantinis Hotel. Er hatte in den vergangenen Tagen im Hotel ausgeharrt, seine Unterlagen wiederholt kritisch überprüft und nochmals bereinigt. Den anderen Portier hatte er bis auf Weiteres beurlaubt und dazu verpflichtet, auf Zuruf seinen Dienst sofort wieder aufzunehmen, sobald es Mantini verlangte. Er selbst hielt seit dem Verschwinden Bojarzins den Betrieb allein und im steten Kampf mit der ihn übermannenden Müdigkeit aufrecht. Er war seither Servicekraft, Portier und Manager in Personalunion und tat gelangweilt, als zwei Herren durch die Glastür auf ihn zukamen, die er auch ohne Zeigen eines Ausweises als Polizisten erkannt hatte.

Mantini erkundigte sich pflichtschuldig nach dem Grund des Besuchs und verhehlte natürlich nicht, dass Bojarzin im Hotel tätig gewesen war, doch er tat überrascht, dass der Portier verschwunden sein sollte. Er habe doch seit Wochen Urlaub gehabt, lamentierte Mantini, den Bojarzin – wie üblich – mündlich beantragt und ebenso formlos bewilligt bekommen habe.

»Ein einsamer Mann«, konstatierte Mantini mit bedauernder Geste und überging den Vorhalt des einen Polizisten, wonach man in Bojarzins Wohnung keinen Hinweis auf dessen Arbeit in diesem Hotel gefunden habe, mit einem unschuldigen Lächeln.

»Einzig ein Livree deutete darauf hin, dass er in der Hotelbranche tätig ist«, erläuterte der andere, und Mantini zog, ohne dies zu kommentieren, den mit Bojarzin geschlossenen Arbeitsvertrag hervor, wobei er einen erstaunten Augenaufschlag wagte, als entbehrten die angedeuteten Vorwürfe der Beamten jeder Grundlage. Mantini blätterte geschäftig in seinem Ordner und beteuerte, auch alle anderen Unterlagen beibringen zu können, die für eine ordentliche Beschäftigung erforderlich wären.

»Wären«, wiederholte der eine Beamte gedehnt und Mantini gab sich pikiert, vor dem Hintergrund des sich abzeichnenden menschlichen Dramas in bürokratischen Kategorien denken zu sollen.

»Schweigsamer Mensch«, sagte er und erfuhr nun, dass die Angestellte einer Bäckerei, in der Bojarzin gelegentlich Brötchen kaufte, ausgesagt hatte, dass er ihr einmal gesagt habe, in einem nahe gelegenen Hotel zu arbeiten.

Mantini frohlockte insgeheim darüber, dass es der Polizei erst jetzt gelungen war, dieses banale Ermittlungsergebnis zu erzielen, und wappnete sich mit der ihm eigenen Arroganz, als der eine Polizist ihn damit zu überraschen versuchte, dass Bojarzins Arbeit in dem Hotel den Ämtern nicht bekannt gewesen sei.

»Impossibile«, ereiferte sich Mantini gekonnt und gab sich verschnupft.

Er griff mit südländischem Temperament in seinen Aktenordner, durchpflügte ihn wie ein dem Wahnsinn naher Künstler, um mit spitzen Fingern ein Dokument auszuhändigen, dass – versehen mit einem städtischen Stempel – die Anmeldung der Tätigkeit Bojarzins bei den Behörden bestätigte.

»Lesen Sie keine Zeitung?«, fragte der andere Polizist, und Mantini – beglückt über seine erfolgreiche Abwehr – verneinte mit großer Geste, weil ihm das Alltägliche nicht am Herzen liege. Er widmete sich mit gespieltem Überdruss seinem Aktenordner, wechselte die Mimik und schien plötzlich detailverliebt an der Reihenfolge der abgehefteten Unterlagen interessiert zu sein.

»Sie wissen schon, dass Sie uns nicht auf den Arm nehmen können«, sagte der eine Polizist, und Mantini bestrafte den Beamten zunächst mit minutenlangem Studium seiner Unterlagen. Dann schloss er mit einem zufriedenen Schnaufen seinen Ordner, wissend, dass er nun gewonnen hatte.

»Bojarzin war Portier in den besten Häusern Europas«, flötete er. »Es ist ungehörig, wie respektlos Sie ihm nachstellen.«

»Nachstellen?« Die Polizisten sahen sich verblüfft an.

Mantini meinte in erster Linie sich selbst, doch sein Hieb wirkte.

Die Polizisten gerieten in die Defensive, und die entscheidende Frage an Mantini klang ungewöhnlich routiniert, sehr zurückgenommen und nur gestellt, um einer Pflicht zu genügen.

»Hatte er in letzter Zeit Kontakt zu einer Frau? – Ist sie vielleicht sogar hier im Haus gewesen?«

Mantini hob erstaunt die Augenbrauen, und der eine Polizist zückte ein Foto aus seiner Uniform.

Der Hotelier betrachtete es mit gebührender Aufmerksamkeit. Dann schüttelte er bedauernd den Kopf.

»Nein!«, sagte er entschieden.

»Diese Frau hat in der Nähe in einem Supermarkt eingekauft«, erläuterte der andere Polizist.

»Ach, wirklich?«, bekundete Mantini mit süffisanter Arroganz. »Bedaure! Nicht bekannt!«

Der Beamte ließ nicht locker.

»Nehmen Sie das Gästebuch!«, hielt Mantini dagegen

und präsentierte es wie die Offenbarung aller Geschäftsvorfälle in seinem Hotel.

»Schauen Sie nach!«, forderte er. »Sehen Sie sich in den Zimmern um! Prüfen Sie, was Sie wollen, wenn es Ihnen hilft. Bitte!«

»Welche Zimmer sind belegt?«

Mantini stand auf und beugte sich über den Belegungsplan.

»Im Moment nur die 14, die 19 und die 20. Alle anderen Zimmer sind frei. Bis auf die 16.«

»Was ist mit der 16?«

»Da wohne ich«, lächelte Mantini. »Es ist meine Dienstwohnung, wenn ich hier über mehrere Tage am Stück arbeite. Es ist mir dann kaum möglich, zwischendurch nach Hause zu fahren. In solchen Zeiten kümmert sich meine Frau um die Pizzerien. Drei wirtschaftliche Standbeine wollen erst mal unterhalten werden«, schöpfte Mantini aus seinen Erfahrungen. »Darum habe ich mir hier ein Zimmer für Notfälle eingerichtet. Es ist das schlechteste. Wir sind hier nur selten ausgebucht. In der 16 ist die Heizung defekt. Mich stört das nicht. Wollen Sie es sehen? Es sind nur einige Regale und ein paar Bücher von mir darin. Ich lese viel, weil ich häufig nicht schlafen kann.«

Die Beamten winkten ab.

»Es riecht so merkwürdig hier«, stellte der eine Polizist fest und schnupperte ins Foyer.

»Reinigungsmittel«, erklärte Mantini mit eifrigem Kopfnicken. »Rechtzeitig vor Weihnachten wird noch mal alles auf Hochglanz gebracht. Die Menschen sind so: Erwartungen sollen bedient werden. Also bringe ich das alte Hotel auf Hochglanz, weil Weihnachten auch ein Fest der Sauberkeit ist.«

»Fest der Sauberkeit«, grinste der andere Polizist, und Mantini registrierte zufrieden, dass es ein ebenso bösartiges wie hilfloses Grinsen war.

»Wir Menschen versuchen stets, den Erwartungen von anderen zu entsprechen«, beschied Mantini weich. »Sie geben in Ihrem Job das Beste, und ich versuche, in meinem das Beste zu geben. Aber können wir jemals genügen?«, fragte er pathetisch. Er zog die Schultern ein und gab sich devot und bescheiden.

Der eine Polizist musterte ihn kritisch, seit Mantini vom Fest der Sauberkeit sprach.

»Also keine Frau, die der auf dem Bild zumindest ähnlich sieht?«, hakte er nach.

»Keine Frau«, bestätigte Mantini entschieden.

Die Beamten verließen frustriert das Hotel.

Mantini atmete auf. Es schien unwahrscheinlich, dass sie wiederkehren würden. Die Mühen, mit denen er Zimmer 16 umgestaltet und gekonnt zu einer provisorischen behaglich-chaotischen Behausung umgestaltet hatte, waren ebenso vergessen wie die pedantische Reinigung aller Flure und Treppen, des Foyers und des Frühstückraumes. Sein Hotel war rein. Alles hörte sich danach an, dass sein Portier mit der Frau durchgebrannt war. Mantini hoffte, im Interesse seines fernen Freundes zu handeln, indem er ihn und diese Frau verleugnete. Er hoffte, das Richtige zu tun, aber in seinem Herzen wusste er, dass Bojarzins Verschwinden mit dem Dunkel seiner Seele zusammenhing.

Irgendwann, wenn Gras über die Sache gewachsen sein würde, würde Mantini sich auf die Suche nach einem neuen Portier machen, wissend, dass er keinen Ersatz für seinen besten Freund finden würde.

KAPITEL 21

Wenige Tage später war die Auswertung der bis jetzt gesicherten Spuren abgeschlossen. Die Analyse der im Haus der Buddes und Bojarzins Wohnung aufgefundenen Fingerabdrücke und des genetischen Materials belegte nicht nur, dass sich Miriam Budde in der Wohnung des Portiers aufgehalten hatte. Man konnte nun auch eine detaillierte räumliche Zuordnung vornehmen. Danach fanden sich Spuren anderer Personen als diejenigen der Eheleute Budde in deren Haus nur in solchen Räumen, die gewöhnlich von Besuchern betreten wurden. Sie waren in keinem Fall Bojarzin zuzuordnen. Umgekehrt fand sich in der Wohnung Bojarzins kein einziger Hinweis darauf, dass Patrick Budde jemals dort gewesen war. Nach wie vor meldeten sich keine Zeugen, die zu dem Verbleib von Markus Bojarzin und Miriam Budde etwas sagen konnten.

Budde war über den unverhohlen ausgesprochenen Verdacht der Ermittler, dass er – trotz nicht erkennbaren Motivs – in den Fall verstrickt sein könnte, erbost und lenkte seinen Stephan erteilten Auftrag in eine neue Richtung.

»Ich habe Sorge, dass sich die Polizei in wilden Spekulationen verliert und dabei nicht nur die naheliegende Lösung aus dem Auge verliert, sondern die Suche nach Miriam vernachlässigt«, vertraute er sich Stephan an. »Ich hätte diesen Herren gar nichts über meine Trennung von Miriam erzählen müssen. Der Wahrheit zuliebe habe ich es dennoch getan und sehe mich nun einem ungeheuerlichen

Verdacht ausgesetzt. Deshalb meine dringende Bitte: Bring dich in die Suche nach Miriam mit ein – und halte diesen Kämpmann unter Kontrolle! Ich will wissen, wie er tickt, was er tut, und was er nicht tut! Es scheint ein Markenzeichen dieses Menschen zu sein, die fernliegendsten Thesen zur Grundlage seiner Arbeit machen zu wollen. Du sollst nicht lautstark nach außen auftreten, sondern mein Vertreter im Hintergrund sein.«

Mit »diesem Kämpmann« bezeichnete Budde den die Ermittlungen leitenden Beamten, einen noch recht jungen Kriminalhauptkommissar, der erst jetzt gegenüber Budde in Erscheinung getreten war und nach soeben erfolgter Beförderung den ersten Fall unter seiner Leitung lösen wollte.

»Ein bulliger Typ mit Bürstenhaarschnitt«, beschrieb Budde und skizzierte damit einen Mann, der Budde ähnlich sehen musste. »Und mit großer Zahnlücke zwischen den oberen Schneidezähnen«, ergänzte er, als sei dies wesentlich. Budde redete sich über »diesen Kämpmann« in Rage in Rage und ließ erst nach, als er merkte, dass sich Stephan darüber belustigte.

»Bislang habe ich nur als Behandler mit Menschen zu tun gehabt, die an der Ungewissheit zerbrechen, wenn ein Angehöriger verschollen bleibt«, wurde er wieder sachlich. »Theoretisch habe ich immer alles nachvollzogen. Aber jetzt weiß ich, wie man in derartigen Situationen empfindet, Stephan. Es ist grausam! – Ich brauche dringend Klarheit. Es ist für mich nicht länger erträglich, mir grübelnd die Nächte um die Ohren zu schlagen. Ich bin nicht mehr in der Lage, geordnet meiner Arbeit nachzugehen. Bitte, bleib an dem Fall dran!«

Stephan merkte, dass es für ihn galt, etwas zu tun, obwohl er eigentlich nichts tun konnte. Er blieb vage, als er Budde versprach, das in seiner Macht Stehende tun zu wollen.

Tatsächlich konzentrierten sich die Ermittlungen der Polizei zum einen auf die von Budde sofort geäußerte Annahme, dass sich Bojarzin an Budde rächen wollte und zum anderen auf die weitaus weniger wahrscheinliche These, dass Budde sich seiner Frau entledigen wollte und sich hierbei in irgendeiner Weise des Portiers bedient habe.

Die in der damaligen Familiensache tätige Richterin hatte zwischenzeitlich ausgesagt, dass sie das von Professor Dr. Budde über Markus Bojarzin erstellte psychologische Gutachten zur Grundlage ihrer Entscheidung gemacht habe und sie vom Inhalt des Gutachtens und seiner Schlüssigkeit ohne jede Einschränkung überzeugt gewesen sei.

Stephan hatte verstanden, dass Buddes Auftrag weniger darin bestand, sich an der Suche nach Miriam zu beteiligen als vielmehr lenkend auf »diesen Kämpmann« einzuwirken, der im Gegensatz zu dem in Pension gegangenen Amtsvorgänger sich nicht von dem die Ermittlung leitenden Staatsanwalt wie ein Werkzeug führen ließ, sondern als Querdenker geschätzt wurde, der ohne Ansehen der Person seiner Arbeit nachging und vor ungewöhnlichen Denkansätzen nicht zurückscheute. Es war unverkennbar, dass neben Buddes Enttäuschung darüber, dass die Suche nach seiner Frau bislang ergebnislos verlief, auch eine persönliche Demütigung mitschwang, die ihre Ursache darin hatte, dass »dieser Kämpmann« nicht vorauseilend den Schlüssen Patrick Buddes folgte, der als gerichtsbekannter und berühmter Gutachter eine andere Wertschätzung und Achtung gewohnt war. Stephan wies Buddes Ansinnen, nach Abschluss des Falles dienstrechtliche Schritte gegen »diesen Kämpmann« prüfen lassen zu wollen, milde zurück und ließ Buddes selbstverliebtes Eigenlob, dass man ihm nicht von ungefähr in der Fachwelt den Beinamen »Der Göttliche« gegeben habe, unkommentiert. Doch er wusste Buddes Ehrkränkung auch für sich zu nutzen und legte Budde eine vorbereitete Honorarvereinbarung vor, die Stephan eine feudale zeitabhängige Vergütung bescherte. Budde unterzeichnete sie ohne Murren, aber mit der Mahnung, dass sich Stephan an die Fersen Kämpmanns heften solle.

Die Aussicht auf hohes Honorar motivierte Stephan, sich eingehender mit Buddes Arbeit zu beschäftigen. Er praktizierte als habilitierter Psychologe und bediente eine durchweg zahlungskräftige Patientenschar aus der Oberschicht. Darüber hinaus galt er seit vielen Jahren als insbesondere von den Strafgerichten gern bemühter Sachverständiger, wenn es darum ging, Fragen zur Schuldfähigkeit von Tätern oder zu den psychischen Folgen von Taten bei Opfern zu klären. Seine Gutachtertätigkeit genoss höchste Anerkennung. Was er zu Papier brachte, galt in Justizkreisen als schlüssig und sorgfältig begründet. Deshalb hielt es durchweg jeder Überprüfung stand. Buddes Gutachten lasen sich wie aus einem Guss. Er verstand, komplexe Zusammenhänge einfach zu beschreiben und zu analysieren – und es gelang ihm, seine Gutachten stets zeitnah vorzulegen. Also war Budde bei den Gerichten ein gefragter Mann, und er tat alles, diesen Ruf zu rechtfertigen und zu erhalten. Ein Urteil, das sich in seinen tatsächlichen Feststellungen auf Buddes Befunde stützte, hielt in der nächsten Instanz. Budde rundete seine Tätigkeit mit Vorträgen und der Fortbildung von Praktikern ab. Er war stets auf der Höhe der psychologischen Wissenschaft.

Stephan hielt es für richtig, sich in den damaligen familienrechtlichen Fall zu vertiefen und sich mit dem Gutachten auseinanderzusetzen, in dem Budde – wie er selbst sagte – Markus Bojarzin förmlich seziert und filetiert hatte. Er wusste, dass die Polizei im Rahmen ihrer Ermittlungen die damalige Akte des Familiengerichts beigezogen hatte, doch als Anwalt des Patrick Budde, der bislang lediglich Zeuge und nicht Beschuldigter war, stand Stephan kein Recht zu, in diese Akte zu schauen. So gelangte er nur an ein Duplikat des Gutachtens, das Budde noch in seinem Archiv vorhielt. Stephan nahm das knapp 100-seitige Werk zur Hand, doch wertvoller als der Inhalt erschien zunächst das Deckblatt, auf dem die Namen der Parteien und ihre jeweiligen Anwälte vermerkt waren. Stephan erfuhr, dass Markus Bojarzins frühere Partnerin Sabine Heumüller hieß, und er beschloss für sich, bei ihr anzusetzen und sich dem Fall ganz anders zu nähern.

KAPITEL 22

Marie und Stephan hatten für Montag, den 24. November einen Gesprächstermin bei Brigitta Kumorowski vereinbart. Stephan war klar, dass er sich nicht nur der flapsigen Bemerkungen zu enthalten hatte, die Brigitta offensichtlich gereizt hatten, sondern dass er und Marie einen Schritt auf die Frau zugehen mussten, um das in Gang gekommene Verfahren zu stoppen. Sie hatten beschlossen, sich nicht in die Enge treiben zu lassen, und sie waren zuversichtlich, mit einem Gespräch und dem Angebot zu einem versöhnlichen Abendessen die Sache aus der Welt schaffen zu können. Sie erschienen in legerer Kleidung zum Termin, betraten in Jeanshose, Pullover und Winterjacke das Jugendamtsgebäude und folgten den Wegweisern über die Flure, bis sie vor Brigittas Büro standen. Es war noch einige Minuten vor der verabredeten Zeit, und sie warteten trotz der über dem Türrahmen leuchtenden grünen Lampe, bis es Punkt 10 Uhr war. Dann fasste Stephan Marie an der Hand, gewillt und voller Gewissheit, jetzt alles zu bereinigen, und öffnete beherzt die Tür, als von innen ein fast herrisches »Herein!« zum Eintritt aufforderte.

Erst jetzt – und zeitgleich mit seinem ersten Blick in das Büro – fiel Stephan auf, dass dieser Ruf nicht von Brigitta stammte, sondern von einem Mann, der seitwärts im Büro von Frau Kumorowski stand und sich sofort als Amtsleiter des Jugendamtes vorstellte. Marie und Stephan waren kaum in das Büro getreten, als er im nächsten Atemzug mit Frau Kömmling-Suderfeld eine Sozialarbeiterin präsentierte, die bis dahin unscheinbar hinter der Bürotür postiert war.

Marie begrüßte ungewohnt scheu die Verfasserin des amtlichen Schreibens mit »Hallo, Brigitta!«, doch die klebte mit ihren Blicken an dem bärtigen Amtsleiter, der die persönliche Ansprache bewusst überhörte und mit nasaler Stimme ohne Umschweife in einen Besprechungsraum bat, den man durch eine Zwischentür direkt von Frau Kumorowskis Büro erreichte. Marie und Stephan wurde in diesem Augenblick bewusst, dass sich die Sache keineswegs mit einem versöhnlichen Gespräch und erst recht nicht mit einem befriedenden Abendessen erledigen würde, zumal die wegen ihrer Körperfülle häufig mit ausgeleierten Shirts und Stretchhose bekleidete Brigitta sich in ein streng wirkendes Kostüm gezwängt hatte und auch äußerlich nichts mehr mit der Frau gemein zu haben schien, die den Kindern mit verklärtem Blick beim Spielen zugesehen und angeregt über Bastelspiele diskutiert hatte.

Der Amtsleiter nahm am Kopf des Besprechungstisches Platz und bestimmte zugleich, wer welchen Platz einnehmen sollte. Die Sozialarbeiterin setzte sich daraufhin links und Frau Kumorowski rechts neben ihn, gewissermaßen ein Trio bildend, das Stephan an die Besetzung einer Richterbank im Landgericht erinnerte, während Marie und Stephan dem Amtsleiter und den beiden Damen gegenüber saßen, gewissermaßen – im Bilde bleibend – als Angeklagte.

Die eher hölzerne Einladung des Amtsleiters, sich doch an dem auf dem Tisch stehenden Kaffee zu bedienen, verhallte folgenlos. Marie und Stephan stach kraftvoll ins Bewusstsein, dass die alberne Episode beim gemeinsamen Frühstück eine weitaus ernstere Dimension angenommen hatte, als selbst das amtliche Schreiben von Brigitta befürchten ließ. Es gab nichts, was in diesem Augenblick die Situation hätte entspannen können.

»Wir wollen offen reden«, eröffnete der Amtsleiter und versuchte einen aufmunternden Blick in die Runde. Marie rutschte unwillkürlich tiefer in den Stuhl.

Der Amtsleiter erteilte Brigitta Kumorowski das Wort und bat, die amtlichen Ermittlungen zusammenzufassen, doch die räusperte sich nur und gab mit angedeuteter Geste das Wort wieder an ihren Chef zurück.

Stephan hatte flüchtig den Eindruck, dass diese Abfolge gespielt war, doch er musste sich wieder auf den Amtsleiter konzentrieren, der mit weichen Worten seine Kollegin entschuldigte und wegen ihrer persönlichen Betroffenheit für ihre Zurückhaltung Verständnis zeigte.

»Der Fall ist heikel«, befand der Amtsleiter und referierte die aus Behördensicht bekannten Fakten: Ein Rechtsanwalt und eine Gymnasiallehrerin, die sich in ihrer Freizeit dem Verkauf von Erotikartikeln widmen, hierbei der eigenen dreijährigen Tochter und gleichaltrigen anderen Kindern Zugang zu diesen Artikeln verschaffen, sie damit spielen lassen und sich darüber hinaus im Angesicht der Kinder dem ungehemmten Alkoholgenuss hingeben, was auf eine gewisse Gewöhnung hindeute. Es seien wohl auch verschimmelte Lebensmittel gefunden worden, ergänzte er und murmelte das Wort »Verwahrlosung« vor sich hin.

Marie wollte gerade einhaken und die gegen sie und Stephan gerichteten Vorwürfe richtigstellen, als der Amtsleiter ihr mit abwehrender Geste bedeutete, zunächst zu schweigen, und dann aus seiner langjährigen Erfahrung schöpfte: »Es ist noch nie so gewesen, dass sich solche Vorwürfe vollständig in Luft auflösen«, wusste er. »Irgendetwas ist immer dran – und es macht keinen Sinn, Vorgänge zu bestreiten, die bereits aktenkundig sind.«

Mit diesen Worten warf er sich für Brigitta Kumorowski ins Zeug, die während der Ausführungen des Amtsleiters geschwiegen und teilnahmslos wirkend vor sich hingeschaut hatte. Sie habe alles richtig gemacht, hob der Amtsleiter hervor und fasste seiner Untergebenen beruhigend an den Unterarm.

Stephan fiel auf Anhieb ein, was er hätte erwidern können. Er erinnerte sich, dass Brigitta bei einem früheren Treffen erzählt hatte, dass ihr früherer Partner, der Vater von Alexander, sie sitzen gelassen habe, dass sie sich manchmal in der Mutterrolle überfordert fühle und dass sie, wenn sie sich noch einmal neu entscheiden könne, heute alles anders machen würde. Seit einigen Monaten schien sie einen neuen Partner zu haben, doch sie wirkte nicht glücklich. Es mochte einen Strauß von Gründen für die Frustration von Brigitta Kumorowski geben, aber es erschloss sich nicht, warum sie in ihrer Behörde Meldung gemacht und einen Vorgang zum Skandal aufgebauscht hatte, der sich unter der Regie des Amtsleiters zu verselbstständigen und eine Maschinerie in Gang zu setzen drohte. Stephan schwieg. Er konnte die Lage nicht einschätzen.

»Wir wollen hier nicht jede Facette auf die Goldwaage legen«, erklärte der Amtsleiter mit scheinbarer Milde. »Aber wir werden etwas tun müssen. Es hat zu viele Fälle gegeben, in denen schließlich das Jugendamt am Pranger stand, weil es vorher nicht eingeschritten war.«

»Es geht hier um keinen Fall«, fuhr Marie dazwischen. »Wir haben eine Tochter, die von ihren Eltern über alles geliebt und gut erzogen wird. Sie wird gefördert, ist integriert und entwickelt sich zu einem Menschen, der im Leben und in dieser Gesellschaft Fuß fasst.«

»Die Akten senden andere Signale«, erwiderte der Amtsleiter steif.

»Die Akten lügen«, ereiferte sich Marie.

»Es ist besser zu kooperieren«, belehrte der Amtsleiter und nahm behutsam seine Lesebrille aus einem Etui. Hinter den Brillengläsern wirkten seine Augen wie durch eine Lupe vergrößert. Er vertiefte sich in ein Konzept, das Frau Kömmling-Suderfeld soeben aus ihrer Tasche gezogen und dem Amtsleiter vor die Nase gelegt hatte.

»Es geht um das Kindeswohl, ein hohes Schutzgut in unserer an Kindern immer ärmeren Gesellschaft«, fuhr er allgemein fort, während er sich dem Konzept widmete. »Das Jugendamt hat nicht nur Eingriffsmöglichkeiten, es hat sogar Eingriffspflichten, wenn das Kindeswohl in Gefahr ist«, dozierte er. »Ihr Lebensgefährte ist doch Jurist. Er weiß, wovon ich rede, nicht wahr?«

Der Amtsleiter lächelte Stephan kalt an. Dann wandte er sich der Sozialarbeiterin zu.

»Frau Kömmling-Suderfeld, was schlagen Sie vor?«

KAPITEL 23

Am Nachmittag desselben Tages hatte Stephan ein Gespräch mit der Anwältin von Sabine Heumüller, der früheren Lebensgefährtin von Markus Bojarzin, vereinbart. Der Zufall wollte es, dass die drahtige Kollegin Dr. Hense im Gesicht ausgerechnet Brigitta Kumorowski ähnlich sah, und Stephan witterte hinter der Fassade eine ähnliche persönliche Struktur, doch die ihm bislang unbekannte Anwältin empfing ihn mit einladender Geste. Als Stephan in ihrem Büro saß, sah er auf eine gut sortierte und akribisch geordnete Bücherwand und einen ebenso aufgeräumten Schreibtisch. Stephan ertappte sich dabei, dass er sich zu oft davon verleiten ließ, vom Äußeren eines Menschen auf dessen Inneres zu schließen, und er schwieg zunächst abwartend. Die Kollegin nahm ihm gegenüber in einem wuchtigen ledernen Schreibtischsessel Platz, der wie der riesige Schreibtisch, der sie und Stephan wie zwei Welten voneinander trennte, dem Inventar des Büros des Chefs eines Weltkonzerns angemessen schien.

Stephan hatte sich nie in besonderer Weise mit dem Familienrecht befasst. Er fürchtete Schlammschlachten in emotional geführten Verfahren, doch die Kollegin Dr. Hense wirkte mit ihrer eigenen Erscheinung und der Präsentation ihres Büros dem Eindruck entgegen, als würde mit dem von ihr bevorzugt angebotenen Rechtsgebiet nur kleines Geld verdient.

Frau Dr. Hense lächelte Stephan überlegen an, als hätte sie dessen Gedanken erraten.

»Ich habe mit Frau Heumüller gesprochen, und sie hat mir ihr Einverständnis erteilt, dass ich mit Ihnen spreche«, eröffnete sie formal das vorab vereinbarte Gespräch.

»Sie sind also der Anwalt des Sachverständigen«, vergewisserte sie sich. Sie hatte die Ellenbogen auf die Schreibtischplatte gestützt und die Hände unter dem Kinn wie zum Gebet gefaltet. Es lag keine Akte zwischen ihnen, kein Block, kein Kugelschreiber. Es waren rund anderthalb Meter leere Schreibtischplatte zwischen ihnen, sonst nichts.

»Der Fall Bojarzin war in mehrfacher Hinsicht besonders«, erinnerte sich die Anwältin, und Stephan war sich in diesem Augenblick nicht darüber im Klaren, ob sie hier nur ihren eigenen Eindruck wiedergab oder auch für ihre Mandantin Sabine Heumüller sprach.

»Ich habe nie erlebt, dass ein einziger Vorfall das Leben einer Familie kippt, ohne dass ich das, was Bojarzin getan hat, relativieren möchte.«

»Frau Heumüller und Herr Bojarzin waren nicht miteinander verheiratet«, wandte Stephan ein.

»Stimmt«, sagte sie. »Aber man nahm sie überall wie

ein Ehepaar wahr. Keine Ahnung, warum sie nicht geheiratet hatten. Soweit ich weiß, wollte sie aus irgendeinem Grunde nicht.«

Stephan bedankte sich für die Tasse Kaffee, die in diesem Moment von einer Kanzleiangestellten gereicht wurde und das Gespräch für diese Zeit ebenso suspendierte wie der Griff zur Kaffeetasse beim Friseur das Haareschneiden unterbrach.

»Markus Bojarzin galt als Musterpartner«, fuhr Frau Dr. Hense fort, »und in den Schilderungen meiner Mandantin kam er in den guten Jahren fast einem Gott gleich.«

»Noch ein Göttlicher«, murmelte Stephan.

»Wie bitte?«

Frau Dr. Hense hielt einen Moment inne, dann setzte sie neu an: »Herr Bojarzin trug meine Mandantin auf Händen. Er hatte sie irgendwann in einem Nobelhotel kennengelernt. Beide arbeiteten dort. Sie war stets die Schüchterne und in gewisser Weise die Unnahbare gewesen. Eine Frau, die nach meiner festen Überzeugung an Komplexen litt. – Aber trägt nicht jeder etwas mit sich herum?«

Stephan fiel sofort das heutige Gespräch im Jugendamt ein.

»Ja«, sagte er mechanisch und rührte in seinem Kaffee.

»Sabine Heumüller wirkt etwas wie eine Frau, die in einer Gutwelt groß geworden ist, und in deren Welt über Nacht der Teufel eingefallen ist«, erläuterte sie ihre Vermutung, von deren Richtigkeit sie augenscheinlich felsenfest überzeugt war, ohne dass sie sie zu begründen vermochte.

»Bojarzin hat Sabine Heumüller vergewaltigt«, wiederholte Stephan Buddes Aussage. »Das ist eine Tat, die alles auf den Kopf stellt. Ich kann Sabine Heumüller verstehen.«

»Das steht außer Frage«, bestätigte Frau Dr. Hense scharf, dem Eindruck entgegentretend, dass diese Tat zu verharmlosen sei. »Ich hatte mich – ehrlich gesagt – dennoch etwas gewundert.«

»Worüber?«

»Bojarzin war nach einer Feier betrunken heimgehrt. Dann ist er über seine Sabine hergefallen«, sagte sie.

»Tut das was zur Sache?«, fragte Stephan.

»Selbstverständlich nicht«, wehrte sie ab. »Sie tun gerade so, als sei ich die Gegnerin meiner eigenen Mandantin. Das bin ich gewiss nicht, Herr Knobel. Aber da ich weiß, dass Sie den Sachverständigen vertreten, darf ich mich der Sache etwas – sagen wir – unparteiischer nähern. Wenn Sie Professor Dr. Budde vertreten, dann sind Sie Vertreter eben dieser Unparteilichkeit. Also möchte ich auf dieser Ebene mit Ihnen reden, zumal ich die Dimensionen dieses Falles nicht von Anfang an verstanden habe.«

Stephan nickte unmerklich.

»Bojarzin hatte mit Sabine Heumüller ein – wie soll ich sagen? – sehr konventionelles, will sagen: zurückhaltendes sexuelles Verhältnis. Dann kam er eines Tages betrunken von einer Feier zurück und verging sich an Sabine. Das war ohne Zweifel eine Katastrophe.«

»Was meinen Sie denn genau?«, fragte Stephan ungeduldiger.

»Sabine Heumüller war so – hart«, versuchte sie zu erklären. »Es gab nach diesem Fehltritt kein Pardon. Sie wollte nicht nur endgültig von Bojarzin loskommen, sondern auch auf Dauer dessen Kontakt zu der gemeinsamen Tochter unterbinden.«

»Ich verstehe nicht, dass Sie das nicht verstehen«, sagte Stephan.

»Was ich meine, ist Folgendes«, präzisierte Frau Dr. Hense: »Erst das Gutachten von Professor Dr. Budde hat die psychologischen Dimensionen freigelegt, die dieser Fall wirklich hatte. Keiner von uns, auch nicht das Gericht, hatte bis dahin die Tiefe des Falles erkannt. Ich selbst hatte Frau Heumüller geraten, Wege der Versöhnung zu suchen und nicht zuletzt um der Tochter willen wieder eine Ebene zu finden. – Das war auch der Weg, den die Familienrichterin zunächst vorschlug. Es ging doch um das Verhältnis zwischen Vater und Tochter.«

»Ich begreife noch immer nicht«, bekannte Stephan. »Budde war doch als Sachverständiger tätig. Wie kann das Gericht dann vor Erstellung seines Gutachtens eine Meinung gehabt haben?«

»Professor Budde war als zweiter Gutachter in diesem Verfahren tätig«, erklärte Frau Dr. Hense. »Vor ihm war ein Psychologe aus Bochum für das Gericht tätig. Ein in der Fachwelt durchaus akzeptierter und anerkannter Mann. Er kam zu dem Ergebnis, dass Bojarzin eine fürchterliche Entgleisung passiert sei, eine Tat, die ihrerseits unentschuldbar, aber nicht für das Verhältnis zwischen Tochter und Vater von entscheidender Bedeutung sei. Ich habe immer nachvollzogen, dass die Partnerschaft zwischen Bojarzin und Sabine Heumüller an dieser Tat unheilbar zerbrochen war, aber nicht, warum es keinen Kontakt zwischen der Tochter und dem Vater geben dürfe.«

»Wenn das Gericht geneigt war, sich dem ersten Sachverständigen anzuschließen, kann das nur bedeuten, dass Sabine Heumüller ein Zweitgutachten wollte«, folgerte Stephan.

»Ja«, bestätigte die Kollegin. »Und es kam nur deshalb dazu, weil Budde in seinem Gutachten darlegen konnte, dass das Erstgutachten inhaltlich völlig fehlerhaft war.«

Stephan schüttelte den Kopf.

»Moment«, insistierte er. »Das Gericht wird doch nicht von sich aus ein Zweitgutachten eingeholt haben, wenn es das Erstgutachten für schlüssig hielt.«

»Richtig«, nickte Frau Dr. Hense. »Es war Frau Heumüller, die sich selbst um ein ergänzendes Gutachten von Professor Budde bemühte und dieses dann in den Prozess einbrachte. Und dieses Gutachten stellte die Ergebnisse des Erstgutachters auf den Kopf. Professor Budde legte dar, dass Bojarzin bei seinem Übergriff auf Sabine Heumüller eben kein einmaliger Fehltritt unterlaufen war, sondern er ein gefährlicher Triebtäter ist, der ähnlich einer Zeitbombe jederzeit und unberechenbar sein gefährliches Potenzial entfalten könne – und zwar gegen jede Frau, also auch gegen seine Tochter.«

»Sie bezweifeln das Ergebnis des Zweitgutachtens?«, fragte Stephan. »Verstehe ich Sie da richtig?«

»Für mich waren die Erfahrungen dieses Prozesses völlig neu«, bekannte Frau Dr. Hense, ohne Stephans Frage zu beantworten. »Ohne Buddes Gutachten hätte ich Frau Heumüller geraten, sich auf den auf dem Erstgutachten basierenden Vorschlag des Gerichts einzulassen. Das hätte bedeutet: Wöchentlicher Kontakt zwischen Bojarzin und seiner Tochter. In der Anfangszeit vielleicht unter Einschaltung eines Umgangspflegers. Völlig unproblematisch. Alles im Sinne des Kindeswohls. Für mich wäre dieses Ergebnis richtig und stimmig gewesen. Stattdessen kam nach Buddes Gutachten die Wende: Umgangsverbot – und parallel, wie Sie sicherlich wissen, ein Verbot gegen Bojarzin, sich Sabine Heumüller bis unter eine gewisse Distanz zu nähern.«

»Sie müssen nicht schlauer sein als der Sachverständige«, relativierte Stephan. »In solchen Verfahren sind die

Gerichte doch zumeist ohnehin nur der Verkünder einer Entscheidung, die der Sachverständige vorgibt.«

»Wir alle stehen gerade im psychologischen Bereich vor einer großen Nebelfront«, stimmte sie zu. »Und hier wie in allen anderen Bereichen, in denen wir Juristen Laien sind, geben wir den dienernden Büttel vor dem externen Sachverstand.«

»Irgendetwas ist immer dran«, bemerkte Stephan und erinnerte sich der Worte des Amtsleiters des Jugendamtes.

»Wie bitte?«, fragte sie spitz und hob angriffslustig die Stimme.

»Sie sind unsicher, Frau Kollegin«, antwortete Stephan ruhig.

»Sie sind doch wegen des Verschwindens von Bojarzin und der Frau des Sachverständigen hier«, sagte sie und beantwortete sich selbst: »Weshalb denn sonst? Wir haben ja alle davon gelesen. Und natürlich frage ich mich, welche Rolle mein damaliger Fall dabei spielt. – Dass er eine Rolle spielt, dürfte außer Frage stehen, Kollege Knobel!«

»Was halten Sie von Buddes Gutachten in Sachen Bojarzin?«, fragte Stephan.

»Es ist schlüssig und überzeugend«, antwortete sie ohne Umschweife. »Das Gericht ist dem Gutachten gefolgt. Ich übrigens auch. Es gibt Gutachten, deren Ergebnisse die Parameter neu justieren. So sind Professor Buddes Gutachten. Unanfechtbar. Er argumentiert stets auf der Basis neuester Forschungsergebnisse. Und wenn danach die Welt nicht mehr rund, sondern eckig ist, dann hat er eben recht.«

»Irgendetwas bringt Sie ins Taumeln, Frau Dr. Hense«, sagte Stephan.

»Ich konzentriere mich auf meine Aufgabe«, entgegnete sie kühl und richtete sich in ihrem Chefsessel auf.

»Was stört Sie?«, fragte er irritiert.

»Bojarzin hat sich – im Übrigen unter Verstoß gegen das Näherungsverbot, das auch jegliche telefonische oder briefliche Kontaktaufnahme untersagt – vor wenigen Wochen bei meiner Mandantin gemeldet und angekündigt, dass er den Prozess neu aufrollen werde.«

»Ach...!«, war Stephan überrascht. »Hat er Chancen?«

»Er hat Frau Heumüller gesagt, dass er hieb- und stichfeste Beweise dafür habe, dass Buddes Gutachten falsch sei. Er hat ihr gesagt, dass er über ein Gegengutachten verfüge, dass – wie er formulierte – jenes von Budde aus den Angeln hebe.«

»Und – glauben Sie ihm?«

»Was wissen wir Juristen, wenn es um den Wahrheitsgehalt von Sachverständigengutachten geht? Wenn ein Sachverständiger behauptet, dass der Schnee aus Styropor besteht, dann glaubt ihm das Gericht, wenn er es nur schlüssig formuliert«, sagte sie gleichmütig und wurde dann leidenschaftlicher. »Welche Schlussfolgerungen stellen Sie denn an, Herr Knobel? Jetzt – wo Bojarzin und Miriam Budde verschwunden sind? Was meinen Sie: Wer spielt mit wem? Wer beherrscht den anderen? Was soll ich Frau Heumüller sagen, Herr Knobel? Können Sie verstehen, dass sie in Angst lebt? Sie kommen in mein Büro und sagen, dass Sie Professor Budde vertreten. Verstehen Sie, dass meine Mandantin wünscht, dass er bei seinen früheren Feststellungen bleibt? Dass er nicht umkippt? Erkennen Sie nicht, welches Motiv hinter der Entführung von Miriam Budde steht? Frau Heumüller möchte nur, dass Wahrheit bleibt, was Wahrheit ist.«

»Es wäre doch mehr als unklug, wenn Bojarzin Frau Budde mit dem Ziel entführt hätte, dass mein Mandant die Feststellungen seines Gutachtens widerruft. Bojarzin könnte doch keinen eindrucksvolleren Beleg für die Richtigkeit des Gutachtens liefern«, meinte Stephan.

»Ich weiß nicht, was ich glauben soll«, gestand Frau Dr. Hense. »Eigentlich gibt es überhaupt kein Motiv für Bojarzin, das seine Tat gegen Miriam Budde nachvollziehbar machen würde.«

»Rache an dem Mann, der nach Bojarzins Auffassung sein Leben ruiniert hat«, gab Stephan Buddes These wieder. »Und das bedeutet, dass Bojarzin eben nicht über die behaupteten hieb- und stichfesten Beweise verfügt, die Buddes Gutachten widerlegen. Ich denke, dass sich Frau Heumüller keine Angst machen muss.«

»Sie ist voller Angst«, widersprach die Anwältin. »Es geschieht etwas, in das sie einbezogen ist. Aber es sind keine Konturen sichtbar. – Bitte sorgen Sie dafür, dass Professor Budde nicht umkippt. Er muss unter enormem Druck stehen.«

»Wie kam Frau Heumüller eigentlich auf Patrick Budde als Sachverständigen?«, wollte Stephan wissen.

»Sie hat von ihm gelesen. Über Budde erscheinen ja laufend Berichte in den Medien. Sie wollte einfach nur den Besten haben. Der Sachverständige aus Bochum kratzte ihrer Meinung nach zu sehr an der Oberfläche. Sie sollte Recht behalten …«

KAPITEL 24

Die Sozialarbeiterin inspizierte Maries und Stephans Wohnung mit argusäugigen Blicken.

»Sie dürfen nicht böse sein, dass ich Sie ohne Vorankündigung besuche«, beschwichtigte sie. »Aber jede andere Vorgehensweise könnte die Ermittlungen gefährden. – Immerhin haben Sie mich ja nicht abgewiesen«, stellte sie mit Genugtuung fest.

Marie erwiderte nichts und ließ die Frau gewähren.

»Alles in allem recht ordentlich«, befand Frau Kömmling-Suderfeld ohne sichtliche Erleichterung.

»Können Sie sich vorstellen, dass mein Partner und ich das Trinkgelage nur inszeniert haben, um zu provozieren?«, fragte Marie.

»Sie wollten provozieren?«, fragte die andere erstaunt. »Warum denn nur?«

»Es war keine böse Absicht«, versicherte Marie. »Es ging nur darum, sich etwas über Menschen zu belustigen, die – wie soll ich sagen? – mit den Themen um Erziehung und Ernährung immer so bierernst sind.«

»Bierernst?«, wiederholte Frau Kömmling-Suderfeld.

»Ich nehme den Wortteil ›Bier‹ mit dem Ausdruck des Bedauerns zurück«, sagte Marie und versuchte ein Lächeln.

Das Gesicht der Sozialarbeiterin blieb regungslos. Marie fand, dass ihr Gesicht schweißnass glänzte, aber sie verkniff sich jeden Kommentar. Sie würde nicht begreiflich machen können, dass sie und Stephan nichts Böses im Schilde führten, und sie wusste, dass diese Frau, die sich berufen fühlte, über das Leben und Wirken anderer Menschen zu urteilen, maßgeblichen Einfluss über den Ausgang dieses Vorgangs hatte, den der Amtsleiter zum Fall und unverkennbar zur Chefsache gemacht hatte.

Die Sozialarbeiterin drängte sich an Marie vorbei in die Küche.

»Der Abfall müsste mal wieder entsorgt werden«, bemerkte sie und rümpfte die Nase.

»Leerung ist morgen«, erwiderte Marie knapp.

»Hygiene ist nicht von den Leerungsterminen der Müllabfuhr abhängig«, belehrte sie.

Sie strebte angewidert aus der Küche und ging ungefragt ins Arbeitszimmer.

»Hier also ist es«, stellte die Sozialarbeiterin fest.

»Was?«, fragte Marie gereizt.

»Der Internet-Sexshop«, meinte Frau Kömmlig-Suderfeld.

»Ich vertreibe Artikel, die mollige Menschen sich auch andernorts kaufen könnten«, sagte Marie.

Die Sozialarbeiterin hob vielsagend die Augenbrauen. »Sie sagen es selbst, Frau Schwarz: könnten.«

»Es ist auch kein Sexshop«, fuhr Marie fort. »Ich handele mit erotischer Unterwäsche. Es ist nichts Verwerfliches daran.«

»Wissen Sie«, beschied die Sozialarbeiterin, »es steht mir nicht zu, die Sache hier zu bewerten. Frau Kumorowski hat die von ihr selbst wahrgenommenen Vorgänge in ihrer eigenen Behörde zur Kenntnis gebracht. Mehr nicht. Und der Amtsleiter hat eine Wertung vorgenommen. An die fühle ich mich gebunden.«

»Der Amtsleiter?«, fasste Marie nach. »Verstehe ich Sie richtig? Der Amtsleiter ist die treibende Kraft? Es ist nicht Brigitta?«

»Es ist ein amtliches Verfahren«, sagte die Sozialarbeiterin kühl. Sie blickte hinter die Tür des Arbeitszimmers.

»Oh!«, entfuhr es ihr.

»Es sind Kartons mit Spitzen-BHs für besondere Größen«, sagte Marie, ohne nachzusehen.

»Nein, nein«, wies Frau Kömmling-Suderfeld zurecht. »Ich meine die leeren Weinflaschen in der Ecke. Ich werde das melden müssen, Frau Schwarz«, bedauerte sie.

KAPITEL 25

Stephan erfuhr von dem Anwaltskollegen, der Bojarzin in der Familiensache gegen Sabine Heumüller vertreten hatte, dass sein früherer Mandant ihn nach besagtem Verfahren nicht mehr kontaktiert hatte. Von Beweisen, die das Gutachten Buddes erschüttern sollten, wusste er ebenso nichts wie von Bojarzins Verbleib.

»Er kann mir auch – ehrlich gesagt – gestohlen bleiben«, raunte er durchs Telefon. »Bojarzin hat mir damals fast die letzten Nerven geraubt, weil er förmlich auf mich einschlug, damit ich Ansatzpunkte gegen Buddes Gutachten finde. Aber da war nichts zu machen. Budde zerfetzte das Erstgutachten seines Bochumer Kollegen in einer Art und Weise, dass mir dieser Mann fast schon leidtat.«

Die polizeilichen Ermittlungen konzentrierten sich unterdessen auf die Frage, warum aus der Öffentlichkeit keine belastbaren Hinweise auf den Verbleib von Markus Bojarzin und Miriam Budde eingingen, obwohl die in den Medien veröffentlichten Fotos beide Personen gut wiedergaben. Da Miriam Budde ihr Auto auf dem Grundstück ihres Hauses zurücklassen musste, nachdem ihr Mann ihr die Wagenschlüssel abgenommen hatte, und Bojarzins Auto in der Nähe von dessen Wohnung aufgefunden worden war, lag es nahe, dass sich die beiden zu Fuß, mit öffentlichen Verkehrsmitteln oder mit Taxi oder Mietwagen entfernt hatten. Dass aber unter diesen Umständen nicht ein einziger brauchbarer Hinweis einging, war ungewöhnlich.

Budde hatte eine Belohnung von 5.000 Euro für sachdienliche Hinweise ausgelobt, aber dieser Anreiz blieb ebenso wirkungslos wie ein von der Staatsanwaltschaft ausgesetzter Betrag in derselben Höhe.

Stephan, der in Buddes Auftrag turnusmäßig die neuesten Ermittlungsergebnisse abfragte, fand Kämpmanns These, dass vor dem Hintergrund der bislang ergebnislosen Suche eine dritte Person in die Sache verwickelt sei, für durchaus bedenkenswert.

»Wenn die beiden sich nicht bis zur Unkenntlichkeit maskiert haben, sind sie mit einem Dritten noch unterwegs oder unterwegs gewesen«, folgerte Kämpmann. »Aber welche Rolle spielt der unbekannte Dritte? Warum vertrauen sich die beiden dieser Person an, wenn auszuschließen ist, dass einer von ihnen oder gar beide mit Gewalt gezwungen worden sind? – Wie Sie sehen, stellen wir uns die fallrelevanten Fragen«, donnerte Kämpmann selbstgefällig und mit gewolltem Seitenhieb auf Budde, der Stephan wie seinen Adjutanten im Polizeipräsidium die Aufwartung machen ließ.

KAPITEL 26

»Drei Personen«, wiederholte Budde, als Stephan seinen Mandanten am Abend aufsuchte, um Bericht zu erstatten und sich zu einem Glas Rotwein überreden ließ.

»Du hältst Kämpmanns These nicht für Unsinn?«, fragte er und bat Stephan, in einem weichen Ledersessel Platz zu nehmen, der gegenüber dem Kamin stand, in dem Budde einige Holzscheite entzündet hatte, die leise knisterten. Er hantierte etwas ungelenk mit dem Schürhaken herum und beobachtete einige Zeit die noch unruhig züngelnden Flammen. Dann setzte er sich in den zweiten Sessel und sah Stephan fragend an.

»Kämpmanns Überlegung ist nicht abwegig«, fand Stephan. »Es ist in der Tat nicht erklärlich, warum offensichtlich niemand deine Frau und Bojarzin gesehen hat.«

»Ich kann mir nicht vorstellen, welche Rolle eine dritte Person spielen sollte«, entgegnete Budde. Er schwenkte nachdenklich sein Rotweinglas. »Kämpmanns These setzt voraus, dass Bojarzin einen Mitwisser hat. Zu dieser Annahme passt allerdings sein Persönlichkeitsprofil nicht. Er war und ist Einzelgänger. Hast du mittlerweile mein Gutachten über ihn gelesen?«

»Nein, noch immer nicht.«

»Stephan!« Budde schüttelte den Kopf und seufzte. »Das Gutachten ist der Schlüssel zur Person Bojarzin. Wenn du es gelesen hast, erschließt sich dir die Psyche dieses Menschen. Und du wirst erkennen können, welche Irrwege dieser Mensch einschlagen kann. Bojarzin hat sich damals mit Händen und Füßen gegen meine Ergebnisse gewehrt.

Diese Abwehr ist typisch für Menschen mit seiner Persönlichkeitsstruktur. Wem die Fähigkeit fehlt, sich selbst anzunehmen, kann und will sich auch nicht seinen eigenen Fehlern stellen. Die einem solchen Menschen innewohnenden Gefahren köcheln weiter vor sich hin, bis es eines Tages zur Explosion kommt. Bojarzin kommt gegen mich nicht an. Er will mich vernichten, aber statt meiner vernichtet er meine Frau. Es ist ein simples Prinzip, Stephan. Meine Frau ist in seinen Augen die Person, die mich vertritt. Einfaches Stellvertretungsprinzip. Und er bestraft mich in einer ähnlichen Weise, wie er sich durch mich bestraft sieht: Er will, dass ich unter dem Verlust meiner Frau leide, wie er unter dem Verlust seiner Tochter leidet. Mich umzubringen, verschafft ihm keine Befriedigung. Er will mich leiden sehen. – Und das tue ich tatsächlich, auch wenn meine Ehe mit Miriam gescheitert ist. – Du solltest wirklich mein Gutachten lesen, Stephan! Dann wirst du erkennen, dass ein Dritter in diesem Planspiel keinen Platz hat. Denn dieser Dritter müsste entweder ein Mensch mit ähnlich kranker Struktur sein oder jemand, den Bojarzin für seine kriminellen Machenschaften gekauft hat. Das aber setzt voraus, dass Bojarzin über Geld verfügt. Und ich wette, dass er das nicht hat.«

»Warum bist du dir da so sicher?«, fragte Stephan.

»Bojarzin hatte im damaligen Prozess Verfahrenskostenhilfe bekommen. Ich gehe davon aus, dass das Gericht sorgfältig seine wirtschaftliche Bedürftigkeit geprüft hatte. Seine frühere Anstellung in einem Luxushotel hatte er zu diesem Zeitpunkt schon verloren. Sein Opfer, also diese Heumüller, hatte mit der gegen sie verübten Tat nicht hinter dem Berg gehalten. Welches Hotel duldet schon einen Vergewaltiger am Empfang?«

Budde lächelte gequält.

»Es ist so unglaublich, Stephan! – Die Zahl der Verrückten auf dieser Welt steigt an – und kein Therapeut wird diese Welle stoppen können!«

Budde hielt inne und sah gedankenverloren in die Flammen.

»So, wie wir hier sitzen, stellen sich viele gelebte Gemütlichkeit vor«, sagte er dann, »und du wirst in vielen Häusern so einen Kamin finden, aber die wenigsten nutzen ihn wirklich. Er wird eingebaut, weil man schon immer einen Kamin haben wollte – und wenn er da ist, verliert er schnell seinen Reiz. Bei Miriam und mir war das nicht anders. Als wir uns noch einander nahe waren, saßen wir häufig so wie wir beide jetzt am Kamin und redeten über Stunden miteinander. Das war in Düsseldorf so, und als wir nach Dortmund umzogen, war ich es, der darauf achtete, dass wir wieder einen Kamin hatten. Ich hoffte, wieder an alte Bräuche anschließen zu können. Aber das war vergebens. Wir, Stephan – du und ich – nehmen diesen Kamin in Betrieb. Mit Miriam habe ich nicht ein einziges Mal hier gesessen. – Eine psychische Erkrankung ist grausam, Stephan. Sie reißt alles mit sich.«

Er schwieg, als wartete er darauf, dass Stephan diese Worte bestätigte.

»Verzeih meine direkte Frage«, sagte Stephan stattdessen: »Bist du in einer Art froh, von deiner Frau auf diese Weise losgekommen zu sein?«

»Nein«, erwiderte Budde ruhig. »Ich hätte die Scheidung nicht fürchten müssen. Du hast die Berechnungen angestellt, und sie halten jeder Überprüfung stand. Und ich hoffe ja, dass ich mich auf diese anständige Weise von meiner Frau trennen kann und ich nicht bereits geschieden bin.«

Er lächelte flüchtig und schien sich im selben Moment für das Gesagte zu schämen.

»Ehrlich, Stephan!«, sagte er ernst, »es gibt allen Grund für mich, mich von meiner Frau zu trennen, aber nicht auf die Art und Weise, über die wir hier reden müssen. In der Beziehung zu Miriam war ich immer der stärkere Partner. Vermutlich hätte sie die Scheidung belastet, aber nicht mich. Scheidungen gehören heute zur gesellschaftlichen Normalität.«

Budde stand auf, trat an ein Regal und zog ein Album hervor. Bevor er sich wieder setzte, schaltete er Spotlampen an, die ihr Licht auf die beiden Sessel fokussierten. Dann reichte er Stephan das Album.

»Es sind schöne Aufnahmen von Miriam und mir darin. Alle in den letzten Jahren entstanden. Schau dir die Bilder an. Eigentlich ist es unwichtig, wann und wo sie entstanden sind. Es ist die Dokumentation einer Ehe, die auch ihre schönen Seiten hatte.

Stephan nahm das Album und betrachtete eingehend die Bilder. Zumeist waren es Fotos, die Budde und seine Frau im Kreise anderer Personen zeigten. Tatsächlich dominierte in aller Regel der Psychologe das Motiv. Miriam wirkte stets verhaltener. Charakteristisch waren ihr Haarschnitt und die nachgezogenen Augenbrauen, die Stephan sofort wiedererkannte. Auf den zeitlich zuletzt angefertigten Fotos wirkte Miriam in der Tat deutlich magerer, bevor die Fotoserie abriss und die letzten Seiten des Albums leer blieben.

»Alben wirken in unserer heutigen Zeit der Digitaltechnik fast antiquiert, oder?«, lächelte Budde. »Aber ich finde nach wie vor, dass so ein Album besser ist als jede digitale Bildersammlung. Es ist einfach schöner, durch so ein dickes

Buch zu blättern. Es ist beständiger und verbindlicher als ein Schnappschuss auf einem Speichermedium.«

Stephan nickte zustimmend und gab das Album zurück. Er sah, wie Budde das Album sorgsam in das Regal zurückstellte. Die in den Medien veröffentlichten Fotos von Miriam schienen aus dem Album zu stammen.

»Hast du das Büchlein zu unserem Abiturjubiläum auch in das Regal gestellt?«, fragte Stephan.

»Was?«

»Das kleine Buch, das ich dir an dem Sonntagmorgen mitgebracht habe, als Miriam hier ihre Sachen packte«, erinnerte Stephan. »Es fällt mir gerade ein, weil es ja gewissermaßen auch ein Album ist. Die Organisatoren der Feier haben aus dem Gruppenbild, das von uns am Tag des Abiturs geschossen wurde, jeden einzelnen Kopf extrahiert und als Porträtfoto in das Büchlein gesetzt und zu jedem Kopf die passenden Kontaktdaten gesetzt. Es ist schön geworden. Es ist so etwas wie das Album über unsere Schulzeit.«

Budde suchte das Regal ab.

»Steht es nicht da?«, fragte Stephan.

»Doch, schon«, antwortete Budde fahrig. »Du musst verstehen, dass ich im Moment andere Sorgen habe.«

»Natürlich!«, beschwichtigte Stephan. »Entschuldige! – Das Gutachten, das du damals über Bojarzin erstellt hast, muss teuer gewesen sein«, sagte er.

Budde schüttelte mit einem verzweifelten Lächeln den Kopf.

»Du hast eine Empathie wie ein Holzklotz, Stephan Knobel!«

»Wieso?«

»Du nimmst deinen Fuß aus dem einen Fettnäpfchen heraus, um zielsicher ins nächste zu treten. – Meinst du, es ist besser, statt dieses belanglosen Jubiläumsheftchens das Gespräch direkt wieder auf Miriam zu lenken?«

Stephan rutschte tiefer in den Sessel. »Vermutlich nicht«, antwortete er einsilbig.

»Stephan!« Budde sah ihn staunend an.

»Es interessiert mich nur«, sagte Stephan.

Budde stützte die Hände in seine Hüften.

»Was soll ich dir von dem Gutachten erzählen, wenn du es nicht einmal liest?«, fragte er.

»War es teuer?«, fragte Stephan.

»Es hätte teuer sein müssen«, antwortete Budde.

»Heißt?«, fragte Stephan knapp.

»Ich habe es nicht abgerechnet.«

»Du hast ein Werk von rund 100 Seiten nicht abgerechnet?«

»Es sind nicht nur die 100 Seiten. Es gab Explorationsgespräche, meine Literaturrecherche, deren Auswertung und noch den ganzen Kram, den man Begleitarbeit nennt. – Ja, ich weiß: Ich war eigentlich bescheuert. Ich wurde damals von Frau Heumüller, die von mir in irgendwelchen Magazinen gelesen hatte, gebeten, gutachterlich tätig zu werden. Das streichelte mein Ego, Stephan. Selbstverständlich hatte ich ihr gesagt, dass ich nur ein sogenanntes Parteigutachten erstellen könne, denn das Gericht hatte ja schon einen anderen Sachverständigen bestellt. Und ich hatte ihr gesagt, dass sie meine Arbeit bezahlen müsse.«

»Und?«

»Sie sagte mir zu, mich bezahlen zu wollen, aber letztlich überstiegen die Kosten ihre finanziellen Möglichkeiten. Das erfuhr ich aber erst, als das Gutachten schon fertig war.«

»Also hat sie dich betrogen«, folgerte Stephan.

»… betrogen …« Budde schmeckte das Wort nach und schien unglücklich.

»Du denkst in juristischen Kategorien, die nicht immer hilfreich sind«, meinte er. »Die Frau wollte unbedingt ein Gutachten von mir, weil ich mit einer Reputation aufwarten kann, die ihresgleichen sucht. Und ich war eitel genug, allein aus diesem Grund den Auftrag anzunehmen. Leider war das zu meinem wirtschaftlichen Schaden, wenngleich das Gutachten in der Sache natürlich völlig richtig ist. Ich bin über meine Selbstverliebtheit gestolpert, Stephan. – Auch über mich könnte jemand ein aussagekräftiges Gutachten schreiben.« Er lächelte.

»Passiert dir das häufiger?«

»Es ist mir häufiger passiert, aber ich bemühe mich darum, meine Fehler nicht zu wiederholen. Manchmal arbeitet man für null. Es wird dir nicht anders gehen, oder?«

»Wie hoch sind deine Forderungen gegen Frau Heumüller?«, fragte Stephan.

Budde hob unschlüssig die Schultern. »Knapp 5.000 Euro, wenn ich mich recht erinnere.«

»Machst du noch was in der Sache, Patrick?«, wollte Stephan wissen.

Budde lachte.

»Du willst ein neues Mandat, Stephan, stimmt's?« Dann schüttelte er den Kopf. »Ich habe im Moment andere Sorgen. – Was macht dein Ärger mit dem Jugendamt?«

»Ich denke, dass sich die Sache erledigen wird«, meinte Stephan. Er erzählte, was ihm Marie über den Besuch der Sozialarbeiterin berichtet hatte.

»Du irrst dich gewaltig«, erwiderte Budde und schenkte Rotwein nach. »Wenn einmal der behördliche Mechanismus in Gang gekommen ist, weil er um seiner selbst willen in Gang kommen sollte, wirst du dich besonderer Mittel bedienen müssen, um ihn wieder zu stoppen. Wenn ein Verfahren außerhalb der Sachebene geführt wird, kannst du ihm nicht auf Sachebene begegnen.«

»Das heißt?«

»Du musst proaktiv werden«, antwortete Budde salbungsvoll. »So nennt man das heute. Du solltest die bewusste Dame analysieren, die das Ganze losgetreten hat. – Wie heißt sie doch gleich?«

»Kumorowski.«

»Du musst sie durchleuchten«, forderte Budde. »Sie wird ihre Interessen haben. Vielleicht will sie sich dem Amtsleiter andienen und Karriere machen. Vielleicht kann sie nur das Glück nicht ertragen, das ihr in eurer Partnerschaft habt. Vielleicht hat ihr ein Rechtsanwalt einmal eine Niederlage zugefügt, oder sie hat einen Komplex wegen einer Lehrerin, unter der sie gelitten hat. Vielleicht war ihr Vater Alkoholiker. Was weiß ich? Aber ich weiß, dass jeder Mensch eine Schwachstelle hat. Wenn man die sorgfältig herausarbeitet, versteht man, wie der Mensch funktioniert. Und man gewinnt einen wunderbaren Einblick in die Psyche und auf die Stellschrauben, mit denen man den Menschen hüpfen lassen kann. Nimm dir die Kumorowski vor! Auch bei ihr wird was im Dunkeln liegen. Zerre es ans Licht! Achte immer auf die innere Struktur! Auch bei unserem Fall! Und rede bitte dem Kämpmann den dritten Mann aus! Ich wette um alles, dass er mit dieser Idee in eine Sackgasse läuft. Er vertrödelt wertvolle Zeit, die er besser darauf verwenden würde, Miriam zu finden.«

»Ich bin mir sicher, dass die Suche auf Hochtouren läuft«, beruhigte Stephan.

»Ach, Stephan«, schnaufte Budde resigniert. »Du weißt

so gut wie ich, dass da nicht viel läuft. Was soll die Polizei auch anderes machen, als sich an die Öffentlichkeit zu wenden? Wenn jemand verschwunden ist, ohne Spuren zu hinterlassen, erübrigt sich jede Strategie.«

Er leerte sein Rotweinglas in einem Zug, stand auf und stellte es auf den Kaminsims.

»Bekommst du eigentlich Einsicht in Kämpmanns Akte?«, fragte er. »Ich habe Zweifel, ob er wirklich professionell arbeitet. Man muss den Akteuren auf die Finger schauen. Deutschland ist noch immer ein Behördenstaat. Da schießt vieles ins Kraut. Denk an diese Kumorowki!«

»Du hängst das zu hoch auf«, meinte Stephan.

»Kannst du nun in Kämpmanns Akte sehen oder nicht?«, insistierte Budde.

»Nein, denn du bist nicht in der Rolle des Beschuldigten. Ich vertrete dich nicht als Verteidiger. Also habe ich kein Einsichtsrecht.«

»Aber ich will wissen, ob dieser Kämpmann alles macht, was erforderlich ist«, zischte Budde unruhig.

KAPITEL 27

Es war ein Kämpmann in die Hände spielender Zufall, dass sich am Vormittag des nächsten Tages – es war Donnerstag, der 27. November – eine Zeugin meldete, die Kämpmann auf der von ihm entworfenen Wichtigkeitsskala mit dem Prädikat »Premium« bedachte. Es war eine 85-jährige alleinstehende Frau, Mieterin einer kleinen Wohnung in dem Haus, das auf der anderen Straßenseite gegenüber Mantinis Hotel stand. Die Frau war am Morgen dieses Tages aus dem Krankenhaus entlassen worden, in das sie wegen eines Schlaganfalls am Samstagmorgen vor knapp drei Wochen eingeliefert worden war. Es war der dritte Schlaganfall innerhalb von fünf Jahren gewesen, und sie verstand ihn wie die vorherigen als Ankündigung ihres bevorstehenden Endes, ohne dass sie dies schreckte. In den letzten Jahren hatte ihr Leben fast ausschließlich in der Wohnung stattgefunden, die sie wegen ihres schlechten Allgemeinzustandes gewöhnlich nicht mehr verlassen konnte und ihre Besorgungen von einer Nachbarin erledigen ließ. Die alte Frau verbrachte den überwiegenden Teil ihrer langen Zeit am Tag bis in den späten Abend am Wohnzimmerfenster, von dem aus sie auf die Straße, die Häuser auf der anderen Straßenseite und eben auf Mantinis Hotel blicken konnte. Seit über 20 Jahren wohnte sie hier und hatte den Niedergang des Hotels aus der Außensicht miterlebt. Die Zeiten, in denen regelmäßig Taxen vorfuhren, um Gäste abzusetzen oder abzuholen, waren längst vorbei. Nur selten kam heutzutage einer der beiden Portiere heraus, um einem Gast den Weg zu einem Parkplatz zu weisen oder Gepäck von dessen Auto abzuholen. Die Frau amüsierte sich über den italienischen Hotelbesitzer, der durch sein hektisches Gebaren während seiner ständigen Handytelefonate, die er beim Betreten oder Verlassen des Hotels zu führen pflegte, jenes Bild bestätigte, das die Frau in ihrer Fantasie von einem Italiener gezeichnet hätte. Sie war in ihrem Leben nie herumgekommen. Was sie von der Welt wusste, hatte sie aus Zeitungen und Zeitschriften erfahren, die sie seit Langem abonnierte und die sich zu einem Stapel aufgehäuft hatten, den sie nach ihrer Rückkehr aus dem Krankenhaus in ihrer Wohnung vorfand. Die Nachbarin hatte sich – wie immer in diesen Fällen – die Mühe gemacht, alles nach Daten zu ordnen, und der Frau ermöglicht, die versäumte Zeit in chronologischer Reihenfolge nachzuholen. Der dritte Schlaganfall war überstanden, und sie nahm das Leben in ihrer kleinen Wohnung wieder mit den Ritualen auf, nach denen sie seit Jahren lebte. Und als gelte es, nahtlos an dem Tag anzuknüpfen, an dem sie als Notfall aus der Wohnung ins Krankenhaus gebracht worden war, begann sie nacheinander all die Zeitungen zu studieren, deren Lektüre sie versäumt hatte.

Sie war eine Premiumzeugin, weil sie das, was sie erinnerte, präzise wiedergeben konnte. Kämpmann wusste, dass diejenigen Zeugen die wertvollsten waren, in deren ansonsten ereignisarmem Leben selbst Belangloses einen Erinnerungswert hatte, weil es das Dasein mit Leben füllte.

Als sich die Frau bei der Polizei gemeldet hatte und zu Kämpmann durchgestellt worden war, konnte sie genau jenen Freitagabend vor ihrem letzten Schlaganfall beschreiben, an dem sie wieder einmal nicht einschlafen konnte und ihre Zeit vor dem Wohnzimmerfenster zugebracht hatte. Es war ein schwarzgrauer verregneter Abend gewesen, als sehr spät die Frau vor dem Hotel erschienen sei und im Schatten gewartet habe, bis der Portier, der immer das schicke Livree trage, an die Tür gekommen sei. Das sei der Augenblick gewesen, in dem die Frau in den Lichtkegel der Eingangsbeleuchtung des Hotels getreten sei, und da habe sie die Frau genau gesehen, denn sie habe sich einmal umgedreht, als wollte sie sich vergewissern, dass ihr niemand gefolgt sei. Die alte Dame wollte schwören, dass es sich bei der Frau um jene gehandelt habe, die mit dem

Portier in der Zeitung abgebildet gewesen sei. Kämpmann sog die Informationen wie ein Schwamm auf. Weshalb hatten sich seine Kollegen mit der Aussage zufriedengegeben, dass die Frau nicht in Mantinis Hotel gewesen sei? Warum hatte man allein wegen des Umstands, dass Miriam Budde in Bojarzins Wohnung gewesen war, ihren möglichen Aufenthalt im Hotel nicht mehr bedacht?

KAPITEL 28

In Mantinis Pizzeria *Diabolo* im Stadtteil Derne erschienen jene beiden Beamten, die ihn bereits in seinem Hotel aufgesucht hatten. Sie drängten ihn mit nachdrücklichen Worten in die kleine Küche des Lokals, die bereits nach flüchtigem Blick eine nähere Kontrolle durch das Ordnungsamt nahegelegt hätte.

Während sich Mantini wild gestikulierend darüber erboste, dass er von seiner Arbeit abgehalten werde, wurde sein Hotel und insbesondere Zimmer 16 einer spurentechnischen Untersuchung unterzogen.

Entgegen aller Erwartung bestritt Mantini nicht länger, dass Miriam Budde in seinem Hotel gewesen sei, nachdem man ihm die Beobachtungen der alten Dame vorgehalten hatte. Mit einem Lächeln erklärte er sein bisheriges Leugnen mit dem Wunsch seines Portiers Bojarzin, der mit der von ihm sogenannten Bella Donna wohl ein Verhältnis und sich mit ihr abgesetzt habe. Mantini legte für seinen Portier seine Hand ins Feuer und beteuerte, dass der früher sonst so einsam und traurig wirkende Bojarzin nach dem Zusammentreffen mit der Bella Donna gelöst und fröhlich gewesen sei. Mantini bereute zutiefst, dass er die Frau nicht in seinem Belegungsbuch erfasst habe und auch das Meldeformular nicht ausgefüllt worden sei. Er stieß einen Fluch gegen sich selbst aus und bekräftigte mit einer hastigen Bekreuzigung, dass er nichts Unrechtes gewollt habe. Er selbst habe darauf gedrängt, dass die Frau das Hotel wieder verlasse, und Mantini gab sich hart und versicherte, dass er sie selbst vor die Tür gesetzt hätte, wenn sie dies auf Bojarzins Druck hin nicht freiwillig getan hätte. Mantini rollte mit den Augen, als er seinen Eindruck von Bojarzin nach dem Zusammentreffen mit dieser Frau beschrieb.

»Er hatte ein Leuchten in den Augen, Commissario, als brenne in ihm ein Feuer. Glühendes Magma wie im Vesuvio. Ich weiß nicht, woher er sie kannte und wie lange er sie schon kannte, aber er war durch sie ganz verzaubert. – Amore, Commissario!«

»Was wissen Sie über sein früheres Leben?«, fragte der eine Polizist.

»Nichts«, antwortete Mantini und hob die Finger seiner rechten Hand zum Schwur. »Aber irgendetwas war in seinem Herzen, eine große Dunkelheit. Ein Schatten, der ihn verfolgte und betrübte.«

»Er hat Jahre bei Ihnen gearbeitet und Sie wissen angeblich nichts darüber, warum er betrübt ist?«

»Nur mein Eindruck«, gab Mantini zurück. »Ich weiß von Signore Bojarzin nicht mehr als von einem Gast, der sich die Zimmerschlüssel geben lässt. Aber als die Frau da war, war Feuer in ihm. Da hatte er etwas vor. Erstmals im Leben schien er etwas vorzuhaben. Verstehen Sie, Commissario?«

Die Beamten verzichteten darauf, sich Mantinis Aussage zu notieren. Die Frage, ob Mantini wisse, wo sich Bojarzin und die Frau aufhalten könnten, erübrigte sich fast. Sie stellten sie trotzdem und erhielten die erwartete Antwort: Mantini wusste es nicht, und er beschwor seine Antwort beim Leben seiner Mutter.

»Ich wusste, dass Bojarzin irgendwann gehen würde«, sagte er. »Irgendwann, wenn er das im Leben gefunden hat, was das Dunkle verscheucht.«

»Sie sind sich sicher, dass Bojarzin das gefunden hat, was er suchte?«, fragte der andere Beamte, während er einen auf seinem Handy eingehenden Anruf entgegennahm und Mantinis Beteuerung, dass dies ganz sicher so sei, überhörte.

»Kokain und Edeluhren in einem Geheimfach in einem Kellerraum des Hotels«, wiederholte er die soeben erhaltene Information, als er das Gespräch beendet hatte.

Mantini erbleichte augenblicklich.

»Bojarzin«, hauchte er mit zittriger Stimme und schlug die Hände vor das Gesicht.

»Zu ihrer verantwortlichen Vernehmung wünschen Sie sicher die Anwesenheit eines Verteidigers«, vermutete der Polizist.

KAPITEL 29

Mantinis Verteidiger war ein in der Nordstadt bekannter Strafrechtler, der sein Klientel in erster Linie aus seinen zahlreichen Verbindungen in alle Arten des Gewerbes und in die vielen Kulturvereine akquirierte, die er regelmäßig mit Kurzvorträgen zu rechtlichen Themen rund um Miete, Haushalt, Auto und Sozialrecht speiste, wobei er sich zugleich als gewiefter Strafverteidiger präsentierte und seine eigentliche Tätigkeit dabei so geschickt bewarb, dass er als Geheimtipp gehandelt wurde. In der Sache bewirkte er häufig nicht mehr, als seiner Klientel zum Geständnis zu raten, wenn Leugnen angesichts erdrückender Beweise sinnlos schien, oder aber zum Schweigen zu raten, wenn die gegen den Mandanten gesammelten Beweise nicht ausreichten, um ihn zu überführen.

In seinem Auftreten war der Anwalt Gerhard Simonis seinem Mandanten Mantini nicht unähnlich. Er verstand es, mit Worten und Gesten Zeit zu füllen, ohne den Fall nach vorn zu treiben, was die Ermittlungsbehörden – wie beabsichtigt – zur Verzweiflung brachte.

Simonis erklärte sich erst dann mit einer verantwortlichen Vernehmung seines Mandanten Giuseppe Mantini einverstanden, als die Ergebnisse der Durchsuchung des Hotels lückenlos vorlagen. Danach stand aufgrund der insbesondere in Zimmer 16 gesicherten Mikrofaserspuren fest, dass Miriam Budde in diesem Zimmer gewesen war, aber auch im Foyer, im Frühstücksraum und in dem kleinen Büro hinter der Rezeption. An der im Keller gefundenen Hehlerware und dem Rauschgift fanden sich keine Spuren, die

Bojarzin, Miriam Budde oder Mantini zugeordnet werden konnten. Kämpmann hatte nicht zu Unrecht das Gefühl, gegenüber Mantini am Ende mit leeren Händen dazustehen, als Anwalt Simonis nach nochmaliger Akteneinsicht eine bereitwillige Aussage seines Mandanten angekündigt hatte und nun mit dem demütig und eingeschüchtert wirkenden Mantini auf dem Flur vor Kämpmanns Büro saß.

Kämpmann hielt sich nicht lange mit Formalitäten auf und sah Mantini erwartungsvoll an.

»Ich darf für Herrn Mantini etwas sagen«, übernahm der Anwalt und legte seinem Mandanten fast tröstend die Hand auf dessen Knie.

»Nach dem Ergebnis Ihrer Ermittlungen steht fest, dass Herrn Mantini in strafrechtlicher Hinsicht nichts vorzuwerfen ist. Giuseppe ist ein hervorragender Pizzabäcker und ein – wie soll ich sagen? – väterlicher Hotelier. Menschen mit einer guten Seele sind nur selten gute Geschäftsleute, und was im Allgemeinen gilt, trifft auf Herrn Mantini in besonderer Weise zu. Wenn man sich vergegenwärtigt, dass Mantini gleich drei Geschäfte führt, dann ist einleuchtend, dass er sich nicht jedem Geschäft in der Weise widmen kann, in der es wünschenswert wäre. Das bedauert niemand mehr als Herr Mantini selbst, und er wird aus diesem Vorfall die Lehre ziehen müssen, sich kleiner zu setzen und eines der Geschäfte aufzugeben. Das wäre zumindest mein dringender Rat«, sagte Simonis und betrachtete dabei seinen Mandanten von der Seite wie ein Lehrer seinen Schüler, der sich vergewissern wollte, ob die erteilte Lektion verinnerlicht worden sei.

»Mantini hat verstanden«, stellte er dann fest und kam zum Kern: »Mantini hat den Fehler begangen, seinen Portier nicht durchleuchtet zu haben, als er ihn einstellte, und er hat versäumt, ihn gewissenhaft bei seiner Arbeit zu kontrollieren. Dass mit Bojarzin etwas nicht stimmte, hat er zu spät gemerkt, nämlich erst zu dem Zeitpunkt, als diese Frau in das Hotel kam, und von da an aus Bojarzin von jetzt auf gleich ein anderer Mensch zu werden schien.«

»Herr Mantini hat angegeben, schon immer bei Bojarzin etwas Dunkles bemerkt zu haben«, polterte Kämpmann dazwischen.

»Dunkel in der Seele, aber nicht in den Machenschaften«, präzisierte der Advokat weich. »Giuseppe Mantini ist ein gläubiger Mensch.«

Kämpmann räusperte sich unwillig.

»Sie müssen schon das Gesamtbild sehen wollen«, belehrte der Jurist, »und von Gesetzes wegen müssen Sie ja alle Umstände erforschen: Mein Mandant war unstreitig immer nur für einige Stunden im Hotel. Faktisch haben die beiden Portiere die Leitung des Hotels übernommen, was auch erklärlich macht, dass Buchungen teilweise – wie etwa bei dieser Frau – entgegen der Vorschrift überhaupt nicht erfasst wurden. Offenbar gab es auch zweifelhafte Absprachen zwischen einzelnen Gästen und Bojarzin, die – wie wir nun wissen – kriminelle Inhalte hatten. Von den Funden im Keller wusste Mantini nichts. Es kann sich nur um Dinge handeln, die aus von Bojarzin eingefädelten Geschäften stammen und von ihm im Hotel abgewickelt wurden. Das ist ja auch einleuchtend, denn so konnte er einerseits die Geschäfte beaufsichtigen und sich andererseits hinter Mantini verstecken und Verantwortung abschieben, wenn es brenzlig wurde. Bojarzins Verschwinden kann nur vor diesem Hintergrund gesehen werden, und der Umstand, dass man auf den gefundenen Sachen keine Fingerabdrücke von ihm feststellen konnte, heißt ja nicht, dass er vielleicht Ware mitgenommen haben könnte, die Sie naturgemäß auch nicht finden konnten. Sie haben gegen meinen Mandanten nichts in der Hand, Herr Kämpmann!«

»Warum hat er sich wohl Zimmer 16 eingerichtet?«, fragte Kämpmann.

»Weil er vertuschen wollte, dass diese Frau in seinem Hotel war«, erwiderte der Verteidiger ungerührt. »Mantini ahnte doch, das Unheil drohte, als er sie und Bojarzins Sinneswandel beobachtete. Nicht umsonst wollte er, dass diese Frau verschwindet, ohne zu ahnen, welche Leiche im übertragenen Sinne im Keller lauert.«

»Die Art und Weise Ihres Mandanten, sein Hotel zu führen, wird die Ordnungsbehörde begeistern«, meinte Kämpmann lakonisch.

»Deshalb wird Herr Mantini das Hotel schließen, bevor es geschlossen wird«, säuselte Simonis höflich. »Ich deutete es eben schon an.«

»Herr Mantini gibt also zu, Spuren verwischt haben zu wollen, die auf die Anwesenheit Miriam Buddes im Hotel hingedeutet haben?«, vergewisserte sich Kämpmann.

»Naiv, nicht wahr?«, befand der Anwalt. »Scheinbar listig, wenn man bedenkt, dass ein jeder weiß, dass man Mikrospuren fast nie restlos beseitigen kann.«

»Nicht naiv, eher das Gegenteil!«

»Sie können es drehen und wenden, wie Sie wollen, Herr Kämpmann: Giuseppe Mantini hat sich nicht strafbar gemacht«, lächelte der Anwalt.

»Welche Rolle spielt nach Ihrer Ansicht Miriam Budde? – Wie erklären Sie sich ihren Aufenthalt im Hotel?«

»Die simpelste Erklärung ist oft die richtige«, antwortete Simonis. »Auch wenn es nur eine Mutmaßung ist: Ich denke, dass die Frau nur Gast in dem Hotel gewesen ist. Bojarzin hat sich in die Frau verguckt. Ich glaube, dass Herr

Mantini für so etwas eine Antenne hat. Und er spürt auch, wenn so ein Verhältnis Unheil bringt. Jetzt wird Bojarzin mit dieser Frau oder sie mit ihm unterwegs sein.«

»Die Frau war zu schön für diese Gegend«, schaltete sich Mantini erstmals ein und schwieg sofort wieder, nachdem Simonis ihm unwirsch bedeutet hatte, den Mund zu halten.

»Die eine Geschichte hat mit der anderen nichts zu tun«, war der Anwalt überzeugt. »Bojarzin und seine krummen Geschäfte sind die eine Sache und Bojarzin und diese Frau die andere Sache. Jede dieser Geschichten hat mit Bojarzin, aber keine hat mit Mantini zu tun. So einfach ist das, Herr Kämpmann!«

Der Anwalt strahlte Kämpmann zuversichtlich an.

»Ich gehe also davon aus, dass Sie die Ermittlungen gegen Giuseppe Mantini einstellen werden.«

Kämpmann blieb regungslos, aber er wusste, dass die Beweislage für eine Anklage gegen Mantini nicht reichen würde. Er war abgeklärt genug, um sich nicht darüber zu ärgern. Kämpmann haderte nicht damit, dass man einige Kriminelle nicht oder nicht sofort überführen konnte, und es war das Verdienst von Advokaten wie Gerhard Simonis, die es mit Süffisanz verstanden, der Polizei ihr Scheitern zu offenbaren. Er kannte das breite Grinsen von Anwälten dieses Schlages, die ihm den Beschuldigten von der Schüppe nahmen, mit der Kämpmann die Sache gern dem Staatsanwalt mit der Bitte um Anklageerhebung vor die Füße geworfen hätte.

Als Kämpmann Stephan von der Vernehmung Mantinis und den Schlussfolgerungen dessen Anwalts erzählte, tat er es professionell und leidenschaftslos. Und als Stephan eben dies an Budde weitergab, reagierte dieser frustriert, schnaubte abfällig und wetterte ein weiteres Mal über »diesen Kämpmann«.

KAPITEL 30

Marie hatte begonnen, den gesamten Haushalt zu durchforsten, und beschlossen, alles wegzuwerfen, was sie und Stephan nicht mehr brauchten, und den Vorrat an Nahrungsmitteln auf die Artikel zu beschränken, die in absehbarer Zeit verbraucht würden. Die Sozialarbeiterin hatte mit warmen Worten und betont nachsichtig empfohlen, die eigene Wohnung einmal durch die Brille eines Fremden zu betrachten, ein Dialogspiel hierüber eingefordert, war dann unversehens in eine imaginäre dritte Person geschlüpft und hatte etwa gesagt: »Ich bin Gast in dieser Wohnung und sehe faulende Bananen auf dem Regal unterhalb des Küchenschrankes.«

Marie war gefordert zu antworten und antwortete etwa: »Ich mag Bananen gern, wenn sie reifer sind. Sie schmecken dann süßer.«

Marie hatte dieses Spiel einige Minuten mitgemacht, dann brach sie ab und stellte fest: »Es bleibt alles da, wo es ist!«

Frau Kömmling-Suderfeld war hierüber irritiert, schlüpfte in ihre eigene Rolle zurück und belehrte: »Sie stellen sich nicht der Kritik, Frau Schwarz. Veränderung kann nur stattfinden, wenn Sie die Botschaft annehmen, dass sich etwas ändern muss.«

»Es muss gar nichts!«, blaffte Marie zurück.

Das war der Zeitpunkt, als Frau Kömmling-Suderfeld unwillig den Sitz ihrer Brille korrigierte und der Blick durch die kreisrunden Gläser von einer Gefühlsschwankung zwischen Bedauern und Strenge zeugte.

»Ihnen ist die Ernsthaftigkeit der Situation wohl nicht bewusst«, tadelte sie.

»Ich werde diesen Mumpitz nicht länger mitmachen!«

»Mumpitz?«, wiederholte die Sozialarbeiterin berührt und notierte sich diesen Begriff in ihren Block.

Sie verließ die Küche und ging langsam den Flur entlang zur Wohnungstür.

»Sie sind sich sicher, auf dem richtigen Weg zu sein, Frau Schwarz?«, vergewisserte sie sich.

»Mehr denn je«, sagte Marie entschieden.

»Es urteilen andere darüber, was richtig und was falsch ist«, sagte Frau Kömmling-Suderfeld. »Ich persönlich hege durchaus Sympathien für Sie. Manches ist in diesem Haushalt gar romantisch.«

»Ich werde mich nicht strategisch nach ihnen ausrichten«, bekräftigte Marie.

Als die Sozialarbeiterin fort war, setzte sich Marie in die Küche und heulte. Dann begann sie, die Wohnung bis in die Ecken zu säubern. Warum tat sie jetzt, was die andere wollte?

KAPITEL 31

Nachdem Staatsanwaltschaft und Polizei zum Verschwinden von Markus Bojarzin und Miriam Budde keine Neuigkeiten bis auf diejenige verkünden konnten, dass die Frau des Sachverständigen nachweislich in dem Hotel gewesen war, erschien der Fund im Keller eine erzählenswerte Nachricht, die Kämpmann angesichts des Stillstands der Ermittlungen im eigentlichen Kerngeschehen gern an die Presse weitergab. Die daraus ableitbaren Schlussfolgerungen zogen die Journalisten gern selbst, und als alle örtlichen Zeitungen über den mutmaßlichen Drogenhandel im Hotel berichteten, ergaben sich wie von selbst Rückschlüsse auf die Verquickungen von Mantini und Miriam Budde in diese Machenschaften. Danach war Bojarzin – den Schilderungen Mantinis folgend – eine von kriminellen Ambitionen getriebene Person, die das bedingungslose Vertrauen ihres Chefs schamlos ausgenutzt und in Miriam Budde eine Frau gefunden hatte, die entweder dem Charme Bojarzins erlegen oder zufällige Zeugin von Bojarzins dunklen Geschäften geworden war. Im ersten Fall wollte, im zweiten Fall musste sie mit ihm verschwinden. Mantini kam in den Berichten gut weg. Die Presse nahm ihm und insbesondere seinem agilen Anwalt die Darstellung ab, dass er den Überblick verloren und das Heft des Handelns aus der Hand gegeben hatte.

Kämpmann lehnte sich zufrieden zurück, als er die Presseberichte las.

Mantini war über die Berichterstattung entzückt und zugleich enttäuscht über seinen Anwalt, der ihn dazu überredet hatte, die Konzession für den Betrieb des Hotels zurückzugeben, bevor das Amt ein entsprechendes Verfahren gegen ihn einleiten würde. Er glaubte daran, ohne Not etwas aufzugeben, nachdem er in den Gazetten so gut davonkam, was nicht zuletzt daran gelegen hatte, dass er es verstanden hatte, mit tränennassen Augen vor den Journalisten über seinen Portier zu jammern, dem er über Jahre blind vertraut hatte.

Die Boulevardblätter labten sich an der eigentlich blassen Figur des Markus Bojarzin, der durch Mantinis salbungsvolle Worte zum wilden Liebhaber wucherte, der die unglückliche Miriam Budde, die zufällig seinen Weg gekreuzt hatte, erst verführt und schließlich entführt hatte. Giuseppe Mantini blieb als Opfer zurück, ein betrogener Zuschauer in der amourösen Fluchtgeschichte des früher so unscheinbaren Portiers und der von einem Psychologieprofessor geflohenen Ehefrau.

Mantini weigerte sich, seinem Anwalt das Honorar für dessen beratende Tätigkeit bei der Aufgabe des Hotelgewerbes zu zahlen. Schlechte Arbeit sei gar keine Arbeit, schrie er gestikulierend und bedachte Simonis mit einem Schwall italienischer Schimpfworte.

KAPITEL 32

Am späten Abend des 1. Dezember befand sich Giuseppe Mantini auf dem Heimweg. Er hatte in seinen Pizzerien nach dem Rechten gesehen und zuvor noch ein weiteres Streitgespräch mit seinem Anwalt geführt, der ihm weismachen wollte, dass sich Mantini doch glücklich schätzen solle, das unrentable Hotel abzustoßen. Simonis hatte ihm vorgerechnet, was Mantini sich an Kosten und Ärger erspare, weil er der Empfehlung des Anwaltes folgte, und damit geschlossen, dass er sein Honorar eigentlich an dem Kostenvolumen ausrichten sollte, vor dem er Mantini bewahre. Da hatte Mantini geschwant, dass sein Anwalt sein eigenes Spiel trieb und ihm sofort das Mandat gekündigt. So hatte es Mantini schon mit einem halben Dutzend anderer Anwälte gemacht, die er erst mit Begeisterung ausgewählt und dann hinausgeworfen hatte, weil sie nicht auf das hörten, was Mantini antrieb und steuerte: seine innere Stimme.

Mantinis innere Stimme sagte ihm, dass er das Hotel fortführen sollte, nachdem die Presse so gut über ihn berichtet hatte. Es war auch seine innere Stimme gewesen, die ihn dazu veranlasst hatte, Bojarzin vor der Frau zu warnen, die sich im Hotel einquartiert hatte. Fast immer lag er richtig, wenn er auf sich selbst hörte und sich von Menschen, die ihm Beratungsdienstleistungen andienten, löste.

Mantini ließ sein Auto am Fuß des Hanges stehen, auf dem sein mit Hypotheken belastetes Haus stand, das er mit seiner Frau fast ausschließlich zu dem Zweck gekauft hatte, um damit prahlen zu können, dieses Haus zu besitzen. Es war ihm wichtig, im vornehmen Dortmunder Süden zu wohnen und sich den erfolgreichen und gebildeten Menschen gleich zu fühlen, die um ihn herum – und eigentlich unterhalb seines Hauses – wohnten. Es waren schicke Einfamilienhäuser auf großen, von sorgfältig gepflegten Hecken eingefriedeten Grundstücken, in denen man isoliert vom Nachbarn wie in einer eigenen Welt leben konnte. Hier mischten sich Baustile, Grundrisse, Dach- und Fensterformen in unbegrenzter Vielfalt, als gelte es, mit dem eigenen Haus einen unverwechselbaren Gütestempel zu setzen. Mantini und seine Frau besaßen das kleinste Haus in dieser Straße, gelegen am die Straße abschließenden Wendehammer, hoch über der Hauptstraße im Tal und angrenzend an den hier beginnenden Mischwald. Der Wetterbericht hatte überfrierende Nässe für die kommende Nacht angekündigt. Mantini hatte aus seinen Erfahrungen mit dieser Witterung gelernt und den Wagen unten an der Hauptstraße stehen lassen. Er ging auf dem schmalen Gehweg bergan, vorbei an den Villen, deren hell erleuchtete Erdgeschossräume den Blick des Betrachters förmlich anzogen. Mantini blickte über die zur Straßenseite niedrig gehaltenen Hecken neidvoll in die meist menschenleeren Räume, mal in eine Bibliothek, mal in einen Salon. Es waren Museen mit Schaustücken des reichen Lebens, ausstaffiert mit wertvollem Mobiliar, kunstvollen Tischlampen und Lüstern an den Decken. Tagsüber bestaunte man die Hausfassaden, nachts das Interieur. Mantinis innere Stimme sagte ihm, dass er irgendwann mit seiner Frau hier unten wohnen würde.

Er schlug den Kragen seiner Jacke hoch, um sich gegen die kalte Nässe zu schützen, die ihm entgegenschlug. Gut 300 Meter lagen noch vor ihm. Das Bergangehen fiel ihm schwer. Obwohl oder gerade weil er den ganzen Tag über auf den Beinen war, hatte er Mühe mit dem abendlichen Anstieg. Er keuchte leise vor sich hin, als er sein Haus hinter der letzten Straßenbiegung auftauchen sah. Er konnte schemenhaft nur die Spitze des Satteldaches erkennen. Es war ein einfaches Haus aus den 60er-Jahren des letzten Jahrhunderts, zwischendurch in Teilen renoviert, aber im Ganzen ein Flickwerk, das der grundlegenden Sanierung harrte. Mantini hatte es einer alleinstehenden Witwe abkaufen können, die wegen ihres gesundheitlichen Zustands das Haus nicht mehr bewirtschaften konnte und es aus ihrer Sicht zu einem Spottpreis verschleuderte, der Mantini und seine Frau indes zu erdrücken drohte. Die Mantinis sparten an allem, was im täglichen Leben entbehrlich schien. Gianna, seine Frau, würde jetzt, eingehüllt in eine Wolldecke, vor dem Fernseher sitzen. Im Haus brannte kein überflüssiges Licht; die Heizung war gedrosselt.

Mantini sah als Letztes die kleine weiße Rauchfahne, die aus dem Ziegelschornstein seines Hauses in den schwarzgrauen Himmel stieg, als er die mannshohe Hecke des Nachbarhauses passiert hatte. Dann schnürte sich etwas in seinen Hals, dünn und fest, zwingend und schneidend. Mantini wollte schreien, ohne es zu können, riss seine Hände aus der Jackentasche, zog den Schlüsselbund mit heraus, der klirrend auf den Boden fiel. Seine Finger gruben sich in den anschwellenden Hals, wollten sich unter die würgende Klammer zwängen und fanden keinen Zugang. Das Keuchen erstickte, seine Hände flatterten hilflos nach hinten, verkrallten sich in etwas Weichem, es war wie Fell. Die Finger rutschten ab und versuchten verzweifelt der Gestalt Herr zu werden, die hinter ihm war, ruderten ins Leere und sackten schließlich nach unten. Seine Augenlider bebten, vor den Augen tanzten Lichter, die nicht da waren. Der weiße Rauch aus dem Kamin wucherte zum wabernden Nebel. Mantini fiel gekrümmt auf den nassen Asphalt und entrollte sich wie ein Teppich. Dann war Stille.

KAPITEL 33

Als Stephan am nächsten Morgen Kämpmann in seinem Büro aufsuchte, war die Lagebesprechung gerade vorüber. Kämpmann war frustriert und abgekämpft. Es war Dienstag, der 2. Dezember. Markus Bojarzin und Miriam Budde waren seit dem 9. November spurlos verschwunden. Nun erhöhte zusätzlich Mantinis Tod den Druck auf die Ermittler. Es konnte nichts Schlimmeres geben als einen Stillstand in der Ermittlungstätigkeit, während der Fall sich fortentwickelte und sogar neue Opfer forderte. Kämpmann verglich die Situation mit der eines Brandherdes, der nicht erstickt werden konnte und nach dem Auslöschen einer Flamme sofort neue Glutnester offenbarte.

Stephan formulierte sein in Buddes Namen vorgetragenes Anliegen, in die Ermittlungsakte sehen und sogar Fotokopien fertigen zu dürfen, fast mit entschuldigenden Worten, weil er wusste, dass ihm ein Recht hierzu überhaupt nicht zustand.

Doch Kämpmann reagierte unerwartet. Er schob die vor ihm liegende Akte über den Tisch an den Platz, an den sich Stephan gerade gesetzt hatte. Kämpmann lehnte sich zurück, verschränkte seine Arme und betrachtete Stephan mit argusäugigem Blick, als er freundlich sagte: »Da haben Sie alles, Herr Rechtsanwalt, und nun sagen Sie mir bitte, was genau Sie suchen!«

Stephan wusste darauf keine Antwort außer der Wiedergabe des von Budde geäußerten Wunsches, allgemein über die Ermittlungen im Bilde sein zu wollen. Er wollte noch ein paar erläuternde Worte verlieren, doch Kämpmann unterbrach ihn.

»Mir stellt sich allein die Frage, warum Sie ausgerechnet zum jetzigen Zeitpunkt kommen«, begann er schneidend und ließ Stephan nicht aus dem Blick. »Ich frage mich also, ob Mantini doch etwas mit dem Verschwinden von Bojarzin und Miriam Budde zu tun hat oder ob Mantini mit Bojarzin gemeinsam in dem Hotel verbotenen Geschäften nachgegangen ist oder ob das eine mit dem anderen gar nichts zu tun hat oder umgekehrt die eine Geschichte nicht ohne die andere denkbar ist. Ich frage mich, Herr Rechtsanwalt Knobel, ob da jemand kräftig in ein Wasserglas pustet, um es stürmisch aussehen zu lassen oder ob wir uns wirklich in einem alten Kahn auf hoher See befinden, von dem die Leute ins Meer gespült und in die Tiefe gerissen werden Das beschreibt meine derzeitige Situation, Herr Knobel. Und just in diesem Moment tauchen Sie auf und wollen für Ihren Professor alles wissen.«

Kämpmann verstummte lauernd.

»Ich verstehe Sie nicht«, bekannte Stephan.

»Oh, doch«, höhnte Kämpmann. »Ich überlege die ganze Zeit, welchen Sinn Mantinis Tod hat.«

»Mantini ist tot?«, fragte Stephan ungläubig.

»Ach, Herr Knobel!« Jetzt lachte Kämpmann bitter. »Als wenn Sie das nicht wüssten! – Vermutlich erwürgt. Unmittelbar vor seinem Haus. Gestern Abend spät. Die genauen Umstände sind noch nicht bekannt.«

»Woher sollte ich das wissen?«

»Von Ihrem Mandanten natürlich«, bellte Kämpmann. »Von wem denn sonst?«

»Ich weiß nichts«, beteuerte Stephan.

»Geschenkt!«, rief Kämpmann und winkte ab. »Ich verleite Sie nicht zum Parteiverrat. Sie dürfen schweigen. Sie müssen schweigen. – Nun los!«, bat er mit einladender Geste. »Was suchen Sie in der Akte, Herr Knobel? Welche Vorgabe hat Professor Budde Ihnen gemacht? Welche Seite sollen Sie sich in seinem Auftrag ansehen? Irgendwo in dem dicken Ordner, der vor Ihnen liegt, steckt die Lösung des Falles, nicht wahr? Und der dicke dumme Kämpmann hat sie bis heute nicht gefunden.«

Er stand auf und umrundete den Tisch.

»Nun los, Herr Rechtsanwalt!«, wiederholte er. »Ich möchte Ihnen beim Blättern über die Schulter sehen! Lassen Sie mich teilhaben an Ihrer Suche! Ich will sehen, wenn Sie auf den entscheidenden Hinweis stoßen. Sie wollen doch nicht ernsthaft die ganze Akte fotokopieren. Einschließlich der Analyseergebnisse reden wir von rund 500 Seiten. Irgendwo in diesem Papierwust steckt der entscheidende Hinweis. Ich sitze ganz still wie ein Rabe auf Ihrer Schulter und blicke mit Ihnen auf jede Seite. Wissen Sie, wonach Sie suchen, Herr Knobel? – Lassen Sie mich mitsuchen?«

»Nein!«, antwortete Stephan irritiert.

»Dachte ich es mir doch«, antwortete Kämpmann und gab sich scheinbar geschlagen. Er setzte sich wieder auf seinen Platz und seufzte.

»Ich verstehe Ihr Denken nicht«, sagte Stephan.

»Mantinis Tod macht für mich keinen Sinn«, antwortete Kämpmann. »Er ist in der Vermisstensache unverdächtig. Hinsichtlich der in dem Hotel gefundenen Uhren und des Rauschgifts hat er alles auf Bojarzin abgewälzt. Ob hier Bojarzin alleiniger Täter war oder ob Mantini alleiniger Täter war oder vielleicht beide zusammen, ist doch völlig irrelevant. Der ganze Kram rund um die schrägen

Geschäfte, die im Hotel gelaufen sind, erscheint mir zu klein, um Mantini umzubringen, welche Version auch immer man zugrunde legen möchte. Logische Konsequenz ist, seinen Tod doch mit dem Verschwinden von Bojarzin und Frau Budde in Verbindung zu bringen. Gesagt hat Mantini hierzu nichts, und ich bin mir sogar sicher, dass er hierüber auch wirklich nichts wusste. – Warum also musste der Italiener sterben? Und nach allem Denken fällt mir nichts anderes ein als meine schon einmal geäußerte Theorie vom dritten Mann in dieser Geschichte. Sollte also etwa Mantini jene Person gewesen sein, der Bojarzin und Miriam Budde aus der Stadt gebracht und vielleicht irgendwo versteckt hat? Ich wäre fast geneigt, dieser Theorie zu folgen, Herr Knobel. Aber wissen Sie, warum ich Zweifel habe? Dieser ›dritte Mann‹ existiert nur in unseren behördeninternen Überlegungen. In den Zeitungsberichten stand davon nichts. Allenfalls konnte man dort auf einen Dritten rückschließen, weil die beiden spurlos aus einer Großstadt verschwunden zu sein scheinen. Aber ein konkreter Ermittlungshinweis auf diese dritte Person ist nie in der Öffentlichkeit geäußert worden. Außerhalb unseres Teams wussten nur Sie davon, Herr Knobel. Ihnen habe ich von dieser These erzählt, und damit habe ich sie quasi direkt gegenüber dem Professor offenbart. – Jetzt gehen Sie zu Ihrem Auftraggeber zurück und berichten ihm davon, was ich denke! Erinnern Sie ihn daran, dass er sich von seiner Frau trennen wollte und ihm deren Verschwinden nicht ungelegen kommt. Und dann ist da noch Bojarzins Rachemotiv gegenüber Budde. Ich gewinne das Gefühl, dass hier Opfer- und Täterrollen untereinander austauschbar sind. Der Fall hatte für mich gerade erste Strukturen entwickelt, als Mantinis Tod dazwischenkam. Unlogisch und nicht einzuordnen. Sagen Sie Budde, dass ich nicht an den dritten Mann glaube. Es muss alles viel einfacher sein.«

»Sie halten Budde nicht ernsthaft für den Mörder und Drahtzieher?«, wunderte sich Stephan.

»Sie sind sein Sprach- und sein Hörrohr, Herr Knobel, das steht fest. Durch Sie ist er immer unmittelbar an uns dran. Mantinis Tod macht ihn aus dem genannten Grund in der Tat verdächtig. Aber ich sehe kein wirkliches Motiv. Trennung und Scheidung hätte er nicht fürchten müssen. Das haben Sie recherchiert und wir haben es überprüfen lassen. Auch einer Neuauflage des von Bojarzins angestrebten familienrechtlichen Verfahrens kann Budde gelassen entgegensehen. Es dürfte für Bojarzin eher zum Fiasko werden. Wer soll denn der neue Gutachter in dem von ihm offensichtlich angestrebten Verfahren sein, von dem mir auch die Anwältin von Bojarzins früherer Partnerin, diese Frau Dr. Hense, erzählt hat? Und trotzdem komme ich nicht von dem Ansatz weg, dass Professor Budde in diesem Fall die entscheidende Rolle spielt. – Wussten Sie übrigens, dass der Professor in der Familiensache Bojarzin quasi kostenlos tätig war?«

»Ich weiß es«, antwortete Stephan gelassen. »Budde hat mir die Hintergründe erklärt. Aber er war nicht kostenlos tätig. Budde hat nur bis heute nicht seine Honorarforderung gegen Frau Heumüller realisieren können.«

»Wussten Sie, dass Budde bis dahin nur in Strafverfahren als Gutachter tätig gewesen ist, aber nie in einem familienrechtlichen Verfahren?«, bohrte Kämpmann weiter. »Auch danach ist er nie mehr in einem solchen Verfahren aufgetaucht.«

»Das wusste ich nicht«, räumte Stephan ein, »aber ich weiß, wie es zu dieser besonderen Beauftragung durch Frau Heumüller kam. Ich sehe da nichts Verdächtiges.«

»Wussten Sie, dass Budde für derartige Gutachten im Schnitt 10.000 Euro berechnet?«, fragte Kämpmann weiter, »Während er hier nur knapp 5.000 Euro haben wollte. Warum?«

»Weil er wusste, dass er von Frau Heumüller ohnehin nicht die Zahlung eines so hohen Betrages erwarten konnte«, erklärte Stephan. »Er kann ja nicht einmal die geringere Summe realisieren. Haben Sie Frau Heumüller nicht danach befragt?«

»Doch, habe ich«, sagte Kämpmann. »Sie sagt, dass sie von den sonst üblichen Honorarhöhen nichts wisse und versuche, ihre Schulden gegenüber Budde abzustottern. Und ich habe sogar die seinerzeit von Budde gestellte Rechnung gesehen.«

»Na, also«, kommentierte Stephan.

»Wissen Sie, Herr Knobel«, fuhr Kämpmann unbeirrt fort: »Wir müssen eine entscheidende Frage beantworten: Wie kamen Bojarzin und Miriam Budde zusammen? Wer von beiden ist auf wen zugekommen? Wenn wir diese Frage beantwortet haben, können wir auch klären, wer Täter und wer Opfer ist. Bis jetzt passt wenig zusammen. Und Mantinis Tod passt überhaupt nicht hinein.«

KAPITEL 34

»Du sollst mein Sprachrohr sein?«, fragte Budde belustigt. »Wie gehst du denn mit dieser ungewohnten Rolle um, Stephan?«

Budde wippte amüsiert in seinem Bürosessel im Arbeitszimmer seines Hauses hin und her, verschränkte entspannt die Hände hinter seinem Kopf und betrachtete Stephan abwartend. Stephans Nachricht vom Tode Mantinis hatte ihn überrascht, aber nicht berührt.

»Als Anwalt sollte man nie die Mietschnauze seines Mandanten sein«, meinte Stephan.

»Irgendwie beeinflusst alles den Menschen«, sagte Budde. »Diese Mechanismen aufzudecken, sie bewusst zu machen, und – wenn es dem Patienten dienlich ist – sie zu durchbrechen, ist ein großer Teil meiner Arbeit. In meinen Gutachten steht gerade zu dieser Problematik häufig eine Menge.«

»Gutachter beeinflussen auf ihre Weise«, sagte Stephan.

»Gutachter entscheiden Rechtsstreite. Sie sind diejenigen, die die Sachkunde einbringen, die das Gericht nicht hat. Regelmäßig sind die Urteile der Gerichte doch nur die juristische Einkleidung dessen, was ich vorgebe. Die meisten Gerichte begnügen sich damit, nur die Zusammenfassungen der Gutachten zu lesen. Als Gutachter hat man meist schon gewonnen, wenn sich das Gutachten flüssig liest und keine logischen Brüche offenbart. Und obendrein genießt der gerichtlich bestellte Gutachter den Luxus, für fahrlässige Fehler nicht haftbar gemacht werden zu können. – Glaube mir: Wenn dich die Gerichte als

Gutachter beauftragen und du den Service bietest, schnell zu sein und klar zu schreiben, hast du ausgesorgt. Auch eine Richterseele will gestreichelt und bedient werden. Wenn du in devoten Worthülsen den gerichtlichen Auftrag abarbeitest, nimmt dir keiner übel, wenn du etwas zu breit schreibst und mit reichlich Textbausteinen einleitende Wissenschaftslyrik betreibst, die zwar im konkreten Fall nichts Erhellendes beizutragen vermag, aber den Preis für das Werk nach oben treibt und vorzüglich fundiertes Arbeiten suggeriert.«

»Das ist vermessen«, erwiderte Stephan kühl. Er setzte sich auf die andere Seite des Schreibtisches, dorthin, wo gewöhnlich der Patient saß, wenn er nicht auf der Couch lag, neben der Budde dann auf einem einfachen Bürostuhl Platz nahm. In jedem Fall musste der Patient ins Licht gucken. Budde sah im Gegenlicht der einfallenden Mittagssonne noch korpulenter aus als sonst.

»Es ist nicht vermessen«, belehrte Budde. »Es ist die Wahrheit. Gutachter haben Macht. Deutschland ist Gutachterland«, grinste er. »Aber ich bin deswegen bestimmt nicht beleidigt. Ich bekenne mich dazu, beeinflussen zu wollen«, betonte er selbstgefällig, »aber stets nur im Sinne eines guten Ergebnisses. Wenn ich wollte, könnte ich aus Schwarz Weiß machen und umgekehrt. Aber man muss mit der Macht verantwortungsvoll umgehen.«

Dann lächelte er nachsichtig.

»Siehst du: Jetzt wolltest du eigentlich etwas ganz anderes sagen, und ich habe dich spielend entführt. Nun sag schon: Fühlst du dich als mein Sprach- und Hörrohr?«

»Nein!«

»Bist du sicher? – Wie denkst du über meinen Fall? Du wächst doch immer weiter hinein. Kannst du Kämpmann verstehen? Erst baut er die Theorie vom dritten Mann auf, und jetzt, wo er ihn gefunden haben könnte, verwirft er sie wieder. – Was ist Kämpmanns Problem, Stephan?«

»Ich kann ihn verstehen«, sagte Stephan. »Kämpmann steht vor dem Dilemma, dass er mögliche Tatgeschehen und mögliche Motive nicht unter einen Hut bringen kann. In der Tat dreht sich alles um die entscheidende Frage, ob Miriam Bojarzin aufgesucht hat oder umgekehrt Bojarzin Miriam. Im ersten Fall kann Bojarzin nicht der Täter sein, wobei wir nicht einmal wissen, ob eine Tat und welche Tat im Raum steht. Wenn Miriam Bojarzin aufgesucht hat, stellt sich die Frage, was sie von ihm gewollt hat. Es scheint unwahrscheinlich, dass Miriam zufällig in diesem Hotel gelandet ist.«

»Bojarzin hat Miriam ausfindig gemacht, und sie ist zwischendurch zu ihm ins Hotel gegangen«, meinte Budde.

Stephan schüttelte den Kopf.

»Nein, das passt nicht. Da sie nachweislich in Bojarzins Wohnung war, hätte sie sich von Anfang an dort aufhalten können. Es gibt keinen Grund, zwischendurch das Hotel aufzusuchen und dort sogar zu übernachten, zumal Bojarzin einen Streit mit Mantini riskierte. – Das Merkwürdige ist, dass die logische Variante die ist, dass Bojarzin an deine Frau herangetreten ist, die wahrscheinlichere hingegen jene ist, das Miriam Bojarzin aufgesucht hat. Das bereitet Kämpmann Kopfzerbrechen. Es passt nicht zueinander. Und welche Rolle hat Mantini gespielt?«

»Da ist es ja ganz einfach, sich auf mich zu fokussieren«, erheiterte sich Budde. »Ich passe zwar überhaupt nicht als Täter in die Geschichte, aber das scheint Herrn Kämpmann nicht zu stören. Wenn ohnehin nichts zueinanderpasst, stört das ja auch nicht weiter. Du unterschätzt den Beamtenstaat, Stephan! Überall sitzen diese Kämpmanns. Du erfährst es gerade am eigenen Leibe. Deine Naivität wird dich noch zu Fall bringen, Stephan«, prophezeite er. »Hast du keine Angst zu stolpern? Was macht diese Kumorowski?«

»Marie sagt, dass wohl der Amtsleiter die treibende Kraft ist.«

»Hast du etwa Angst vor einem Amtsleiter?«, fragte Budde verwundert. »Ihr habt also zwei Gegner: Frau Kumorowski, die nichts Besseres zu tun hat, als diese Petitesse im Amt aktenkundig zu machen, und den Amtsleiter, der daraus einen Fall macht. Gehe beide an, Stephan! Wache endlich auf! – Wie heißt der Amtsleiter, wie die Sachbearbeiterin?«

»Herr Kaupenjohann und Frau Kumorowski«, antwortete Stephan.

»Ich werde mal über euren Fall nachdenken, Stephan!« Budde lächelte zuversichtlich.

KAPITEL 35

Einen Tag später – es war Mittwoch, der 3. Dezember, traf Stephan im Bochumer Stadtpark den seinerzeit in der Familiensache Bojarzin vom Gericht bestellten Sachverständigen. Hendrik Schlüter war inzwischen in den Ruhestand getreten. Das seinerzeitige Gutachten war das letzte gewesen, das er im Auftrag des Gerichts gefertigt hatte. Das in seinem Ergebnis völlig gegensätzliche Gutachten des Professors Budde hatte seinem Ruf geschadet. Die Nachricht von dem wegen Buddes Gutachten überraschend ganz anders ausgegangenen Verfahren hatte in der Richterschaft die Runde gemacht und dazu geführt, dass Schlüter vom Gericht nicht mehr beauftragt wurde. Man glaubte, dass seine Einschätzung nicht nur fachliche Fehler enthielt, sondern den neuesten Erkenntnissen der Psychologie zuwiderlief, und wollte das Risiko vermeiden, Schlüter weitere Gutachten anfertigen zu lassen, die einer kritischen Prüfung nicht standhielten.

Hendrik Schlüter wirkte zerbrechlich und müde. Ein ergrauter hagerer Mann, der erst an die 60 Jahre alt sein mochte, nun etwas vorgebeugt neben Stephan herlief und sich auf dessen Fragen konzentrierte, die Stephan sorgfältig vorbereitet und zugleich beschlossen hatte, Budde von diesem Treffen nichts zu erzählen. Instinktiv spürte er, dass Kämpmann sich mit den ihn bedrängenden Fragen im Kreis drehen musste, weil die Lösung des Falles auf einer anderen Ebene zu liegen schien. Der damalige Fall musste eine Rolle spielen, was auch Kämpmann so sah, obwohl er aus einem Stephan nicht nachvollziehbaren Grund hier nicht tiefer einsteigen wollte. Kämpmann hatte das von Budde erstellte Gutachten von einem Polizeipsychologen lesen lassen, der den Gang der Untersuchung Buddes als schlüssig und dessen Ergebnis als folgerichtig bezeichnete. Stephan hatte dessen Stellungnahme bei flüchtiger Durchsicht der Ermittlungsakte gesehen, ebenso den Vermerk, dass Budde schon seit Jahren auch Polizeipsychologen schulte und schon deshalb nach Stephans Auffassung das Budde-Gutachten den Anspruch auf fachliche

Richtigkeit einfordern musste. Stephan hatte auch Kämpmanns Bemerkung im Hinterkopf behalten, dass im vorhandenen Aktenmaterial die Lösung des Falles verborgen liegen müsse. Auch wenn Kämpmann dies angesichts Stephans Arbeit für Budde wohl in einem anderen Kontext verstanden haben wollte, so teilte er doch dessen Empfinden, dass bei den einander so widersprüchlich erscheinenden möglichen Tatgeschehen, Motiven und Beziehungsgeflechten irgendetwas Entscheidendes übersehen worden sein könnte. Stephan hatte beschlossen, sich dem damaligen familienrechtlichen Fall Bojarzin auf seine Weise zu nähern, und die These aufgestellt, dass Buddes Gutachten falsch sein könnte. Es gab vermutlich niemanden, der hierzu mehr sagen konnte als eben jener Gutachter, dessen Arbeit Budde scheinbar so überzeugend widerlegt hatte.

Als Stephan den Psychologen Hendrik Schlüter an der vereinbarten Stelle im Park nahe dem Planetarium getroffen und ihm vorgeschlagen hatte, einen kleinen Spaziergang zu machen, nachdem sich der Regen der vergangenen Tage verzogen hatte, spürte er Schlüters anfängliches Unbehagen. Es ging ihm nahe, sich erneut mit einer Sache auseinandersetzen zu müssen, die ihm beruflich das Genick gebrochen hatte und seither wie ein Klotz an ihm hing, den er abwerfen wollte und nicht konnte. Nach dem Debakel in der Sache Bojarzin blieben nicht nur die gerichtlichen Gutachtenaufträge aus. Auch die Anzahl seiner Patienten nahm spürbar ab, weil Budde den Fall als weiteren Reputationsgewinn verbuchen wollte und deshalb publizierte, wobei er zwar den Namen Bojarzin, aber nicht den Namen des unterlegenen Kollegen schwärzte, dem er in Bausch und Bogen jede fachliche Kompetenz absprach. Buddes Schlussfolgerung bestand darin, dass eine gerichtliche Entscheidung auf Grundlage des Gutachtens von Hendrik Schlüter die Tochter Bojarzins einer lebensbedrohlichen Gefahr ausgesetzt hätte, die er – Budde – abzuwenden verstanden hatte. Dieses vernichtende Urteil riss Schlüter den Boden unter den Füßen weg.

»Sie sollen für Bojarzin das damalige Verfahren wieder aufrollen?«, fragte Schlüter und wiederholte damit, was Stephan ihm zuvor schon am Telefon gesagt hatte, als er um ein persönliches Gespräch gebeten hatte und dabei natürlich verschwieg, dass er in Wirklichkeit den Schlüter verhassten Budde vertrat.

»Ja«, antwortete Stephan. »Ich habe Ihren Namen der damaligen Prozessakte entnommen und mich zwischenzeitlich auch mit der Anwältin von Sabine Heumüller unterhalten.«

Schlüter atmete erleichtert auf. Es gefiel ihm, dass Bojarzin ein neues Verfahren anstrengen wollte, um den Beweis anzutreten, dass er die ihm attestierte Gefährlichkeit nicht besaß.

»Denken Sie, dass sein Verschwinden damit zusammenhängt?«, fragte Schlüter. »Ich habe die Zeitungsberichte gelesen.«

»Möglicherweise mit dem neuen Verfahren und möglicherweise auch mit dem damals von Budde erstellten Gutachten«, antwortete Stephan.

Schlüter nickte und schwieg eine Weile. Er trieb beim Gehen mit seinen Schuhen wie ein Kind einen Stein vor sich her, der auf dem Weg lag.

»Sie glauben gar nicht, wie froh ich darüber bin, dass Bojarzin diesen Weg geht«, sagte er schließlich. »Ich habe Bojarzin nach dem Ende des damaligen Verfahrens dringend geraten, einen neuen Prozess zu beginnen. Aber er war zu müde, um den Kampf erneut aufzunehmen. Und ihm fehlte wohl auch das Geld.«

»Er hätte keine Verfahrenskostenbeihilfe bekommen«, stimmte Stephan zu. »Es lag das eindeutige und gerichtlich für zutreffend befundene Gutachten Buddes vor. Was hätte er dagegen vortragen und wie hätte er Beweis führen können? Sein Antrag wäre mutwillig gewesen. Und er selbst hätte das notwendige Geld nicht aufbringen können. Also fügte er sich und ist daran fast zerbrochen.«

»Sie sind tatsächlich davon überzeugt, dass Buddes Gutachten falsch ist?«, vergewisserte sich Schlüter. »Aber sonst würden Sie ja das Verfahren nicht führen.«

»Bojarzin hat mir gesagt, dass er ein neues Gutachten habe, aber er hat mir nicht gesagt, wer es erstellt hat«, sagte Stephan. »Ich weiß auch nicht, was drinsteht. Bei der Durchsuchung seiner Wohnung wurde kein Gutachten gefunden, auch kein Hinweis auf den Gutachter.«

»Neues Gutachten?«, wunderte sich Schlüter.

»Was ist daran so erstaunlich?«, fragte Stephan.

»Ich hätte erwartet, dass er sich zuerst noch mal mit mir in Verbindung setzt. Mein gutachterliches Ergebnis sprach für ihn und war gut begründet. Er hatte gegenüber seiner Partnerin einen entsetzlichen Fehler begangen, aber ich sah und sehe keine Gefahr, dass sich dies wiederholen oder Bojarzin gar seiner Tochter etwas antun würde. Bojarzin litt unter seinem Fehler selbst wie ein Hund. Ich bin mir auch ziemlich sicher, dass der Übergriff gegen die Frau, so schlimm er auch war, nicht die Intensität hatte, die Frau Heumüller behauptet hatte. Sie sprach zunächst von einer brutalen Vergewaltigung durch ihn, als er unter massivem Alkoholeinfluss stand. Nach allem, was sie mir dann in weiteren Explorationsgesprächen – und somit in immer größerem zeitlichen Abstand – mitteilte, handelte es sich wohl um eine sexuelle Nötigung, aber eben um keine Vergewaltigung. Ich bin mit diesen Begriffen aus meiner langjährigen forensischen Tätigkeit vertraut, Herr Knobel. Warum soll mir Frau Heumüller selbst eine schwächere Begehungsform schildern, während sie vor dem Gericht für ein Ziel kämpft, das sie nur erreichen kann, wenn sie weiterhin das Bild einer brutalen Vergewaltigung zeichnet? Genau das hat sie aber nicht getan. Ich habe in mehreren behutsamen Gesprächen herausfinden können, was sie tatsächlich erlebt hat. Und das war eben weit weniger als das, was sie zunächst behauptet hatte.«

»Vielleicht hatte sie die Schwere des Übergriffs Bojarzins gegen sie nach und nach verdrängt«, meinte Stephan.

Schlüter schüttelte den Kopf. »Nein, ich bin mir sicher, dass der Übergriff ihres Partners ein Trauma in Frau Heumüller wachgerufen hat. Sie hat Bojarzin vermutlich für etwas bestrafen wollen, was er ihr jedenfalls nicht in dem ihm angelasteten Umfang angetan hat. Nicht von ungefähr kam es im Strafverfahren auch nur zu einer Verurteilung wegen sexueller Nötigung und nicht wegen Vergewaltigung. Das Gericht hatte Zweifel an ihrer Darstellung.«

»Wie erklären Sie sich den Sinneswandel von Frau Heumüller? Wie kam es zur Beauftragung Buddes?«

»Ich hatte rund zwei Monate nach meiner Beauftragung mein Gutachten für das Gericht fertiggestellt«, erinnerte sich Schlüter. »Es war das Ergebnis sorgfältiger Beobachtungen und mehrerer Gespräche mit Bojarzin und seiner früheren Partnerin. Mein Resultat war, dass beide unter einer gehemmten Sexualität litten, ohne dass ich die tieferen Ursachen hierfür abschließend aufklären konnte. Es spricht viel dafür, dass Frau Heumüller vor ihrer Partnerschaft mit

Bojarzin einmal Opfer einer Sexualstraftat geworden ist. Sie sprach in unterschiedlichen Zusammenhängen mehrmals davon, beschmutzt worden zu sein, und ich schließe nicht aus, dass sie aus diesem Grunde Bojarzin nie geheiratet hatte. Sie sei, wie sie sich ausdrückte, für eine Ehe nicht rein genug gewesen, obwohl sie an sich dem Heiratsantrag Bojarzins wohl gern entsprochen hätte. – Wie auch immer: Mein Ergebnis war also, dass Bojarzin nicht gefährlich war. Dazu stehe ich. Jeder Mensch irrt sich mal, aber ich bin mir in dieser Sache sehr sicher.«

»Also ist Buddes Gutachten grob falsch.«

»Schlicht und einfach: Ja!«, erwiderte Schlüter fest. »Es weist sogar Widersprüche auf, mit denen sich das Gericht eigenartigerweise nicht auseinandersetzte, obwohl sie auf der Hand lagen.«

»Welche?«, fragte Stephan.

»Budde hat in seinem Gutachten ein Bild von Bojarzin gezeichnet, wonach er ein empathischer und zugleich ein empathieunfähiger Mensch sei. Dieser Widerspruch ist nicht auflösbar.«

»Warum haben Sie nicht protestiert?«

»Ich wurde gar nicht mehr gefragt«, entgegnete Schlüter. »Mein Gutachten lag kaum vor, als Frau Heumüller gegenüber dem Gericht reklamierte, ich hätte sie bei meinen Befragungen eingelullt und zu Aussagen verleitet, die sie nicht gewollt habe. Aber das stimmt nicht. Jede ihrer Angaben, die ich im Gutachten zitiert oder sinngemäß wiedergegeben habe, entspricht dem Gesagten und Gewollten. Wahrscheinlich war es so, dass sie nicht zulassen konnte, im Gespräch über ihren Partner diesen von dem schweren Vorwurf entlastet zu haben, den sie gegen ihn erhoben hatte. Sie war unsicher geworden und ruderte kraftvoll in ihre Vergewaltigungsgeschichte zurück. Sie wollte – und nun wohl mehr denn je –, dass Bojarzin bestraft werde. Nach meiner festen Überzeugung benötigt sie dringend eine Therapie. Diese Empfehlung habe ich auch in das Gutachten geschrieben.«

»Also hat Frau Heumüller Ihr Gutachten angegriffen und die Einholung eines Zweitgutachtens gefordert.«

»Richtig. Sogar Bojarzin war damit einverstanden. Er war sich ja sicher, dass das Zweitgutachten zu keinem anderen Ergebnis kommen konnte. Auch das Gericht hatte nichts dagegen, obwohl die Einholung eines zweiten Gutachtens nicht ohne Weiteres möglich ist. Mein Gutachten war klar und schlüssig, und die Richterin sagte, dass Frau Heumüller dieses zweite Gutachten selbst bezahlen müsse. Da aber alle Beteiligten einverstanden waren und auch die Richterin sah, dass Frau Heumüller mehr Sicherheit brauchte, wurde schließlich so verfahren. Frau Heumüller brachte dann Professor Budde ins Spiel, von dem sie wohl gelesen hatte. Es schien ihr wichtig zu sein, ein Votum vom Papst der Psychologen zu bekommen. Vielleicht war ihr ein unbekannter Fachmann wie ich nicht geheuer.« Schlüter lächelte achselzuckend. »Und so stand schließlich im gerichtlichen Protokoll: ›Mit Einverständnis der Beteiligten und des Gerichts soll der von der Antragstellerin Heumüller benannte Sachverständige Professor Dr. Budde ein eigenständiges Gutachten zu der bereits vom Sachverständigen Schlüter beantworteten Beweisfrage erstellen.‹«

»Bojarzin hat sich also freiwillig der Neubegutachtung durch Budde unterzogen«, staunte Stephan.

»So ist es«, bestätigte Schlüter. »Budde hat mit Bojarzin und Heumüller Gespräche geführt – so wie ich zuvor auch. Aber die Ergebnisse waren ganz andere. Budde kam nicht nur zu dem Ergebnis, dass die von Frau Heumüller geschilderte Vergewaltigung stattgefunden habe, sondern befand auch, dass die Gewaltfantasien Bojarzins, von denen Frau Heumüller ihm berichtet habe, real seien und nach Verwirklichung strebten. Von solchen Fantasien hatte mir die Heumüller nicht ein Wort erzählt, Herr Knobel! Budde fand heraus, dass Bojarzin Angst vor sich selbst haben müsse und es nur eine Frage der Zeit sei, bis sich die in ihm wohnende Gefahr realisiere.«

»Sie glauben all das nicht, oder?«

»Selbst wenn die Heumüller dem Budde gegenüber ihre Geschichte noch einmal ausgeschmückt haben sollte, ist das Gutachten des werten Professors Budde falsch. Bojarzin hat im Übrigen bestritten, jemals irgendwelche Gewaltfantasien gehabt, geschweige denn geäußert zu haben.«

»Welches Motiv soll Budde gehabt haben, ein falsches Gutachten zu erstellen?«, fragte Stephan.

»Ich weiß es nicht, Herr Knobel. Diese ungeklärte Frage macht mich fast wahnsinnig.« Schlüter war stehen geblieben und sah Stephan mit wachen Augen an. »Mich hat dieser Fall praktisch ruiniert. Nach der damit verbundenen negativen Publicity stand ich als Blödmann am Pranger. Mir war attestiert worden, dass ich nicht in der Lage war, einen gefährlichen Triebtäter zu erkennen. Ich konnte mir natürlich auch alle gerichtlichen Schritte gegen Budde sparen, weil ich nicht beweisen konnte, dass Buddes Gutachten gekrückt war. Mein einziger Zeuge wäre Bojarzin gewesen, dessen Aussage man für unglaubhaft gehalten hätte. Denn jeder hätte gedacht, dass er sich nur von dem Stigma befreien wollte, das ihm Budde mit seinem Gutachten auf die Stirn gebrannt hatte. Und ich hätte als ein noch fragwürdigerer Psychologe gegolten, der sich eines

Triebtäters bedient, um von seiner mangelhaften Qualifikation abzulenken. – Jeder, Herr Knobel, hätte Ihre Frage gestellt und sie ebenso wenig wie ich beantworten können: Warum hätte Professor Budde ein falsches Gutachten erstellen sollen? Und mangels schlüssiger Antwort auf diese Frage sehen Sie mich dort, wo ich bin: am Boden!«

»Budde hat gesagt: Deutschland ist Gutachterland!«, sagte Stephan. »Was halten Sie davon?«

Schlüter lachte bitter.

»Was soll ich dazu sagen? Er hat recht. Es ist wie überall in unserer Gesellschaft: Wer in ihre Mühlen gerät, kommt darin um. Gutachter sind nicht selten die Mühlsteine, die das Individuum zermalmen.«

»Würden Sie mir in meinem neuen Fall Bojarzin helfen?«, fragte Stephan.

Schlüter wehrte ab. »Ich bin nicht mehr im Beruf. Und ein neues Gutachten werde ich nicht erstellen. Es hätte ohnehin keinen Wert.«

Stephan schmunzelte. »Doch, Sie könnten ein neues Gutachten erstellen, Herr Schlüter. Es muss ja nicht Ihr Gutachten sein, verstehen Sie? Wie Sie schon sagten: Es geht um ein neues Gutachten. – Allerdings eilt die Sache …«

Schlüter runzelte die Stirn.

»Lassen Sie uns dahinten einen Tee trinken!« Stephan zeigte auf die Parkgastronomie. »Es ist ungemütlich hier draußen. Und wir haben noch einiges zu bereden!«

KAPITEL 36

Nachdem Stephan nach dem Gespräch mit Schlüter am frühen Nachmittag heimgekehrt war, hatte Marie das Wohnzimmer aufgeräumt und insbesondere ihre umfangreiche Bibliothek geordnet. Sie hatte die Bücher nach Themen sortiert. Erst jetzt fiel ihr auf, wie viele Bücher sie zu Fachthemen und wie viele Romane sie besaßen. Der Umfang von Stephans Sammlung von Büchern über Wein und Essen wurde erst jetzt offenbar, nachdem diese Werke in zwei Regalen zusammengefasst waren.

»Nur dies hier ist übrig geblieben«, meinte Marie und zeigte auf das Erinnerungsbuch zum 25-jährigen Abiturjubiläum. »Es passt in keine Rubrik.«

»Lass es erst mal da liegen«, sagte Stephan, »ich möchte es mir sowieso mal anschauen. – Danach kann es ja zu den Geschichtsbüchern.« Er stutzte. »Marie?«

»Ja?«

»Du hast die Ordnung doch wohl nicht deshalb geschaffen, um dem Amt zu gefallen?«

Sie beantwortete seine Frage nicht.

»Budde hat dir eine Mail geschickt«, sagte sie stattdessen. »Er bittet dich, ihn anzurufen. Hat wohl schon einige Male versucht, dich telefonisch zu erreichen.«

Stephan schaute auf sein Handy und sah, dass Budde ihn tatsächlich mehrmals angerufen hatte. Er hatte während seines Gesprächs mit Schlüter das Handy stumm geschaltet.

»Was gibt es Neues in meiner Sache?«, schnarrte Budde ungeduldig durchs Telefon. »Ich höre gar nichts mehr. Du solltest darauf bestehen, laufend auch unaufgefordert informiert zu werden, Stephan. Das ist das Mindeste, was wir verlangen können. Nimm endlich diesen Kämpmann ins Gebet!«

»Patrick …«, antwortete Stephan gedehnt.

»Ich will es so«, fuhr Budde dazwischen. »Kein Mensch, der nicht einmal durchgemacht hat, was ich gerade erlebe, kann diese Qualen nachvollziehen. Aber ein Kämpmann sollte wenigstens in der Theorie wissen, wie ich leide.«

Stephan versprach, wieder bei Kämpmann vorstellig zu werden.

»Wusstest du, dass Frau Kumorowski einmal ein schwerer Fehler unterlaufen ist?«, fragte Budde unvermittelt. »Sie hat vor etwa zwei Jahren eine akute Kindeswohlgefährdung nicht erkannt und auf die Bitte einer Mutter, gegen den gewalttätigen Vater einzugreifen, nicht reagiert. Der Vater hat dem Kleinen bei einem Wutausbruch Arme und Beine gebrochen und ihn aus dem Fenster geworfen, weil er das schreiende Kind nicht beruhigen konnte. Das Kind hat das nicht überlebt. Es ist ein Fall, der damals durch die Presse ging, Stephan. Die Mutter des Kindes hatte sich einige Tage später das Leben genommen. Auch das stand in der Zeitung. Der Vater sitzt seitdem wegen der Tötung seines Kindes in Haft. Die Mutter hatte sich in ihrer Hilflosigkeit noch kurz vor ihrem Tod an mich gewandt. Sie hatte damals ihren Suizid schon fest im Blick. Leider habe ich es nicht geschafft, sie von ihrem verhängnisvollen Vorhaben abzubringen. Aber ich weiß noch gut, was sie mir vor ihrem Tod anvertraut hat. Ich habe alles in meiner Dokumentation.«

»Das sagst du mir erst jetzt?«, fragte Stephan verunsichert. »Du kennst den Namen Kumorowski doch schon seit dem Zeitpunkt, als Marie und ich den Brief von ihr bekommen hatten.«

»Ich habe mit Hunderten, eher Tausenden Namen zu tun, Stephan. Es ist außerdem einige Zeit her. Ich erinnerte mich erst dunkel, als ich neulich noch mal die Namen erfragte. Und da habe ich nachgeschaut.«

Auch Stephan erinnerte sich an diesen Fall, der damals überregional Aufsehen erregt und die Öffentlichkeit schockiert hatte.

»Diese verzweifelte Mutter war bei dir und hat sich darüber beklagt, dass ihr Frau Kumorowski nicht geholfen hat?«, fragte Stephan nach. »Warum hast du dieses Wissen nicht offenbart?«

»Hätte es was gebracht?«, fragte Budde.

»Es hätte dazu geführt, dass die dicke Kumorowski aus dem Verkehr gezogen worden wäre«, sagte Stephan scharf.

»Nein, es hätte dazu geführt, dass alle Ämter übernervös werden und vielleicht über die Stränge schlagen. Du weißt ja gar nicht, mit wie vielen Notanrufen die Behörden konfrontiert werden. Wolltest du beurteilen, ob ein Hilferuf von einer unbekannten Person einen realen Hintergrund hat oder nicht?«

»Natürlich nicht. Aber gerade deshalb muss man jeden Notruf zunächst ernst nehmen. Ich verstehe dich einfach nicht. – Wie konntest du schweigen?«, ereiferte sich Stephan.

»Ich habe ja nicht gesagt, dass das damals so gewesen ist«, beruhigte Budde mit weicher Stimme. »Du solltest einmal darüber nachdenken, lieber Stephan, dass es so gewesen sein könnte. Ich denke, dass ich die Dokumentation finden werde, wenn ich suche. ›Wer suchet, der findet‹, sagt das Sprichwort.«

»Ich werde zu Kämpmann gehen«, versprach Stephan, »und darauf bestehen, jede Seite der Akte studieren zu können.«

»Danke, Stephan! – Wie hieß noch einmal der Amtsleiter des Jugendamtes?« Buddes Stimme war leise und schneidend. »Akten können Wahrheit schaffen. Du weißt, was ich meine.«

Stephan beendete irritiert das Gespräch.

KAPITEL 37

Am nächsten Morgen saß Stephan Kämpmann in dessen Büro gegenüber. Die Sonne schien milchig hell in den kargen Raum und tauchte ihn in ein unnatürliches Licht. Kämpmann hatte seinen Schreibtisch freigeräumt. Es standen lediglich noch die Schreibtischlampe und das Telefon darauf – und mitten auf der polierten Platte lag das Wichtigste: die Ermittlungsakte.

Kämpmann wippte in seinem Stuhl und bewachte den Aktenordner wie einen kostbaren Schatz. Aus den Augenwinkeln beobachtete er Stephan, der seinen auf dem Boden stehenden Aktenkoffer geöffnet hatte und augenscheinlich so tat, als suchte er etwas darin. Kämpmann war zufrieden und wartete ab.

»Verraten Sie mir doch endlich, was Sie suchen«, sagte er, als Stephan sich wieder aufgerichtet hatte.

»Ich weiß es nicht«, antwortete Stephan.

»Mein lieber Herr Rechtsanwalt!«, sagte Kämpmann gedehnt und streichelte behäbig seinen runden Bauch, über den sich ein altes Oberhemd spannte, dessen Knöpfe abzuspringen drohten. »Wer von uns beiden ist die Schlange, wer das Häschen?«

»Vielleicht sind wir beide die Schlangen, und in der Akte steckt das Häschen«, gab Stephan zurück.

»Dann bin zumindest ich eine harmlose Schlange, denn ich erkenne das Häschen nicht«, spielte Kämpmann mit.

»Dito!«, parierte Stephan. »Ich erkenne es auch nicht!«

»Jetzt schauen Sie doch endlich in die Akte!«, forderte Kämpmann freundlich. »Deswegen sind Sie doch hier. Ich werde Sie dabei wieder beobachten, Herr Knobel.«

»Ich werde nicht in die Akte schauen, Herr Kämpmann«, erwiderte Stephan. »Ich kenne sie ja. Wie oft soll ich sie denn noch lesen?«

»Sie schauen nicht rein?«, fragte Kämpmann verdutzt.

»Aber ich werde meinem Mandanten berichten, dass ich die Akte studiert habe«, erklärte Stephan.

»Aha!«, lächelte Kämpmann wissend. »Aber Sie können doch gar nicht wissen, was sich seit Ihrem letzten Besuch hier getan hat. Zumindest die letzten Seiten der Akte, die seitdem hinzugekommen sind, interessieren Sie doch, oder?«

»Meinen Sie wirklich, dass diese neuen Seiten wesentlich sind?«, fragte Stephan gelangweilt.

»Sie sind interessant, wenngleich ich mir sicher bin, dass sich unser Häschen schon länger in der Akte befindet.«

»Was ist so interessant?«

»Der Fall Mantini«, erklärte Kämpmann. »Es gibt nur wenige verwertbare Hinweise außer denjenigen, dass der Täter eine Jacke getragen hat. Offensichtlich eine Jacke mit Fellbesatz. Wir haben Fasern dieses Fells unter Mantinis Fingernägeln gefunden, dazu Erdpartikel. Das zeugt von Mantinis Kampf mit dem Täter. Wir haben identische Fasern in Bojarzins Kleiderschrank gefunden.«

»Also hat Bojarzin oder der Mörder von Mantini auf dem Boden gelegen«, folgerte Stephan.

»Waldboden«, konkretisierte Kämpmann.

»Werden Sie anhand der Proben die Stelle ausfindig machen können, von der die Erdkrumen stammen?«

Kämpmann grinste breit.

»An Mantinis rechter Hand haftete noch eine Nadel. Eine Nadel von einer geschädigten kranken Tanne. Vermutlich befand sich die Nadel wie die Erdkrumen im Fellbesatz der Jacke. In Dortmund gibt es nur wenig Nadel- oder Mischwald, Herr Knobel. Wo sollen wir suchen? Was meinen Sie? Oder sollten wir gar nicht in einem Wald, sondern besser in einem Garten suchen?«

»Das fragen Sie mich?«

»Ich frage nicht Sie, sondern Herrn Professor Budde.«

Kämpmann verzog sein Gesicht wieder zu einem breiten Lächeln. Stephan blickte unwillkürlich auf die Lücke zwischen seinen Oberkiefer-Schneidezähnen. Er wusste, dass sich Kämpmann mit diesem Markenzeichen gefiel.

»Es gibt feine Analysen, um den Ort genau zu bestimmen, woher der Boden stammt«, preschte Kämpmann vor.

»Setzt nur voraus, dass man weiß, wo man suchen muss«, erwiderte Stephan lakonisch.

»Dann wollen wir das Häschen mal wieder in den Schrank stellen«, sagte Kämpmann und nahm den Aktenordner an sich.

Er sah Stephan nach, wie er sein Büro verließ. Er glaubte dem Anwalt, dass er nicht wusste, wonach er suchen sollte. Doch Kämpmann hatte das für ihn derzeit Wesentliche verschwiegen: Sein Dezernat hatte damit begonnen, die Mietfahrzeuge aller einschlägigen Agenturen in Dortmund und Umgebung spurentechnisch untersuchen zu lassen. Kämpmann wollte sich nicht damit abfinden, dass Miriam Budde und Markus Bojarzin an einem verregneten Sonntag aus einer Großstadt verschwunden waren, ohne dass sie irgendjemand gesehen haben wollte. Doch die Untersuchungen waren langwierig. Viele Autos waren im Umlauf, und es musste abgewartet werden, bis sie von ihren Nutzern zurückgegeben wurden.

KAPITEL 38

Budde hatte währenddessen in dem nahe dem Polizeipräsidium gelegenen Café *Lotte* gewartet und ließ sich von Stephan berichten. Stephan gab Kämpmanns Ergebnisse zum Tod Mantinis wieder, und Budde kommentierte, dass dies ja immerhin ein Anfang sei.

»Hast du die Akte einsehen können?«, fasste er nach.

»Ja«, antwortete Stephan wahrheitsgemäß. »Aber sie enthält nichts Neues mit Ausnahme der Ermittlungsergebnisse zu Mantinis Tod.«

»Was hast du für einen Eindruck?«, fragte Budde weiter. »Arbeitet Kämpmann korrekt oder macht er Fehler?«

Stephan zuckte mit den Schultern.

»Hast du auch seine Vermerke gesehen? Er wird doch seine Zwischenergebnisse und Vermutungen notieren, auch wenn sie noch nicht spruchreif sind.«

»Kämpmann macht keine Vermerke«, behauptete Stephan ins Blaue hinein.

»Also arbeitet er oberflächlich«, stellte Budde fest. »Wie vermutet.«

KAPITEL 39

Zu Hause war bereits das von Hendrik Schlüter erbetene Gutachten per Mail eingetroffen. Der Psychologe musste es über Nacht erstellt haben. Marie hatte es bereits gelesen, als sie Stephan den Ausdruck überreichte.

»Perfekt!«, urteilte sie. »Er hat sogar einen Vorschlag gemacht, wer als Verfasser in Betracht kommt: Ein kürzlich verstorbener Kollege aus Unna. Das Ganze liest sich rund und zwingend.«

»Das sind die maßgeblichen Kriterien unserer Gerichte«, erwiderte Stephan bitter. »Wenn ein Gutachten rund und zwingend wirkt, gilt es als richtig. Also ist wahr, was darin steht. Und deshalb ist es Grundlage des Urteils. So einfach ist das. Meinst du, wir sollten unseren Plan umsetzen?«

»Lies es selbst!«, bat sie.

Stephan vertiefte sich in das Gutachten, das fiktive Explorationsgespräche mit Markus Bojarzin und Sabine

Heumüller zum Gegenstand hatte, die sich über das vergangene halbe Jahr hingezogen hatten. Stephan erkannte in vielen Passagen den Inhalt von Schlüters ursprünglichem Gutachten wieder, das er zwischenzeitlich gelesen hatte. Doch Hendrik Schlüter hatte pointierter formuliert und war schließlich das Wagnis eingegangen, eine Aussage Sabine Heumüllers wiederzugeben, wonach sie das Opfer einer nie aufgearbeiteten und geahndeten Straftat gewesen sei und dieses mit sich herumgetragene Erlebnis auf die sexuelle Nötigung durch ihren Ehemann gespiegelt habe. Der Psychologe Schlüter hatte unter dem Namen des verstorbenen Kollegen in dem rund 70-seitigen Werk auch auf sein eigenes Gutachten Bezug genommen, das dem Verfasser – wie in der Präambel erwähnt – bekannt gewesen sei. Stephan schmunzelte über die zusammenfassende Beurteilung, wonach sich der vermeintlich neue Gutachter lobend über die über jeden Zweifel erhabenen Feststellungen des verdienten Kollegen Hendrik Schlüter äußerte.

Stephan nickte anerkennend. Schlüter hatte ganze Arbeit geleistet!

»Und?«, fragte Marie.

»Exzellent! – Aber wir gehen ein großes Risiko ein, wenn wir damit auf die Nase fallen. Und Schlüter sowieso.«

»Wir hatten einen Weg besprochen«, erinnerte Marie.

Stephan nickte. Dann wählte er die Nummer der Kollegin Dr. Hense, die Sabine Heumüller vertrat. Als Stephan sein Anliegen vorgetragen hatte, war die Kollegin zu einem zeitnahen Gespräch bereit. Sie versprach, Sabine Heumüller zu dem Gespräch hinzuzubitten.

Die Rückantwort der Kollegin folgte binnen weniger

Minuten: Gleich am morgigen Freitag um 8 Uhr in der Frühe sollte das Gespräch stattfinden.

KAPITEL 40

Stephan hatte sich auf das Gespräch in der Kanzlei der Kollegin Hense gut vorbereitet. Er hatte das Gutachten des Psychologen aus Unna mehrfach aufmerksam gelesen, sich den wesentlichen Inhalt verinnerlicht und alle Szenarien durchgespielt, wie das Treffen verlaufen und welche Folgen es haben könnte.

Als Frau Dr. Hense Stephan zur vereinbarten Zeit am nächsten Morgen aus dem Wartezimmer ihrer Kanzlei abholte, nutzte sie die Gelegenheit und schwor Stephan auf das für sie Wesentliche ein: »Frau Heumüller ist nach wie vor extrem belastet und weiterhin voller Sorge, Herr Kollege Knobel. – Ehrlich gesagt verstehe ich gar nicht, dass sich meine Mandantin auf dieses Gespräch einlässt. Sie tut sich da aus meiner Sicht etwas an, was sie sich besser ersparen würde. Aber sie hat sich dazu entschieden, mit Ihnen zu sprechen. Sie weiß, dass Sie Buddes Anwalt sind, und ich habe ihr versprochen, dass ihr keine Gefahr droht und sie Sie in keiner Hinsicht fürchten muss. – Ich kann mich auf Sie verlassen, Kollege Knobel?«

Ihre Frage wirkte hastig angehängt, und Stephan quittierte sie mit demonstrativem Unwillen.

»Soll ich schwören?«, fragte er.

»Sie sollen die Befindlichkeiten meiner Mandantin respektieren!«, zischte sie leise. Sie waren vor ihrem Büro angelangt.

»Treten Sie bitte ein!«, wechselte sie unvermittelt in einen freundlichen einladenden Ton, öffnete die Tür zu ihrem Büro, stellte Stephan und Sabine Heumüller einander vor und fand es richtig, das Gespräch erst auf das Wetter zu lenken.

KAPITEL 41

Etwa um dieselbe Zeit erschien Kämpmann unangemeldet in Stephans Kanzlei, also in seiner und Maries Wohnung. Marie hatte ihm die Tür geöffnet, als sie gerade im Begriff war, zur Schule zu fahren. Kämpmann zückte seinen Dienstausweis, während er sich vorstellte, doch Marie winkte ab. Sie hatte von Kämpmann aus Stephans Schilderungen eine recht gute Vorstellung. Folgerichtig achtete sie zuerst auf seine Zahnlücke.

»Ich möchte Herrn Knobel zu einer kleinen Exkursion in den Dortmunder Süden entführen«, eröffnete er. »Ich hoffe, er ist da.«

»Leider nein«, bedauerte Marie. »Stephan ist zu einem Termin raus. Ich denke, dass er auch nicht vor dem Mittag zurück sein wird. Er ist zu einer längeren Besprechung bei einer Kollegin. Sie werden ihn zurzeit auch nicht über Handy erreichen können.«

»Schade!«

»Haben Sie Bojarzin oder Miriam Budde gefunden?«, fragte sie weiter.

Kämpmann hob verwundert die Augenbrauen.

»Wenn Sie eine Exkursion in den Dortmunder Süden machen wollen, kann das eigentlich nur bedeuten, dass Sie den Ort lokalisiert haben, von dem die Erdkrumen stammen, die an der Jacke des Täters hafteten, der Mantini ermordet hat«, sagte sie.

»Das wissen Sie also alles«, meinte Kämpmann.

»Ja, ich weiß alles. Stephan hat es mir erzählt. – Also: Ist es so, wie ich vermute? Haben Sie den Boden gefunden, auf dem die kranke Tanne steht?«

»Es sind umfangreiche Forschungen nötig«, antwortete Kämpmann. »Es geht dabei auch darum, den Säuregehalt des Bodens zu bestimmen. Hoch speziell!«

»Haben Sie nun etwas gefunden oder nicht?«, insistierte Marie. »Oder soll Stephan die Wünschelrute Ihrer Ermittlungen sein?«, fragte sie gespielt lauernd.

»Ich käme nie auf die Idee!«, entrüstete sich Kämpmann ebenso gespielt und grinste. »Jetzt war ich voller Hoffnung, hier auf Herrn Knobel zu stoßen.«

»Sie hätten vorher anrufen sollen«, bemerkte Marie. »Aber ich denke, dass Sie gerade dies nicht tun wollten.«

Kämpmann grinste.

»Kommen Sie rein!«, sagte Marie. »Zwei Minuten sind drin. Aus Ihnen kann man nicht richtig schlau werden. Man fragt sich stets, wer wen aushorcht. – Kaffee? Es ist noch welcher in der Kanne. Warm, aber nicht mehr heiß.«

»Ja, gern.«

Sie bat ihn, ins Wohnzimmer durchzugehen. Marie stellte ihre Schultasche ab und ging in die Küche. Sie beeilte sich, Kämpmann den versprochenen Kaffee zu servieren.

Als sie sich umwandte, um ins Wohnzimmer zu gehen, stand Kämpmann plötzlich vor ihr.

»Woher haben Sie das?«, fragte er.

»Was?«

»Dieses Buch hier!« Er hielt das Erinnerungsbuch an die Abiturfeier hoch. »Es lag auf Ihrem Wohnzimmertisch.«

Marie erklärte verwundert, worum es sich handelte.

»Wir haben ein solches Exemplar auch bei Budde gefunden«, sagte Kämpmann. »Ich wusste nicht, dass Ihr Freund und Budde frühere Schulkollegen sind.«

»Ist das wichtig?«

»Nein.« Er blätterte in dem Buch und nickte. »In der Tat: Hier ist eine Liste der früheren Schüler. Und hier …«, er blätterte um und führte das Buch näher an seine Augen, »steht auch der Name Stephan Knobel. Und weiter oben der von Patrick Budde.«

»Welch eine Ermittlungspanne«, scherzte Marie.

»Unverzeihlich, ja«, lächelte Kämpmann, legte das Buch auf den Küchenschrank und nahm die Kaffeetasse in die Hand. »Das war im vergangenen Sommer 25 Jahre her und ist für uns deshalb mit Sicherheit ohne Belang. Also sind Budde und Knobel seit Schulzeiten befreundet?«

»Sie waren und sind keine Freunde«, korrigierte Marie. »Budde war schon in der Schule der typische Streber und ein Egozentriker, ein selbstverliebter Leuchtturm in dem von ihm so empfundenen grauen Meer der Mittelmäßigkeit. Er war ja auch nur kurz auf der Jubiläumsfeier. Stephan ist sich sicher, dass er nur deshalb dort auftauchte, um ihm das Mandat wegen Miriam anzudienen.«

Kämpmann runzelte irritiert die Stirn.

»Zum Zeitpunkt der Feier war Miriam Budde schon verschwunden? Das ist ja Monate her.«

»Nein, da ging es noch um die bevorstehende Trennung Buddes von seiner Frau. Aber das ist trotzdem erst ein paar Tage her. Die Feier fand nicht im Sommer statt, Herr Kämpmann, sondern am siebten November. Das war ein Freitag. Das war zwei Tage vor Miriams Verschwinden. Ich erinnere mich noch genau. Stephan war am Freitagabend zu der Feier. Und am frühen Sonntagmorgen erhielt er von Budde den Anruf, wonach dessen Frau gerade ihre Sachen packte und Stephan sofort kommen solle. Stephan ist sofort zu den Buddes gefahren und hat für ihn ein Exemplar des Jubiläumsbuches mitgenommen. Budde war ja nicht mehr auf der Feier anwesend, als die Bücher später am Abend verteilt wurden. Als Stephan zu den Buddes kam, raste sie durchs Haus und raffte ihren Kram zusammen. Stephan hat ihr mit Budde dabei zugesehen und das Buch dort auf den Tisch gelegt. Miriam Budde ist dann aus dem Haus geflüchtet.«

Er stutzte. »Sind Sie sicher?«

»Absolut. Die ganze Situation muss so skurril gewesen sein. Stephan hatte mir alles erzählt, nachdem er zurückgekommen war. Was ist so wichtig daran?«

»Wir haben Miriam Buddes Fingerabdrücke auf dem Buch gefunden«, sagte Kämpmann. »Für uns war das ohne Bedeutung, weil wir nie in Frage gestellt haben, dass die Feier im Sommer stattgefunden hat.«

Er pfiff durch die Zähne.

»Wissen Sie, was das heißt, Frau Schwarz? Miriam Budde war nach ihrem vermeintlichen Verschwinden noch mal im Haus, denn sie hat dieses Jubiläumsbuch vor ihrer Flucht aus dem Haus nicht angefasst«, beantwortete er sich selbst.

»Dann ist Miriam Budde nicht verschwunden«, folgerte Marie.

Kämpmann nickte bedächtig und schlürfte den Kaffee.

»Es ist das Häschen«, sagte er langsam. »Dieses Buch ist das Häschen.«

»Wie bitte?«

»Weiß Ihr Freund, welche Bedeutung Miriams Fingerabdrücke auf dem Jubiläumsbuch haben, das wir in Buddes Haus gefunden haben?«

»Ich glaube nicht«, sagte Marie. »Das Buch war nie ein Thema. Ich glaube nicht einmal, dass er überhaupt davon weiß. Stephans Exemplar liegt hier nur noch rum, weil er es sich in den nächsten Tagen ansehen will.«

»Also hat Budde Ihren Freund immer vorgeschickt, die Akte danach zu durchsuchen, ob wir Miriams Fingerabdrücke auf dem Jubiläumsbuch gefunden haben, ohne dass er Ihrem Freund gesagt hat, worum es eigentlich geht. Das heißt im Weiteren, dass Budde sehr genau weiß, welche Gefahr für ihn in der Akte lauert.«

»Und dann ist auch Stephan in Gefahr«, meinte Marie.

Kämpmann schlug sich vor die Stirn.

»Jetzt dreht sich der ganze Fall, Frau Schwarz! Wenn Miriam Budde gar nicht verschwunden ist, dann steht auch außer Frage, dass sie es war, die Bojarzin im Hotel aufgesucht hat. Also ist Bojarzin das Opfer, nicht Miriam Budde. Aber warum?«

»Weil Buddes Gutachten, das er im Fall Bojarzin erstellt hat, falsch ist. Budde hat mit seinem Gutachten bewirkt, dass Bojarzin seine Tochter verloren hat.«

»Aber das Gericht war damals ohne jeden Zweifel von der Richtigkeit von Buddes Gutachten überzeugt«, hielt Kämpmann dagegen. »Wir haben es von unserem Psychologen gegenlesen lassen. Er fand keine handwerklichen Fehler. Jeder weiß um die Reputation Buddes.«

»Deutschland ist Gutachterland«, sagte Marie.

»Sollte Ihre Vermutung richtig sein, dann stellen sich Folgefragen«, überlegte Kämpmann. »Warum hat Budde überhaupt ein falsches Gutachten erstellt? Und wenn es so ist und Bojarzin nun Beweise gegen Budde in der Hand haben sollte: Warum beseitigt er Bojarzin nicht unauffällig? Ein Rückschluss auf Budde hätte sich womöglich nie ergeben. – Wenn wir unterstellen, dass Bojarzin das Opfer ist, muss doch die aufwendig kreierte Geschichte um das Verschwinden von Miriam Budde irgendwie aufgelöst werden. Es macht ja keinen Sinn, allein zu suggerieren, dass Miriam Budde das vermeintliche Opfer ist. Mit ihr muss doch irgendwas passieren. Sie kann doch nicht auf Dauer verschwunden bleiben!«

Kämpmanns Gesicht war vor Erregung rot angelaufen.

»Budde wollte sich ohnehin von seiner Frau trennen«, erinnerte Marie.

»Aber nicht auf diesem Weg. Er hätte die Scheidung ohne wirtschaftliche Blessuren überlebt. Herr Knobel hat das geprüft, und wir haben es von Experten nachprüfen lassen. Budde wird doch nicht den Mord an seiner Frau riskieren, auch wenn die konstruierte Geschichte erstmal stimmig erscheint. Miriam Budde muss wieder auftauchen, aber selbst dann geht die Rechnung nicht auf. Dieser Budde bringt mich zur Verzweiflung. Aber ich hatte von Anfang an den Riecher, dass er die Schlüsselrolle spielt.«

»Die entscheidende Frage ist, warum er ein falsches Gutachten erstellt hat«, sagte Marie. »Und genau das findet Stephan gerade heraus.«

»Also steht er nicht in Buddes Lager«, vergewisserte sich Kämpmann.

»Die Distanz zwischen beiden könnte kaum größer sein.«

Kämpmann lächelte.

»Ich hatte das vermutet, war mir aber nicht sicher«, meinte Kämpmann. »Ich hatte Ihrem Freund vorgehalten, das Sprach- und Hörrohr Buddes zu sein, aber in Wirklichkeit war ich es, der sich Informationen von ihm erhofft hat. Es war fast grotesk, wie wir lauernd vor der Akte saßen.«

»Und jetzt wollen Sie Stephan wieder benutzen«, vermutete Marie. »Sie haben gar nichts im Wald gefunden, oder?«

»Nichts«, gestand Kämpmann. »Die Bodenanhaftungen, die wir am Tatort Mantini gefunden haben, sind genauestens analysiert worden, aber es gibt kein bestimmtes Gebiet, aus dem sie sicher stammen. Eine gezielte Suche ist nicht möglich. Also wollte ich mit Ihrem Freund in die im Dortmunder Süden gelegenen Waldgebiete fahren und vor seinen Augen mit einem polizeilichen Großaufgebot die Suche beginnen lassen …«

»… in der Hoffnung, dass sich Stephan danach mit Budde in Verbindung setzt und der unruhig wird und sich auf den Weg macht, um nach dem Rechten zu sehen«, vollendete Marie.

»Manchmal funktioniert dieser Trick«, lächelte Kämpmann entschuldigend.

»Halten Sie Budde für so dumm?«

»Ich weiß es nicht. Ich gestehe an dieser Stelle gern meine Hilflosigkeit ein. Mir war immer klar, dass Budde in die Sache involviert ist. Es ging immer um die entscheidende

Frage, wie Bojarzin und Miriam Budde zueinander gefunden haben. Ich war mir immer sicher, dass Miriam Budde gezielt in das Hotel gegangen ist, um auf Bojarzin zu treffen. Jetzt habe ich einen ersten Beweis. Der Rest findet sich.«

Kämpmann umarmte Marie unbeholfen.

»Danke! – Sie haben mir mehr geholfen, als Sie glauben.«

»Früher habe ich mit Stephan alle Fälle gemeinsam gelöst. Aber mit unserer kleinen Kröte fehlt mir im Moment die Zeit dazu. – Warten wir die Zukunft ab! Unsere Tochter krempelt das Leben ordentlich um.« Sie sah auf ihre Armbanduhr. »Und unser Gespräch dauerte mehr als zwei Minuten«, lächelte Marie. »Ich komme zu spät zur Schule.«

»Währenddessen steht sich eine Hundertschaft am Waldrand die Beine in den Bauch«, erwiderte Kämpmann mit verschlagenem Grinsen. »Aber ich habe während dieses Kaffees in meiner Arbeit große Sprünge nach vorn gemacht.«

»Sie sollten sich mit Stephan unterhalten«, sagte Marie zum Abschied. »Ich glaube, es gibt ein neues Gutachten in der Sache Bojarzin.«

KAPITEL 42

Sabine Heumüller war eine schlanke, sehr gepflegte Frau. Stephan schätzte sie auf Mitte 30. Sie hatte ihr braunes glattes Haar zu einem kurzen Zopf gebunden. Er bemerkte ihr dezentes Parfüm, als er sich zu ihr an den kleinen Besprechungstisch setzte, an dem zeitgleich ihm gegenüber Frau Dr. Hense Platz nahm.

»Ich darf Sie herzlich begrüßen«, sagte sie an Stephan gewandt, und so, als habe sie nicht schon ein paar Worte mit ihm gewechselt, sagte sie in verbindlichem Ton und zur Beruhigung ihrer Mandantin: »Frau Heumüller ist absolut freiwillig hier. Ich vertrete sie nicht nur, weil ich ihre Anwältin bin, sondern weil ich voll und ganz hinter ihr stehe und alles tun werde, um sie zu schützen. Frau Heumüller ist über das Gespräch mit Ihnen, Kollege Knobel, dass wir vor einiger Zeit führten, voll informiert. Sie weiß auch, dass Sie Herrn Professor Budde vertreten, dessen Frau bekanntlich ebenso verschwunden ist wie der frühere Partner meiner Mandantin. Ich wiederhole noch einmal, dass Frau Heumüller Angst hat. Sie hat Angst davor, dass sie wieder die Schatten ihrer Vergangenheit einholen, und es ist meine Aufgabe, sie davor zu beschützen.«

Mit diesen Worten wandte sie sich an ihre Mandantin und drückte fest deren linke Hand.

Stephan dankte Frau Dr. Hense für die einleitenden Worte und räusperte sich. Ihm war bewusst, dass die Kollegin mit ihren Worten eine Marke gesetzt hatte und es nun maßgeblich an ihm lag, das Gespräch mit Frau Heumüller zu führen, dass Frau Dr. Hense sofort abbrechen würde, wenn Stephan deren Mandantin in die Enge treiben würde. Er würde sensible Fragen stellen müssen, ohne Frau Heumüller das Gefühl geben zu dürfen, dass sie sich bei deren Beantwortung aus ihrer gesicherten Position begab.

»Wir stehen im Grunde auf derselben Seite«, begann Stephan, nachdem er sich bei Frau Heumüller mit warmen Worten dafür bedankt hatte, dass diese sich einem

Gespräch stellte, das sie angesichts der bitteren Erfahrungen in ihrer Vergangenheit belasten würde.

»Der Mann, der damals Ihren Fall so akribisch aufgearbeitet hat, steht nunmehr selbst im Fadenkreuz«, begann Stephan. »Sie wissen, dass ich Herrn Professor Budde vertrete, und ich nehme für mich dasselbe in Anspruch wie Frau Dr. Hense: Ich vertrete meinen Mandanten. Das bedingt, dass auch in der Kommunikation zwischen Anwälten häufig Gegensätze aufeinanderprallen. Das scheint hier anders zu sein, denn wir sollten uns darüber im Klaren sein, dass Ihnen, Frau Heumüller, eine Gefahr droht, die ebenso Herrn Professor Dr. Budde betrifft: Das Gutachten von Herrn Budde, das Ihnen damals im Fall Bojarzin zum Sieg verholfen hat, wird angegriffen. Das bedeutet, dass uns ein gerichtliches Verfahren bevorsteht, an dessen Ende nicht nur die damalige Entscheidung revidiert, sondern auch geprüft werden kann, ob Markus Bojarzin jene Bestie ist, die er nach den Feststellungen von Professor Budde sein soll. – Genauer: Es stellt sich die Frage, ob er jemals so böse war, wie es Budde attestiert hat.«

Stephan hielt inne. Frau Heumüller hörte seinen salbungsvollen Worten regungslos zu, die sich im Grunde im Kreis drehten und nur dazu dienen sollten, sie zu verunsichern. Auch Frau Dr. Hense schien nicht sonderlich beeindruckt zu sein.

»Das wissen wir doch schon, Herr Knobel«, sagte sie weich, blickte auf ihre Armbanduhr und machte auf diese Weise deutlich, dass Stephan zur Sache kommen möge.

»Ich habe ein neues Gutachten eines weiteren Psychologen«, sagte Stephan und öffnete den Umschlag, den er bis jetzt vor sich auf dem Tisch liegen hatte. Stephan hatte zuvor das von Schlüter vorbereitete Deckblatt mit dem Namen des verstorbenen Unnaer Kollegen entfernt. Stephan legte das geheftete Werk auf den Tisch und den Umschlag zur Seite. Er hatte das Gutachten zu Hause mehrfach mit den Händen geknetet, damit es durchgearbeitet aussah. Auf einigen Blättern hafteten gelbe Klebezettel, versehen mit handschriftlichen Kreuzen und Ausrufezeichen.

»Von wem stammt es?«, fragte Frau Dr. Hense, lehnte sich vor, nahm das Gutachten in die Hand, blätterte darin und sah, dass etliche Textpassagen unterstrichen waren.

»Es ist eine akribische Arbeit«, erklärte Stephan und beobachtete Frau Dr. Hense, die wahllos bei einigen Textstellen verweilte, hin und wieder die Mundwinkel verzog und schließlich den Kopf schüttelte.

»Von wem?«, fragte sie wieder. »Ich lese hier gerade von Explorationsgesprächen, die meines Wissens nie stattgefunden haben. Das Ganze scheint wertlos zu sein.«

»Der Urheber ist nicht bekannt«, antwortete Stephan. »Es ist Herrn Professor Budde zugespielt worden. Sie wissen, dass Markus Bojarzin ein neues Gutachten in Auftrag gegeben hat. Also ist es wahrscheinlich, dass es sich um eben jenes neue Gutachten handelt. Nach Buddes Meinung ist es auszuschließen, dass das Gutachten von einem Laien stammt. Er sagt, dass es durch saubere Methodik und stringente fachliche Argumentation glänze.«

Frau Dr. Hense schien wenig überzeugt.

»Trotzdem …«, sagte sie langsam, blätterte weiter und vertiefte sich in eine von Stephan markierte Textstelle: ›Die Annahme des Vorgutachters Professor Budde, wonach Markus Bojarzin ein mitfühlender und zugleich ein gefühlskalter berechnender Mensch sei, ist fachlich nicht haltbar und wird auch nicht durch das Ergebnis der Explorationsgespräche gestützt.‹

»Ich darf auf weitere entscheidende Stellen verweisen«, wagte sich Stephan weiter vor, während er genüsslich ein unsicheres Zucken im Gesicht der Kollegin bemerkte und ihr bedeutete, sich dem hinteren Teil des Gutachtens zu widmen.

»Dort steht«, hob er bedächtig an, »dass die schlimmen Erlebnisse, die Ihnen widerfahren sind, Frau Heumüller, nicht auf die Tat Ihres früheren Freundes zurückzuführen sind, sondern auf die frühere Tat eines Dritten. Der neue Gutachter nimmt an, dass Sie die früheren Erlebnisse auf Markus Bojarzin projiziert haben und ihn stellvertretend für den eigentlichen Täter bestrafen wollen, dessen man wohl nicht habhaft geworden ist.«

Frau Heumüller erwiderte nichts und blieb regungslos.

»Das war bereits die These des früheren Gutachters Schlüter«, gab sich Frau Dr. Hense gelassen. »Und wie ich gerade lese, baut der Verfasser dieser Schrift auf Schlüters Feststellungen auf. Was also soll an diesem Pamphlet so gefährlich sein, Herr Knobel?«

»Gefährlich ist, dass nach Buddes Worten nicht auszuschließen ist, dass dieses Gutachten richtig ist. Das heißt, dass er auch seine eigene Meinung inzwischen geändert hat. Er fühlt sich Frau Heumüller nach wie vor verpflichtet, aber er sagt, dass es neue Erkenntnisse in der Psychologie gebe, in deren Licht er seine damaligen Feststellungen neu bewerten müsse.«

»Er steht unter Druck, weil seine Frau entführt worden ist«, erwiderte Frau Dr. Hense. »Entführt von Bojarzin. Was sonst?«

»Es ist doch klar, dass Budde in einem neuen Verfahren nicht mehr als Gutachter fungieren würde«, entgegnete Stephan ruhig. »Allein schon deswegen, weil gerade wegen seiner persönlichen Betroffenheit die Objektivität seiner Feststellungen fraglich ist. Ungeachtet dessen ist es aber bemerkenswert, dass er einräumt, damals möglicherweise die falschen Schlüsse gezogen zu haben. Er tut das nicht, weil er Sie etwa nicht mehr beschützen will, Frau Heumüller, sondern weil er es nicht mehr kann. Er muss sich einer geänderten Wahrheit beugen. Dabei spielt der Druck, unter dem er steht, keine Rolle. Ihn werden andere wissenschaftliche Stimmen übertrumpfen. Mein Mandant würde sich ein wissenschaftliches Armutszeugnis ausstellen, wenn er sich anders verhalten würde.«

»Das heißt, dass Budde von seiner früheren Meinung abweichen wird, wenn man ihn nach der Richtigkeit seiner früheren Befunde fragt?«, fragte Frau Dr. Hense irritiert. »Sie sagten doch gerade, dass wir ein gemeinsames Interesse hätten.«

»Haben wir auch«, bestätigte Stephan. »Es geht darum, dass sich Frau Heumüller und mein Mandant gemeinsam den neuen Erkenntnissen stellen.«

»Frau Heumüller soll sich der Tortur einer neuen Begutachtung stellen?«, fragte Frau Dr. Hense ungläubig.

»Ich fürchte, es bleibt nichts anderes übrig«, bedauerte Stephan. »Budde muss sich der veränderten Situation stellen. Es wäre gut, wenn Frau Heumüller es auch täte.«

»Das heißt, dass Budde mich nicht mehr beschützen wird«, brachte sich Sabine Heumüller ein.

»Beschützen ist vielleicht das falsche Wort, Frau Heumüller«, relativierte Stephan. »Um einen Schutz seiner selbst willen ist es nie gegangen, sondern nur um die Wahrheit. Ich kann nur darum werben, dass Sie mit Professor Budde gemeinsam nach vorn gehen und sich der verdrängten Vergangenheit stellen. Sie und Budde stehen auf derselben Seite, weil Sie sich der Wahrheit verpflichtet fühlen. Nichts wäre schädlicher, als wenn Sie einander zerreiben.«

»Markus wird also wieder Jessica sehen«, schloss Frau Heumüller mit angstvollem Blick.

»Wie es aussieht, hat sich Markus Bojarzin in tiefes Unrecht verstrickt. Er scheint Professor Budde vorzuwerfen, dass er absichtlich ein falsches Gutachten erstellt habe, und rächt sich deshalb an dessen Ehefrau. Wenn das so ist, wird Markus Bojarzin auf lange Sicht von der Bildfläche verschwinden. Man könnte sogar sagen, dass sich in seinem jetzigen Verhalten jene Gewaltbereitschaft zeigt, die Budde in ihm vermutet hat. So falsch wird Buddes Gutachten vielleicht gar nicht sein. Gehen Sie den Weg, den Professor Budde jetzt einschlägt, mit ihm gemeinsam. Helfen Sie ihm, wie er Ihnen geholfen hat. Budde hat keine andere Wahl, als sich den neuen psychologischen Erkenntnissen zu beugen. Stellen Sie sich der eigenen Vergangenheit! – Schauen Sie in das Gutachten!«

Frau Dr. Hense legte das Gutachten auf den Tisch.

»Ein Blick in das Literaturverzeichnis belegt, dass überwiegend Quellen zitiert sind, die es damals noch gar nicht gab. – Geben Sie mir bitte binnen einer Woche Bescheid, Frau Heumüller!«

Er wandte sich wieder an deren Anwältin.

»Professor Budde will nicht warten, bis man ihn in einem Verfahren mit dem neuen Gutachten konfrontiert. Er wird proaktiv handeln und selbst an die Öffentlichkeit gehen und einräumen, dass er vor dem Hintergrund neuer Erkenntnisse eine Neubewertung des Falles Bojarzin vornehmen muss. Keine Sorge: Er wird nichts Vertrauliches preisgeben, aber er muss im Vorfeld das Zerrbild geraderücken, das von ihm entstehen wird. Er ist angesichts des publik gewordenen Verschwindens seiner Frau und Bojarzins ohnehin in den Fokus des öffentlichen Interesses geraten.«

KAPITEL 43

»Du lädst mich tatsächlich zum Essen ein?«

Budde nahm ungläubig an dem reservierten Tisch in einem kleinen Restaurant Platz. Stephan erwartete ihn bereits in dem im Stadtteil Hörde gelegenen Fachwerkhaus, das seit Jahrhunderten der Gastronomie diente. Budde gab seinen Wintermantel, Schal und Hut einem Kellner mit, der eilfertig die Kleidung zur Garderobe brachte.

»Den Schal bitte in den Ärmel stecken, nicht an den Haken hängen!«, rief er dem Kellner hinterher.

»Ich mag es, wenn das Personal pariert«, bemerkte Budde und registrierte zufrieden, dass der Kellner seiner Anweisung Folge leistete, bevor er in der Küche verschwand.

»Viel los für einen Mittwochabend!«, staunte Budde, als er die Speisekarte bereits in die Hand genommen hatte. »Du weißt, dass wir uns in einem der ältesten Restaurants Westfalens befinden?«, erkundigte er sich und sah von der Speisekarte auf.

»Ich weiß«, antwortete Stephan knapp.

»Darf ich drei oder sogar vier Gänge nehmen?«, fragte Budde mit Blick auf die Preise und scherzte: »Ich hätte dir wohl dein Honorar vorab überweisen sollen!«

»Es reicht auch so«, erwiderte Stephan.

»Lädst du alle Mandanten so fürstlich ein?«, fragte Budde über die Gläser seiner Lesebrille hinweg, die er eben aufgesetzt hatte. »Wenn es so ist, vermittele ich dir gern noch weitere Mandanten. Das Amüsement soll ja schließlich nicht zu kurz kommen.«

Es näherte sich ein weiterer Kellner, strich mit der flachen Hand eine Falte in der Tischdecke glatt und fragte, ob er ein Getränk bringen dürfe.

»Ein Getränk?«, wiederholte Budde belustigt. »Ja, Sie dürfen ein Getränk bringen!«

»Welches denn?«, fragte der Kellner.

»Einen Bombay Sapphire Gin«, antwortete Budde wie aus der Pistole geschossen. »Außergewöhnlich, nicht wahr?« Er grinste frech.

»Und Sie?«, fragte der Kellner, an Stephan gewandt.

»Ein stilles Wasser, bitte!«

»Ein Wasser?« Budde schüttelte sich mit gespielter Abscheu. »Du willst sparen, Stephan, aber das zählt heute nicht. Heute gibt's die große Sause. Denk mal daran: Wir kennen uns seit Beginn unserer Gymnasialzeit. Das sind neun Jahre zuzüglich über 25 Jahre Schweigen danach. Macht in Summe mehr als 34 Jahre. – Und heute, an diesem vorweihnachtlichen Mittwochabend, gehen wir das erste Mal zusammen essen. Du hast mich eingeladen. Warum nur?«

»Weil wir reden müssen«, sagte Stephan gepresst und mit gedämpfter Stimme.

»Warum so leise?«, fragte Budde.

»Es geht die anderen nichts an.«

Budde schaute sich um.

»Es sieht so aus, als seien alle mit sich selbst beschäftigt«, stellte er fest. »Sieh mal! Das Paar da hinten in der Ecke … – Was meinst du? Haben sie was miteinander oder nicht?«

Budde betrachtete ungeniert eine junge Frau, die sich angeregt mit ihrem etwa gleichaltrigen Tischpartner unterhielt.

»Ich glaube, sie haben nur beruflich miteinander zu tun«, orakelte er. »Schade, denn er ist absolut scharf auf sie und will sie am liebsten sofort vernaschen, aber sie will ihn nicht. – Ich erkenne Begierde sofort, Stephan. Aber es wird nichts mit den beiden. Weder heute noch sonst wann. Sie werden auf immer nur Kollegen bleiben.«

»Patrick!«

»Ja, Stephan, ich weiß, du möchtest mit mir reden. Hättest du mich nicht hierher eingeladen, säßen wir jetzt nicht hier, sondern vor dem Kamin in meinem Haus. Du weißt, wie schön die Atmosphäre dort ist. Völlig ungestört. Aber du wolltest partout hierhin und bietest mir diese Kulisse. Wie kann ich nun anders, als mich den sich mir bietenden Reizen stellen? Du hast den Rahmen für ein vertrauliches Gespräch nicht glücklich gewählt, Stephan!« Er lächelte milde. »Sollten wir nicht mal bestellen? Du hast hoffentlich schon ausgewählt. Oder nimmst du nur ein Süppchen?«

»Nein, warum sollte ich?«

»Weil du nervös bist, Stephan«, antwortete Budde ernst. »Du siehst fahl aus, als könntest du keinen Brocken schlucken. So kenne ich dich gar nicht.«

Budde winkte den Kellner herbei und orderte für beide ein Glas Sekt.

»Welchen Sekt haben Sie denn vorrätig?«, erkundigte er sich.

»Irgendeinen!«, warf Stephan dazwischen.

»Sehr wohl, mein Freund wünscht ein Glas der Marke ›Irgendeinen‹«, bediente Budde mit einem Auflachen. »Das wird Ihnen entgegenkommen. Also bringen Sie bitte flugs das Gewünschte. Vielleicht haben Sie ja eine Hausmarke.«

Dann wandte er sich wieder Stephan zu.

»Es ist also tatsächlich das Gutachten aufgefunden worden, das Bojarzin in Auftrag gegeben hat?«, fragte Budde. »Du warst so aufgeregt, als du mir das heute Morgen am Telefon sagtest.«

»Ja. Kämpmanns Kollegen haben Bojarzins Wohnung nochmals intensiv durchsucht. Es befand sich in einer doppelten Schrankhinterwand. Kämpmann hat eine Kopie gefertigt und sie mir heute Nachmittag ausdrücklich mit der Bitte übergeben, dass du dir das Gutachten durchliest und dazu Stellung nimmst. Er wird dich zu diesem Gutachten befragen.«

Stephan schob Budde einen Umschlag über den Tisch, den er unter dem Tisch deponiert hatte.

Budde nahm den Umschlag und legte ihn ungeöffnet zur Seite.

»Das Gutachten interessiert dich nicht?«, fragte Stephan tonlos.

»Nein, es interessiert mich nicht«, bestätigte Budde trocken.

Der Kellner kam und reichte zwei Gläser Sekt.

»Das Personal kommt stets, wenn es stört, nicht wahr?«, lächelte Budde. »Jetzt sind wir aus dem Takt geraten. – Doch zunächst: Prost, Stephan!«

Budde hob das Glas, betrachtete im Gegenlicht den im Glas funkelnden und perlenden Sekt und leerte das Glas in einem Zug. Dann leckte er mit der Zunge genussvoll seine Lippen ab.

»Nein, das Gutachten interessiert mich nicht«, wiederholte Budde.

»Warum nicht?«

»Weil es gekrückt ist, Stephan. Das weißt du doch. – Mein Gott, wie blass du aussiehst! Du gibst den Judas nicht überzeugend. – Na, was meinst du? Warum interessiert mich der Inhalt dieses Umschlags nicht?«

»Weil du es bist, der für Bojarzin ein neues Gutachten schreiben sollte«, sagte Stephan und errötete. »Deshalb weißt du, dass es kein neues Gutachten geben kann.«

»Na, siehst du! Es war doch gar nicht so schwer! Jedes existierende Gutachten, das vermeintlich dasjenige sein soll, das Bojarzin als neuen Beweis einbringen wollte, ist zwangsläufig eine Fälschung. Zumindest hinsichtlich des Auftraggebers. Wer also hat dieses hier in Auftrag gegeben? Die Polizei oder etwa du? Und wer hat es geschrieben? Lass mich raten: Du hast den alternden Schlüter dafür gewinnen können. Stimmt das? – Ich kenne meine Feinde, Stephan! Du wirst ab jetzt nicht mehr mein Anwalt sein. Frage mich nicht nach dem Grund meiner Entscheidung. Akzeptiere sie einfach! Ich entpflichte dich von allem. Ich verheimliche nichts. Also kannst du alles verwenden. Ich erteile dir den unbeschränkten Freibrief, alles, was ich dir erzähle, wem auch immer berichten zu dürfen. – Das ist mein Geschenk an dich, Stephan!«

Stephan schluckte betreten.

»Die Herrschaften haben gewählt?«, fragte der Kellner und beugte sich interessiert vor.

»Haben sie«, nickte Budde, »und ich wähle für meinen Freund gleich mit«, bestimmte er. Dann diktierte er dem Kellner in den Block: »Rote Bete mit Apfel-Vinaigrette und Ziegenkäse als Vorspeise, danach Wildgulasch mit Kräuterseitlingen und Spätzle und zum Abschluss Haselnuss-Bratäpfel.«

Er blickte abschätzend in die Speisekarte.

»Ich hoffe, Ihre Küche ist damit nicht überfordert«, gab er dem Kellner mit auf den Weg.

»Also hat dich Bojarzin erpresst«, meinte Stephan, als die Bestellung aufgegeben war.

»Es ist eine Geschichte, der ich nicht entrinnen kann, Stephan. Und sie ist so simpel wie der Fehltritt von Markus Bojarzin. Es ist jetzt etwa zehn Jahre her. Ich hatte den vorläufigen Abschluss meiner Karriere mit meiner Habilitation gekrönt und war zu einem Kongress in Wien eingeladen. Er fand im feudalen Donauhotel statt. Das Who is Who der Psychologie war anwesend. In dieser Hauptstadt der Kultur und Wissenschaft, in der Stadt Freuds, durfte ich, gerade frisch gebackener Professor, einen Vortrag vor der Elite meines Fachbereichs halten. Ich weiß noch genau, wie angespannt ich im Vorfeld war. Die Wochen davor hatte ich jede freie Minute darauf verwandt, meinen Vortrag zu üben, habe ihn vor dem Spiegel und vor einem Freund gehalten und hatte die Nächte vor meinem Auftritt nur mäßig geschlafen. Dann kam endlich mein großer Tag, aber das sage ich mit diesen Worten nur aus der Rückschau. Mein großer Tag begann in Wirklichkeit mit anhaltendem Durchfall und dem Wunsch, sich entziehen zu können, und gleichzeitig in dem Wissen, dass ich den endgültigen Durchbruch schaffen würde, wenn ich diese Hürde meisterte. Die Stunden vergingen quälend, aber dann war es so weit. Ich weiß es noch wie heute: Es war Punkt 16:15 Uhr, als ich von dem Moderator des Kongresses, dem geschätzten Kollegen Professor Jostkübel, vorgestellt und an das Rednerpult gebeten wurde. Und dann begann ich, erst mit zitternder und dann immer fester werdender Stimme. Ich redete und redete. Mir gelang es, Melodie in meinen Vortrag zu bringen, und ich spürte, wie ich das Auditorium mitriss. Da schwappte Begeisterung mit, ehrliche Begeisterung! Nach einer Stunde endete ich und bedankte mich mit einer tiefen Verbeugung. Ich hatte die Redezeit auf die Minute eingehalten, an keiner Stelle gepatzt, alles gesagt, richtig betont, den Blickkontakt zum Publikum gesucht und gehalten. – Alles, wirklich alles hatte geklappt. Der Saal tobte. Ich hatte Jung und Alt mitgerissen, und als ich aus meinem zugegebenermaßen schweißnassen Gesicht in die klatschende Masse und dann wieder an die Decke des Barocksaals und in die Lüster sah, glitzerten die Lampen wie Sterne, die mir verhießen, das ich selbst gerade zum Stern geworden war. Es war der bedeutendste Tag in meinem Leben, Stephan. Nach meinem folgten noch zwei andere Vorträge, denen ich nicht im Ansatz folgte, weil ich zu sehr mit mir selbst beschäftigt war. Abends gab es einen Empfang, den ich euphorisch durchlebte. Ich aß viel und trank noch viel mehr, stieß an, mit wem auch immer ich redete. Aber irgendwann war dieser Rausch zu Ende, und ich ging auf mein Hotelzimmer, noch voller Energie und nicht im Mindesten fähig, zur Nachtruhe zu finden. Also bediente ich mich an der Zimmerbar und öffnete eine Flasche, die natürlich sündhaft teuer war, und betrank mich weiter. Ich befand mich in einem Zustand besoffener Selbstverliebtheit und tanzte zur Musik aus dem Zimmerradio. Aber das genügte mir nicht, und so kam ich auf die Idee, mir noch Champagner und etwas Essen aufs Zimmer zu bestellen. Es musste auch etwas Kaviar dabei sein, denn jetzt war ich ja wer. Und dann kam ein Zimmermädchen namens Helen, scheu und schüchtern und züchtig adrett. Sie brachte brav, was ich bestellt hatte, und drapierte unterwürfig das Essen, ließ sich aus meiner besoffenen Laune heraus hin und her kommandieren und bedankte sich trotzdem. Es ist das ständig wiederkehrende Phänomen, dass diese devoten Personen abstoßen und anziehen. Ich könnte sagen, dass ich mich vergaß, aber das wäre gelogen. Ich hatte mich nicht vergessen, sondern mich nur etwas betäubt, und so war ich versessen auf dieses Geschöpf. Ich wollte sie besitzen und sie unterwerfen, wie sie ihren Gesten nach unterworfen sein wollte. Ich habe sie aufs Bett geworfen, ihr die Kleider vom Leib gerissen und sie genommen, wie mir danach war. Und dann war es gut für mich. Noch ein letztes Keuchen, dann war Stille. Dieses Mädel hieß mit zweitem Vornamen Sabine. Später führte sie nur noch den zweiten Vornamen. Du weißt jetzt, worauf die Geschichte hinausläuft.«

Der Kellner brachte ein Amuse-Gueule und murmelte: »Ein Gruß aus der Küche!«

»Grüßen Sie herzlich zurück!«, feixte Budde und sah Stephan mit eigenartig glasigen Augen an.

»Woran denkst du, Stephan?«

»Ich könnte kotzen!«

»Diese Helen oder die spätere Sabine hat sich dann wieder angezogen«, fuhr Budde ungerührt fort, »und lief heulend aus dem Zimmer. Ich steckte ihr 500 Euro zu. Viel Geld. Eine Zeit lang hatte ich Angst, dass sie mich verpetzte. Heute weiß ich, dass das nie passieren würde. Weder damals noch heute. Wenn der Gast hochrangig genug ist, kann er machen, was er will. Wenn der Gast mal über die Stränge schlägt, wird sich das Hotel überlegen, was es machen soll: Gast vergraulen oder nicht? – Na, was denn wohl? Große Hotels leben von großen Leuten. – Du musst das Amuse-Gueule aus dem Löffel schlürfen, Stephan! Das Essen hier ist zum Kotzen zu schade. Du schaffst ja nicht einmal das Häppchen vorweg. Du willst nicht das reale Leben sehen! So einfach ist das!«

»Du hast Sabine Heumüllers Leben zerstört, ihr eine Ehe verwehrt, die sie nicht einzugehen wagte, und Markus Bojarzin zur Strecke gebracht, weil er für deine Tat büßen musste.«

»Ach, Stephan«, winkte Budde ab, »du bedienst dich der Betroffenheitslyrik, die man als Anwalt wohl beherrschen muss. Sag doch einfach, dass Bojarzin um keinen Deut besser ist als ich. Trifft die Reaktion besser ihn oder mich? Was ist gerecht? Das sind alles Mumpitz-Fragen.«

»Mumpitz?«, wiederholte Stephan.

»Ich habe bezahlt, als sich Sabine Heumüller Jahre später an mich wandte und ich ein Gefälligkeitsgutachten erstellen musste. Diese Frau war viel schlauer, als ich es ihr zugetraut hätte. Sie hatte nämlich nach unserer Nacht in Wien am nächsten Morgen die Bettwäsche beiseitegeschafft. Sie hätte mühelos den Beweis führen können. Und sie könnte es noch heute – und dich wird die Suche nach einer Antwort nicht fordern, wenn ich dich frage, von wem ich angerufen wurde, nachdem du, mein Freund Stephan, mit dieser Dame und deren Anwältin ein Gespräch geführt hast.«

»Wie ist Bojarzin dahintergekommen?«, fragte Stephan.

»Er hat meine Vita durchforstet. Eigentlich ist es nicht schwer, die Geschichte aufzudecken. Bojarzin kannte natürlich beide Vornamen seiner Lebenspartnerin. Ich vermute, dass sie irgendwann den ersten Vornamen für sich gestrichen hatte, um sich der Opfer-Helen zu entledigen. Menschen sind so, Stephan. Sie wollen immer alles auslöschen. Bojarzin wusste, dass Sabine mal in Wien gearbeitet hatte. Und es wird ihn nicht überfordert haben, in Erfahrung zu bringen, dass sich ihr und mein Weg einmal gekreuzt haben. Mein damaliger Vortrag ist in jedem Curriculum Vitae über meine Person veröffentlicht. Es spricht nicht für diesen Kämpmann, dass er diese Verbindung nicht aufgedeckt hat.«

»Er hatte nicht ins Kalkül gezogen, dass dein Gutachten falsch ist. Also hat er in diese Richtung nicht geforscht.«

»Aber natürlich, Stephan«, grunzte Budde behäbig. »Wie konnte ich nur vermuten, dass du nicht über das informiert bist, was Kämpmann sagt und denkt. Stephan, du bewegst dich auf dünnem Eis!«

Budde blitzte mit den Augen.

»Das Amuse-Gueule war köstlich«, sagte er weich und trotzdem ätzend kalt. »Wir sollten zum ersten Gang übergehen.«

»Hendrik Schlüter ist durch dich beruflich vernichtet worden«, stellte Stephan fest.

»Hendrik Schlüter ist gescheitert, weil er mittelmäßig ist. Wer mittelmäßig ist, kann nicht brillieren, wenn er mal im Recht ist. Wahr ist in unserer Gesellschaft immer das, was der Bessere sagt. Deutschland ist Bestenland. – Die Kellner sind auffällig langsam hier, findest du nicht? Wir sollten endlich einen guten Wein bestellen. Rotwein, denke ich. Und Brot dazu. Wir wollen das Brot brechen, Stephan.«

»Bojarzin hatte alles herausgefunden und dich erpresst«, setzte Stephan neu an.

»Ja, er verlangte von mir, dass ich mein damaliges Gutachten öffentlich durch ein eigenes Gegengutachten revidiere und mich zugleich der Vergewaltigung an Sabine Heumüller bezichtige. Ich glaube, dass er nicht wirklich wusste, dass ich Sabine vergewaltigt hatte, aber er hatte sich dieses denken können, nachdem er in Erfahrung gebracht hatte, dass Sabine nach meinem damaligen Fehltritt im Donauhotel gekündigt hatte und er sogar recherchiert hatte, dass sie in der Nacht Dienst hatte, als ich dort im Hotel wohnte. Außerdem wusste er von der verklemmten Sexualität seiner Partnerin. Es war nicht schwer für ihn, die richtigen Schlüsse zu ziehen, zumal vor dem Hintergrund meines erstellten Gutachtens, dessen Fehlerhaftigkeit er ja bestens kannte. – Tja, hätte er all das vorher gewusst, hätte er wohl kaum zugestimmt, dass ich in diesem Fall ein Gutachten erstelle.«

»Tun dir deine Opfer nicht leid?«

»Du hast deinen Beruf verfehlt, Stephan«, raunte Budde.

»Inszenierst du oder meinst du alles ernst, was du sagst?«

»Du hast mich auf diese Bühne gebeten, Stephan. Jetzt sage ich, was ich weiß. Schonungslos. Ja, ich wollte Bojarzin beseitigen. Ich gestehe es freimütig.«

»Dafür hast du deine Frau benutzt«, folgerte Stephan.

Der Kellner näherte sich mit dem ersten Gang.

»Du solltest jetzt wirklich etwas essen, Stephan. Es macht keinen Spaß, allein zu essen.«

Er wies den Kellner an zu servieren.

»Ja, meine Frau«, fuhr Budde fort. »Sie ist der Kern des Falles. Es geht um dieses alberne Jubiläumsbuch. Ich war so zufrieden, als man überall in Bojarzins Wohnung und in meinem Haus Spuren von Miriam fand, aber dummerweise eben auch auf diesem Büchlein. Du bist der Einzige, Stephan, der weiß, dass es Miriam nicht vor ihrer Flucht angefasst hat. Ich hatte immer gehofft, dass die Polizei aus den Fingerabdrücken Miriams auf dem Jubiläumsbuch nicht die einzig richtige Schlussfolgerung zog, aber diese Ungewissheit hat mich mit der Zeit fast in den Wahnsinn getrieben. Es wäre ein Fehler, dich zu unterschätzen, Stephan. Ich hatte immer gehofft, dass du nicht über diese Petitesse stolpern würdest. Aber jetzt rief mich heute Nachmittag doch tatsächlich Kämpmann an und wollte mit mir einen Vernehmungstermin abstimmen, bevor er dich anrufen und sich mit dir ebenfalls auf einen Termin verständigen wollte. Und auf meine Frage, worum es denn gehe, sagte Kämpmann doch tatsächlich, dass er sich mit mir über die Fingerabdrücke auf dem Jubiläumsbuch unterhalten wolle, das man in unserem Haus gefunden habe. Jetzt frage ich mich natürlich, wie Kämpmann auf einen Umstand kommt, von dem nur du Kenntnis hast. Na, Stephan, wie erklärst du mir das? – Oder erklärst du mir gar nichts mehr? Du sagst so wenig heute Abend, Stephan. Aber es ist ja auch eher meine Aufgabe, mich mitzuteilen, oder?«

Er sah Stephan prüfend an.

»Ich beginne von vorn, Stephan, damit du mich verstehst. Ich musste Bojarzin beseitigen. Von wollen kann keine Rede sein, und ich bin mir sicher, dass es Morde gibt, die einfach passieren müssen, weil zwei Menschen vor eine Entscheidung getrieben worden sind, die nur einem das Weiterleben gestattet. So war es auch hier. Ich hatte schnell herausgefunden, dass Bojarzin nach seiner Niederlage im damaligen Prozess sozial abgesackt war. Es dauerte nicht lange, bis ich wusste, wo er wohnte und arbeitete. Das war zu einer Zeit, als ich noch in Düsseldorf wohnte. Meine Ehe mit Miriam stand damals vor dem Aus. Du wirst noch einiges darüber erfahren, in welchem Zustand sie sich damals befand. Nach dem Umzug von Düsseldorf nach Dortmund vollzog unsere Ehe eine merkwürdige, aber sehr heilsame Wandlung.

Miriam hing förmlich an mir – mehr als je zuvor. Es ist eine der spannendsten Fragen der Psychologie, warum sich Menschen aneinander binden und dem anderen nahezu bedingungslos folgen – und zwar gerade dann, wenn die Personen konträr zueinander stehen. Ich vertiefe das hier nicht, Stephan, aber zwischen meiner Frau und mir war genau das der Fall. Ich gestehe, dass stets ich der bestimmende Teil in unserer Ehe war. Es schien so, als sei die zwischenzeitliche Magersucht Miriams ein Zeichen des Protestes gegen mich gewesen, den sie nicht mehr durchhalten konnte. Also gab sie ihren Widerstand auf und damit auch die Verweigerung der Nahrungsaufnahme. Es kann heilsam sein, nicht ständig weiter zu opponieren, Stephan. Es geht einem besser, wenn man mitschwimmt. – Miriam, die monatelang nicht mehr vor die Tür gegangen war, kehrte wieder ins Leben zurück. Unsere Ehe besserte sich und wir fanden wieder zusammen. Zu diesem Zeitpunkt trafen wir uns auf der Jubiläumsfeier, und ich erspare mir, das wiederzugeben, was du selbst weißt. Ja, die bevorstehende Trennung von Miriam war erlogen. Sie war eine Erfindung, um das weitere Geschehen glaubhaft zu machen. Ich habe Miriam als vermeintlich von ihrem Ehemann misshandelte Frau gebeten, Bojarzin in seinem Hotel aufzusuchen und dort um Obdach zu bitten. Es war einfach, diesen Menschen einzuwickeln. Miriam bediente sich gefälliger Signalworte und -bedürfnisse, gewann sein Vertrauen und schlief im Hotel. Sie kamen einander näher. Es war eine unspektakuläre Verbrüderung auf der Ebene zweier Verlierer. Das Untensein verbindet, Stephan. Dann wollte Miriam scheinbar bei mir ausziehen – und du warst dafür der von mir bestellte Zeuge. Sie hat alles zusammengerauft und ist gegangen. Du warst dabei. Und sie ist zu Bojarzin ins Auto gestiegen.«

»Ich sollte bezeugen können, dass Miriam gegangen und zu Bojarzin ins Auto gestiegen ist«, verstand Stephan. »Nur deshalb hatte ich dein Mandat. Und damit es überhaupt dazu kommen konnte, dass Miriam in Bojarzins Auto stieg, musste sie ihren eigenen Wagen bei dir stehen lassen. – Ich war reiner Statist in diesem Spiel.«

»So einfach ist das«, bestätigte Budde kalt. »Miriam hat sich von Bojarzin in dessen Wohnung fahren lassen und sich dort mit gespielter Unaufmerksamkeit verletzt. So tropfte ihr Blut in seine Wohnung. Das war ein dramaturgischer Akzent, hat aber letztlich nicht viel gebracht. Es war eine vielleicht übertriebene Szene.« Er lachte süffisant. »Wie auch immer: Bojarzin wusste ja nicht, ob Miriam mit ihrem eigenen Wagen ins Hotel gekommen und mit diesem nach Hause gefahren war, um Sachen abzuholen. Und so hat sie Bojarzin erzählt, dass sie jeweils mit einem Taxi gefahren sei. Und indem sie ihm sagte, dass sie bevorzugt Taxis benütze, gelang es ihr auch, Bojarzin zu überreden, mit ihr zu einem Spaziergang ins Grüne ebenfalls mit einem Taxi zu fahren. Denn sie gab vor, dass man sich am Ausgangspunkt des Spaziergangs absetzen und am Zielort von einem anderen Taxi abholen lassen könne.«

»Und dann?«, fragte Stephan.

»Dann ging es an den Rand eines Waldgebietes«, erläuterte Budde. »Bojarzin hatte schon etwas Feuer gefangen, da bin ich mir sicher. Miriam kann sehr charmant sein, wenn sie will. Und da sie sich als Opfer ihres Mannes ausgab, hatten die beiden eine gute Verständigungsebene. Jeder war auf seine Art Opfer. Ich glaube, da hätte sich sogar eine Beziehung entwickeln können. Sich ineinander verlieben ist einfach, wenn man sich im Sumpf begegnet und beim Versacken an den Händen halten kann. Solidarisieren im Elend ist einfach; Verlieben im Elend ist einfach.«

»Dann wusste Bojarzin zu keinem Zeitpunkt, dass die Miriam an seiner Seite in Wirklichkeit deine Frau war?«, überging Stephan Buddes zynische Ansichten.

Budde lachte auf. »Natürlich nicht, Stephan. Das sollte er nicht wissen. Zu diesem Zeitpunkt erpresste er mich ja bereits. Darum durfte er Miriam auch nicht vor meinem Haus abholen, sondern nur an der Straßenecke ein paar hundert Meter weiter. Für Bojarzin war Miriam irgendeine Miriam, eine von ihrem Mann dominierte und misshandelte Frau.«

»Die Namensgleichheit war trotzdem risikoreich«, fand Stephan.

»Reines Kalkül«, widersprach Budde. »Wir waren uns sicher, Bojarzin so lenken zu können, dass er als Portier darauf verzichtet, sich den Ausweis zeigen zu lassen. Aber wir wussten nicht, ob Mantini Stress machen würde. Unsere Hoffnung war, allein mit dem Vornamen durchzukommen. Und es hat geklappt. Notfalls hätte sich Miriam gegenüber Mantini mit ihren richtigen Papieren ausweisen können – und dann die Sache vielleicht abgeblasen. Wir hatten keine Chance, an ein gefälschtes Dokument zu kommen. Und vielleicht war der tatsächliche Vorname die beste Deckung. Bojarzin hatte jedenfalls keinen Verdacht geschöpft. – Und vielleicht …«, Budde schmatzte mit seiner Zunge, »vielleicht hätte es Bojarzin sogar gefallen, wenn er gewusst hätte, dass sich Miriam Budde in das Hotel verirrt hätte und das Opfer ihres wahnsinnigen Mannes gespielt hätte. Wir haben unsere Optionen erweitert, nicht verengt.«

Budde schien eigentümlich verzückt, bevor er wieder ernst wurde: »Der Service in diesem Haus ist schlecht. Es kommt überhaupt kein Kellner mehr. Ich will endlich Wein bestellen.«

»Wohin fuhren Bojarzin und Miriam mit dem Taxi?«, fragte Stephan.

»An den Rand eines Waldgebietes«, wiederholte Budde. »Dort stiegen sie aus und gingen Arm in Arm im Regen durch die Dunkelheit. Keine Menschenseele weit und breit. Plötzlich war ich da – wie aus dem Nichts. Es war einfach, Stephan. Ein fast mechanischer Ablauf.«

»Du hast ihn verscharrt.«

»Miriam hat ihn bestattet«, verbesserte Budde. »Ich hatte die Grube für ihn in der vorigen Nacht ausgehoben. Es war die Nacht von Samstag auf jenen Sonntagmorgen, als ich dich bat, zu kommen, um Miriams Auszug beizuwohnen. Bojarzin liegt in einem Dickicht, in das sich keiner verirrt. Miriam und ich sind auf unterschiedlichen Wegen heimlich nach Haus gekommen. Wir haben unsere Kleidung entsorgt und die Jacke von Bojarzin als Spurenträger behalten. Zu Hause haben wir uns voneinander verabschiedet und auf dem Sofa sitzend noch ein Glas Wein getrunken. Und bei dieser Gelegenheit hat Miriam das Jubiläumsbuch angefasst. Sie hat sich amüsiert über dich, Stephan, weil es für dich so wichtig war, am Morgen dieses alberne Büchlein mitzubringen. Doch dieser Hohn sollte sich rächen! Dann hat sich Miriam aus unserem Haus geschlichen. Man kann das Grundstück unbemerkt durch ein Gartentor verlassen. Es regnete noch immer und auf der Straße war keine Menschenseele. Dann habe ich die

Polizei verständigt. Das war gegen 21:30 Uhr. Kein Mensch suchte bis dahin nach Miriam, und sie ist seither auf einer langen Reise. Man wird sie nicht finden, Stephan. Ich beschütze meine Frau!«

»Wo liegt Bojarzins Leiche?«

»Ich sagte es bereits, Stephan. Ich mag es nicht, penetriert zu werden.«

»Warum Mantini?«, fragte Stephan.

»Der dritte Mann war Kämpmanns Idee«, antwortete Budde trotzig. »Es hat mich enttäuscht, dass er von dieser doch eigentlich brillanten Idee abgerückt ist. Sein Tod hätte so plausibel gepasst, wenn Kämpmann diese Geschichte nur weiter ausgestaltet hätte. Schade! – Es war leicht herauszufinden, wann er abends die fragliche Stelle vor seinem Haus passierte. Mantini war ein Gewohnheitstier, das sich nur zwischen seinem Hotel, seinen Pizzerien und seinem Haus bewegte. Seine letzte Station am Abend eines jeden Arbeitstages war eine Visite in seiner Pizzeria *Diabolo*. Seine Gewohnheiten waren auch seinem Personal bekannt, das so lieb war, sogar ungefragt über ihren ›Meister‹ zu erzählen. Danach fuhr er stets um etwa dieselbe Zeit heim, um am nächsten Morgen wieder in das Hamsterrad zu steigen. Mantinis Tod war leichtes Handwerk. Ich hatte Bojarzins Jacke angezogen. Und der Wettergott war mir so gnädig wie schon bei Bojarzin. Keine Menschenseele weit und breit.«

»Du bist wahnsinnig, Patrick!«

Budde hob gleichmütig die Schultern. »Eher pragmatisch«, fand er. »Ich habe erkannt, in einer Sackgasse zu stecken. Es gibt nichts mehr zu verlieren. Die Fakten liegen auf dem Tisch. Kämpmann ist schlauer als gedacht, und du hast ihm auf die Sprünge geholfen. Ich weiß, wann die

Karten ausgereizt sind, Stephan. Alles fing mit dem größten Tag in meinem Leben an – damals in Wien. – Wunderst du dich nicht darüber, warum ich dir hier und jetzt alles erzähle?«

»Das neue Gutachten …«

»Ach, Stephan!« Budde lachte schrill. »Es wäre doch für mich ein Leichtes gewesen, mich interessiert zu zeigen. Ich hätte mich über das neue Gutachten betroffen zeigen oder mich darüber belustigen können. Ich hätte diesen Abend überstanden, aber nicht die Verstrickungen, die mich einholen. Ich bin deiner Einladung in ein Restaurant gefolgt, in dem ungeschickte Kellner bedienen, die nicht einmal wissen, welcher Sekt vorrätig ist. Tu nicht unwissend, Stephan!«

Buddes Gesicht war rot angelaufen. Er griff in seine Jackentasche und holte ein Döschen hervor.

»Wir sitzen in einem Restaurant, in dem Gäste sitzen, die nicht zueinanderpassen.«

Budde öffnete mit zittriger Hand das Döschen. Er nahm aus den Augenwinkeln wahr, dass ein bulliger Mann in Lederjacke aus der Küche eilte.

»Dieses Restaurant hat mittwochs geschlossen, du Verräter!«, keuchte Budde, riss seinen rechten Arm mit dem Döschen in der Hand hoch und warf die Pillen in seinen Mund.

Budde schluckte und würgte, er ließ das Döschen fallen, sackte zur Seite und fiel in die Arme des Mannes, der mit dem Rücken zu ihm gesessen hatte. Kämpmann war von der Küchentür herbeigeeilt, der Kellner riss sein Diensthandy aus der Hose und orderte Hilfe. Doch all das nahm Budde nicht mehr wahr. Noch ein Keuchen. Dann war Stille.

KAPITEL 44

Die unverzüglich angeordnete Obduktion ergab, dass sich Patrick Budde mit dem schnell wirkenden Botulinumtoxin das Leben genommen hatte. Obwohl Stephan seine Sache gut gemacht hatte, war Kämpmann mit dem Ergebnis des Einsatzes unzufrieden und hatte in der darauffolgenden Nacht nur schlecht geschlafen. Es war nicht gelungen, Budde die Informationen zu entlocken, die den Fall umfassend gelöst hätten. Zwar hatte Budde mit seinem widerlichen Zynismus einige Zusammenhänge aufgedeckt, die Kämpmann bis dahin verborgen waren, doch es stand unzweifelhaft fest, dass Budde auch gelogen hatte. Es war auszuschließen, dass Bojarzin und Miriam Budde bei ihrer Fahrt zu dem nach wie vor unbekannten Waldgebiet ein Taxi genommen hatten. Auch war Miriam Budde am Tag ihrer Ankunft in dem Hotel nicht mit einem Taxi dorthin gefahren. Den Ermittlern war hier kein Fehler unterlaufen. Sie hatten sorgfältigst bei allen ortsansässigen Taxiunternehmen recherchiert und Fahrtenbücher ausgewertet. Es gab keine Belege für die fraglichen Fahrten, und es gab keinen Grund, an den übereinstimmenden Aussagen aller zu den betreffenden Zeiten tätigen Fahrerinnen und Fahrern zu zweifeln, die weder eine Markus Bojarzin noch eine Miriam Budde ähnlich sehende Person transportiert hatten. Da Budde den Fundort der Leiche Bojarzins nicht preisgeben wollte, war auch fraglich, ob seine Version des Tatgeschehens überhaupt stimmte oder ob nicht auch Miriam Budde sein Opfer geworden war. Nachdem feststand, dass Budde von vornherein wusste, dass er sich mit dem Besuch des Restaurants wissend in die Hände der Polizei begeben hatte, war davon auszugehen, dass er alles, was er Stephan gesagt hatte, den Ermittlern förmlich ins Protokoll diktiert hatte. Er musste geahnt haben, dass Kämpmann über das an Stephans Kleidung angebrachte Mikrofon mitgehört hatte. Das nach wie vor größte Rätsel war das Verschwinden von Miriam Budde. Sollte sie, wie Budde behauptete, auf der Flucht sein, würde sie irgendwann wieder auftauchen müssen. Es blieb unklar, unter welchen Umständen Miriam Budde unentdeckt ihr Leben fortsetzen sollte. Noch mehr stieß sich Kämpmann an der Frage, warum sich Budde sehenden Auges in die gestellte Falle begeben und vor aller Augen seine bizarre Abschiedsgala inszeniert hatte. Es stimmte, dass das neue Gutachten in der Sache Bojarzin den intelligenten und durchtriebenen Budde nicht wirklich aus der Reserve locken konnte. Buddes höhnische Bemerkungen hierzu trafen den Kern. Bei näherer Überlegung ließ sich Buddes Selbstmord auch nicht damit erklären, dass sich mit den auf dem Jubiläumsbuch gefundenen Fingerabdrücken der Nachweis führen ließ, dass Miriam Budde nicht schon mit ihrem inszenierten Auszug aus dem Haus das letzte Mal dort gewesen war. Budde wäre schlau genug gewesen, andere Erklärungen bemühen zu können, die ihn aus dieser Sackgasse geführt hätten. – Nein, es musste einen anderen Grund dafür geben, dass Budde für sich keinen Ausweg mehr sah.

Doch Kämpmanns wirkliches Problem war seine Qual, sich an Mantinis Tod schuldig fühlen zu müssen, den er ohne Not Budde als Köder vorgeführt hatte. Zwar hatte Kämpmann nicht damit gerechnet, dass Budde Kämpmanns Idee so konsequent aufgreifen und Mantini skrupellos als Spielfigur einsetzen und töten könnte, aber er warf sich vor, dass er dieses Szenario hätte erkennen können. Seit Monaten war dem Rauschgiftdezernat durch verdeckte Ermittler bekannt, dass Mantini in entsprechende Geschäfte verwickelt war und Bojarzin in diesem Zusammenhang nur eine unbedeutende Randfigur war, die sich ihr Nichtwissen bezahlen ließ. Kämpmann war fahrlässig gewesen, als er über Stephan den italienischen Hotelier Budde zum Fraß in einer Sache vorwarf, in der Mantini überhaupt keine Rolle spielte. Und schließlich hatten sich Kämpmann und Stephan sogar in einen rechtlichen Graubereich begeben, als sie verabredeten, Budde in dem Restaurant aushorchen zu wollen, während Kämpmann mithorchte. Zwar hatte Stephan von Budde in der Strafsache nie ein wirkliches Mandat erhalten, aber es war zweifelhaft, ob Stephan wegen seines von Budde in der Familiensache Budde erteilten Mandats sich hierzu überhaupt hätte verleiten lassen dürfen. Stephan wusste wie Kämpmann, dass die Hoffnung, durch Buddes Geständnis Bojarzin und vielleicht auch Miriam Budde aus einer lebensgefährlichen Situation befreien zu können, nicht hinreichende Legitimation verschaffen würde. Merkwürdigerweise hatte Budde selbst Stephan und Kämpmann aus dieser Misere befreit, als er Stephan entpflichtet hatte, bevor er mit seinem Geständnis begann. Aber warum hatte Budde dies getan? Wollte er das, was er aussagte, gezielt rechtlich verwertbar machen?

Kämpmanns frustrierende Bilanz war, dass Budde mit seinem theatralischen Abgang ihm und Stephan einen vernichtenden Schlag versetzt und beide auf zynische Art gedemütigt hatte.

Als Kämpmann am frühen Morgen nach dem Einsatz in einen dämmrigen Schlaf gefallen war, erschien ihm ein aufgedunsener Budde im Traum, der behäbig sein Essen schmatzte und dabei in ein diabolisches dröhnendes Lachen fiel.

KAPITEL 45

Kämpmanns Stimmungstief hielt bis Freitag an. Er schleppte sich morgens ins Büro und ging seiner Arbeit wie ein Automat nach. Punktgenau zur Dienstbesprechung am Donnerstagmorgen – also am Morgen nach der Nacht, in der man Budde obduziert und Kämpmann unter seinem Albtraum gelitten hatte, traf das Ergebnis ein, dass Mantini unzweifelhaft von Budde getötet worden war. Kämpmanns Dezernat verbuchte dies als Ermittlungserfolg, während es ihn wie einen messerscharfen Stich traf, obwohl er nicht ernsthaft daran gezweifelt hatte, dass Budde der Mörder Mantinis war. Mikrofaserspuren hatten den endgültigen Beweis geliefert. Dennoch hatte Kämpmann sich bis zuletzt an den Strohhalm geklammert, dass es anders sein möge, doch er wusste, dass ihn kein Wunder von den Gewissensbissen befreien würde, die ihn jagten.

Unterdessen durchsuchte eine Hundertschaft mit Spürhunden die im Süden der Stadt gelegenen Waldgebiete, doch die riesigen infrage kommenden und bis in das Sauerland reichenden Flächen und die meist feuchte Witterung der letzten Wochen ließen die Erfolgsaussichten dieses Unterfangens ungewiss erscheinen.

Am Freitagmittag endlich hellte sich Kämpmanns Miene etwas auf. Man hatte bei dem Autoverleih Sarimski in der Nordstadt in einem viertürigen Ford Fingerabdrücke sichern können, die eindeutig Miriam Budde zugeordnet werden konnten.

Kämpmann inspizierte den Hof der Verleihfirma, die auf einem Brachgrundstück an der Mallinckrodtstraße ihren Geschäften nachging. Es war eine Fläche, die von ihrer Lage her mit hochwertigerer Bebauung hätte bestückt werden können, zu der es jedoch nicht kam, weil die Erbengemeinschaft, der es gehörte, sich nach dem Abriss eines Altgebäudes vor rund zehn Jahren zerstritten und noch zu keiner Einigung darüber gefunden hatte, was mit dem Grundstück endgültig passieren solle. Um es nicht gänzlich ungenutzt zu lassen, hatte man es einstweilen an Sarimski verpachtet.

Sarimskis Unternehmen haftete deshalb der Eindruck des Provisorischen an, weil er nicht sicher sein konnte, wie lange er noch mit seinem Gewerbe hier würde bleiben können. Sein Büro war in einem Wohnwagen in der Nähe der Grundstückszufahrt untergebracht. Im Laufe der Zeit war der Wohnwagen durch einen Mauersockel und dem Anbau eines Holzschuppens zu einer Art Haus geworden, das gleichwohl Flickwerk blieb. Es gab dem Unternehmen einen unseriösen Anstrich. Es sah so aus, als befände sich Sarimski mit seinem Gewerbe auf dem Sprung zur Flucht. Doch Roger Sarimski war das genaue Gegenteil zu der windigen Gestalt, auf die man angesichts seines Agenturgebäudes schließen würde. Kämpmann hatte sich vor seinem Besuch beim Gewerbeamt informiert und die

Auskunft erhalten, dass Sarimski bei der Behörde in allen Belangen als zuverlässig galt.

Sarimski war, wie Kämpmann erfahren hatte, 37 Jahre alt und hatte das Gewerbe von seinem inzwischen verstorbenen Vater übernommen. Er profitierte davon, dass in der Nordstadt überproportional viele Menschen wohnten, die zwar über einen Führerschein, nicht aber über ein Auto verfügten. Sein Geschäft lebte im Wesentlichen von der Vermietung meist einfacher Fahrzeuge ohne besondere Ausstattungsmerkmale. Es waren Autos, die regelmäßig entweder nur zum kurzfristigen Gebrauch benötigt wurden, um Transporte oder Umzüge zu bewerkstelligen, oder für Heimatbesuche der vielen ausländischen Anwohner, die Sarimski ebenfalls zu seinem Kundenstamm zählte. Sarimski schöpfte aus seinem Gewerbe keine großen Gewinne ab, und jeder Kunde, der unbefangen das umzäunte Grundstück mit den meist älteren und mit deutlichen Gebrauchsspuren versehenen Autos betrat, vermutete in Sarimski einen Geschäftsmann, der diesem äußeren Eindruck entsprach: Grobschlächtig, bärbeißig und rüde in den Umgangsformen. Doch mit Eintritt in den Wohnwagen schien auch Kämpmann in eine andere Welt einzutauchen: Roger Sarimski saß – bekleidet mit Anzug und Krawatte – hinter einem recht eleganten Schreibtisch, der keinesfalls ein Billigmodell aus dem Baumarkt war. Als er aufstand, um Kämpmann zu begrüßen, tat er dies mit gekonnter Verbeugung und wählte Worte, die verrieten, dass er sich gewandt auf geschäftlichem Parkett zu bewegen verstand. Als Kämpmann den Grund für seinen unangemeldeten Besuch vortrug, hörte Sarimski aufmerksam zu und schüttelte ungläubig den Kopf, als Kämpmann das unzweifelhafte Ergebnis präsentierte, dass Miriam Budde in einem viertürigen Ford gesessen haben müsse, der zu Sarimskis Fahrzeugbestand gehörte und erst jetzt untersucht werden konnte, nachdem ein anderer Kunde das Fahrzeug vier Tage in Gebrauch gehabt hatte.

»Das kann nicht sein«, war sich Sarimski sicher und lächelte. Es genügte ein Griff in einen Aktenschrank, und er holte den Ordner hervor, der diesem Fahrzeug zugeordnet war.

»Bitte nehmen Sie meine Unterlagen und sehen Sie sie durch!«, sagte er und bat Kämpmann zugleich, in einem bequemen Sessel Platz zu nehmen, der vor dem Heckfenster des Bürowohnwagens stand.

»Diese Frau Budde war nie Kundin hier. Ich hatte das bereits einem Ihrer Kollegen gesagt, die vor einiger Zeit nachgefragt haben. Ich lege Wert auf eine penible Ordnung.«

Kämpmann hatte im Laufe der Zeit ein Gespür bekommen, ob solche oder ähnliche Beteuerungen bloße Kulisse waren und die nun erst recht gebotenen Nachforschungen abwehren sollten oder ob sie reinen Gewissens gesagt wurden. Kämpmann war sich sicher, dass Sarimski die Wahrheit sagte.

»Vielleicht hat sie einen anderen Namen benutzt«, sagte er. »Sie müssen nichts falsch gemacht haben, Herr Sarimski.«

»Hier muss jeder Kunde seinen Ausweis vorlegen. Er wird kopiert und die Kopie zur Akte genommen.« Sarimski zeigte auf einen Tischkopierer.

»Schauen Sie in die Akte!«, bat er. »Da ist nichts.«

»Vielleicht hat sie einen gefälschten Ausweis vorgelegt«, vermutete Kämpmann weiter und spürte instinktiv, dass diese Annahme irgendwie nicht zur Struktur des Falles passte. Ohne Zweifel war Patrick Budde mit allen Wassern gewaschen gewesen, und er vermutete, dass dieser mit anderen Mitteln der Täuschung gearbeitet hätte. Wesentlicher als dieses Gefühl war indes der Umstand, dass Miriam Budde offensichtlich nicht einmal in dem Hotel einen gefälschten Ausweis mit sich geführt und unter ihrem wahren Vornamen agiert hatte.

Sarimski hatte inzwischen selbst in dem Ordner zu blättern begonnen, nachdem sich Kämpmann zunächst nur in den Sessel gesetzt hatte und in seinen Gedanken versunken war.

»Möchten Sie einen Kaffee?«, fragte Sarimski.

»Ja, gern!«

»Ich hatte bereits damals die Akten zu allen Autos durchgesehen, als Ihre Kollegen wissen wollten, ob eine Frau Budde oder dieser Mann …«

»Bojarzin«, half Kämpmann.

»… dieser Bojarzin ein Fahrzeug angemietet hätten«, vollendete Sarimski. »Verschwunden waren die beiden wohl an einem Sonntag. Ich habe sonntags geschlossen. Also habe ich von diesem Datum aus bis zu einem Monat zurück alle Akten durchgeschaut. Keiner meiner Wagen ist an diese Personen oder eine von ihnen vermietet worden, Herr Kämpmann.«

»Aber die Spurenlage ist eindeutig«, entgegnete Kämpmann.

»Welches Motiv sollte ich haben, Sie anzulügen?«, fragte Sarimski. Sein Ton war schärfer geworden. »Schauen Sie in diese Ordner. Mustergültig! – So etwas werden Sie nicht alle Tage haben!«

»Sie haben recht. Eine solche Ordnung würden wir uns überall wünschen.«

»Na, also!«, erregte sich Sarimski. »Nun schauen Sie schon, Herr Kämpmann! In der Akte ist nichts! In keiner meiner Akten ist was. Jede Vermietung ist erfasst. Aber nirgends findet sich der Name dieser Personen.«

Sarimski sprang auf und riss die Tür seines Aktenschrankes weit auf.

»Da, sehen Sie? – Alles geordnet. Alles sauber. Alles abgeheftet. Keine Fälschungen. Alles echt!«

»Darum schaue ich ja gar nicht erst in den Ordner«, lächelte Kämpmann. »Ich bin mir sicher, dass ich nichts finden werde.«

»Weil es nichts gibt!« Jetzt schrie Sarimski. »Ich ertrage das nicht. Ich kann keine Unordnung leiden, wissen Sie das? Ich mache alles penibel richtig. Fragen Sie die Ämter!«

»Habe ich schon, Herr Sarimski.«

Sarimskis Gesicht war rot angelaufen. Kämpmann merkte, dass er mit sich um Fassung rang.

»Ich tue Ihnen doch gar nichts!«, beruhigte er.

»Ich werde in etwas hineingezogen, mit dem ich nichts zu tun habe. Hier ist es so sauber, dass Sie vom Boden essen könnten!« Er zog den Knoten seiner Krawatte nach.

»Setzen Sie sich wieder hin, Herr Sarimski!«, bat Kämpmann ruhig.

»Wo sollen sich die Fingerabdrücke dieser Person überhaupt in dem Wagen befunden haben?«, fragte er.

»Auf dem Lenkrad und am Scheinwerferschalter«, antwortete Kämpmann.

»Lenkrad und Scheinwerferschalter«, wiederholte Sarimski und lachte auf.

»Der Wagen ist verliehen gewesen, Herr Kämpmann. – Verdammt, denken Sie doch mal nach!« Er blätterte hastig durch die Akte, bis er den letzten Kunden fand.

»Vorgestern zurückgegeben von Herrn Mustafa Aydin«, stellte er fest. »Mustafa Aydin – verstehen Sie? Sie sind auf dem Holzweg. Aydin ist Stammkunde hier. So echt wie nur was! Und jetzt kommen Sie mir mit einer Fahrerin namens Budde. Soll Aydin etwa die Fahrerin sein?«

Er lachte irre.

»Sie wollen mir was, Herr Kämpmann!«

»Der Wagen ist danach nicht noch einmal vermietet worden?«

»Nein!«, schrie Sarimski. »Der Wagen ist auch nicht letzte oder vorletzte Nacht vom Gelände entwendet worden. Am Mittwochmorgen, unmittelbar nach der Rückgabe des Wagens durch Aydin, waren Ihre Techniker hier. Sie haben begonnen, alle Wagen zu untersuchen und haben zufällig mit diesem Auto angefangen. Es steht hier auf dem Hof, seitdem es Aydin zurückgebracht hat. Es ist alles in Ordnung«, bekräftigte er, ohne dass die Zornesröte aus seinem Gesicht wich.

»Wir klären das«, versprach Kämpmann und erhob sich, ohne dass Sarimski noch an den Kaffee dachte, den er Kämpmann versprochen hatte.

Sarimski stellte den Ordner wieder in den Schrank und warf dessen Tür mit lautem Knall zu. »Sie wollen den Beweis ja nicht sehen!«, schrie er Kämpmann hinterher.

»Wir melden uns«, sagte Kämpmann im Weggehen und verließ nachdenklich das Gelände. Er verstand nicht, warum Sarimski derart aus der Haut gefahren war, aber er überdachte dessen Vorhalt, auch wenn ihn Sarimski anders verstanden hatte: Was hatte Kämpmann übersehen?

Er fuhr langsam zum Präsidium zurück, in Gedanken immer noch bei dem Gespräch mit Roger Sarimski, der mit jeder Faser seines Körpers nicht nur der saubere Geschäftsmann sein wollte, den er äußerlich gab, sondern der er augenscheinlich auch war.

Als Kämpmann wieder in seinem Büro war, lag ein weiterer Bericht des Erkennungsdienstes auf seinem Schreibtisch. Man hatte an einem zweiten Wagen aus Sarimskis Fahrzeugpark Spuren von Miriam Budde gefunden – wieder am Lenkrad. Kämpmann las sorgfältig den Bericht. Dann lehnte er sich auf seinem Stuhl zurück, schloss die Augen und begann, den Fall neu zu durchdenken.

KAPITEL 46

Das Jugendamt hatte Stephan und Marie ein Schreiben zugestellt, dessen wesentlicher Inhalt die Wiedergabe des Inhaltes des zwischen Marie und der Sozialarbeiterin geführten Gesprächs war, das aus Behördensicht hinreichend dokumentiert habe, dass an einer konstruktiven Zusammenarbeit kein Interesse bestehe. Der untere Teil des Schreibens belehrte über Reichweite und Grenzen des Rechts der Eltern zur Erziehung ihrer Kinder und endete mit dem Hinweis auf die amtliche Pflicht, bei Kindeswohlgefährdungen einzuschreiten. Der Brief war nicht vom Amtsleiter, sondern von Brigitta Kumorowski in dessen Auftrag unterzeichnet worden, die seit jenem verhängnisvollen Frühstück in der Behörde nicht mehr telefonisch erreichbar war. Stephan erkannte, dass die abschließenden Sätze dieses Schreibens, in denen Marie und er auffallend ungelenk aufgefordert wurden, sich der eigenen Verantwortung zu stellen, um nicht näher bezeichneten Weiterungen des Verfahrens zu entgehen, offensichtlich von Frau Kumorowski selbst formuliert worden waren. Er bezweifelte, dass der Amtsleiter von diesem Schreiben Kenntnis hatte und entsann sich des ohnehin obsolet gewordenen Hilfeangebot Buddes, das aus heutiger Sicht schnörkellos offenbart hatte, das Budde ohne Wimpernzucken zu allen kriminellen Handlungen bereit gewesen war. Wie recht hatte er jedoch mit seiner Überzeugung, dass es ein Kinderspiel war, Menschen vernichten zu können, wenn es nur gelang, ihnen unter offiziellem Anstrich ein Fehlverhalten zu attestieren. Für Stephan stand fest, dass mit Frau Kumorowski irgendetwas nicht stimmte, doch er würde einen anderen Weg finden müssen, um sich des Schattens zu entledigen, den Frau Kumorowki über sie geworfen hatte und zu einem bösartigen Tumor für ihre Familie wachsen lassen wollte.

KAPITEL 47

Diesmal hatte sich Kämpmann telefonisch angekündigt und war froh, als er Stephan direkt am Apparat hatte.

»Ich brauche Sie heute Abend dringend«, hatte er gesagt und ihn dann am Montagabend – es war der 15. Dezember – gegen 17:30 Uhr abgeholt.

»Wenn es so ist, wie ich vermute, Herr Knobel, dann löst sich die Geschichte in jeder Hinsicht auf. Erinnern Sie sich noch an die Mathematikaufgaben in der Schule? Sie wussten, dass Sie die Aufgabe richtig gelöst hatten, wenn am Ende das X eine glatte Zahl war. In unserem Fall ging die Gleichung bisher nicht auf, weil immer eine Unbekannte übrig blieb. Und wissen Sie, woran das lag?«

Er drehte sich zu Stephan auf dem Beifahrersitz um. Stephan sah trotz der inzwischen eingebrochenen Dunkelheit, wie sich Kämpmanns Gesicht zu einem breiten Grinsen verzogen hatte. Im Lichtschein der Straßenlaternen, unter denen sie herfuhren, blitzte dieses erlöste und siegesgewisse Lächeln auf, das nur bedeuten konnte, dass Kämpmann die Gleichung mit der überschüssigen Unbekannten gelöst hatte.

»Wir haben doch immer nach einem Mietwagen gesucht, mit dem Markus Bojarzin und Miriam Budde weggefahren sind, weil alle anderen Möglichkeiten nicht realistisch waren. Bei der ausgelobten Belohnung hätten sich Zeugen gemeldet, wenn es sie denn geben würde. Da sich niemand meldete, lag es nahe, dass sie einen Mietwagen genommen haben. Aber wir fanden nichts. – Wissen Sie, warum?«

Kämpmann hatte Freude an diesem Spiel, und er erwartete nicht ernsthaft eine Antwort.

»Wir haben unsere Suche immer unter den Autos betrieben, die vermietet wurden. Aber darum geht es hier gar nicht. Es geht um die Autos, die nicht vermietet wurden!«

Kämpmann lachte, als sei ihm ein köstlicher Witz gelungen.

»Ich hoffe, Sie verstehen nur Bahnhof, lieber Herr Rechtsanwalt, sonst falle ich wieder in ein Tief.«

»Ich verstehe nur Bahnhof«, bediente Stephan die Vorgabe.

»Es ist wie so häufig«, erklärte Kämpmann. »Am Ende entspinnen sich die Fäden, und man fragt sich, warum man nicht schon eher auf die Lösung gekommen ist. – Und was mich am meisten ärgert: Ich bin diesem Budde auf den Leim gegangen. Er hat noch im Angesicht seines geplanten Selbstmordes gelogen, dass sich die Balken biegen. Ihm verdanke ich meine jetzt überwundene Depression. Es ging ihm darum, die Frau zu schützen, die wir nun gefunden haben und deren Funktion sich mir erst jetzt erschlossen hat. – Ich bin zu dumm gewesen, Herr Knobel!«

Kämpmann schlug sich mit der flachen Hand auf die Stirn und Stephan verstand nur, dass sich in Kämpmann Erleichterung breitmachte, ohne dass er begriff, was Kämpmann sagen wollte.

»Ich musste heute Nachmittag nur noch ein paar Telefonate führen und einige Fragen auf dem Betriebsgelände von Sarimskis Mietwagenagentur stellen«, ergänzte Kämpmann diffus, »und dann war es klar …«

»Sarimski?«

»Ach ja, das wissen Sie noch nicht!« Kämpmann erzählte in knappen Worten, was sein Dezernat herausgefunden hatte.

»Also haben Sie den Wagen gefunden, den Miriam Budde gemietet hat«, folgerte Stephan.

»Die Dame hat wahrscheinlich ganz viele Wagen gefahren«, erklärte Kämpmann lächelnd.

Sie waren in der Nähe von Sarimskis Mietwagenagentur angekommen. Kämpmann parkte sein Auto und bedeutete Stephan, ihm zu Fuß zu folgen. Sie gingen den Maschendrahtzaun entlang, der das Betriebsgelände vom Gehsteig der Mallinckrodtstraße trennte. Sarimskis Agenturgelände war hell mit Scheinwerfern ausgeleuchtet, das Gittertor zur Straße noch geöffnet. Um 19 Uhr würde Sarimski, wie an jedem Werktag, seinen Betrieb schließen.

Kämpmann und Stephan gingen weiter bis zu dem Wohnwagenbüro, das innen hell erleuchtet war. Kämpmann hatte, wie Stephan erst jetzt bemerkte, aus dem Kofferraum seines Autos eine kleine Fußbank mitgenommen, die er auf dem Gehsteig direkt vor dem Fenster platzierte, sich dann daraufstellte und in den Wagen schaute. Von innen hörte man immer wieder laute Stimmen, eine männliche und eine weibliche. Kämpmann stand ungerührt auf seiner Fußbank, hielt seine Arme vor der Brust verschränkt und schaute aufmerksam hinein.

»Jetzt tobt er, weil er etwas von dem ahnt, was passiert ist«, schmunzelte er. »Sarimski hat mit der ganzen Geschichte nichts zu tun, aber er ist nicht intelligent genug, eins und eins zusammenzuzählen und alles zu verstehen.«

Kämpmann nickte zufrieden. Dann stieg er von der Fußbank.

»Schauen Sie hinein, Herr Knobel!«, bat er, »und konzentrieren Sie sich ganz auf die Frau. – Kennen Sie die Frau?«

Stephan stieg auf die Bank und sah durch das mit einer weißen Stickgardine verhangene Fenster. Der Mann lief wild gestikulierend in dem Wohnwagen auf und ab, während die Frau an dem Schreibtisch saß. Der Mann war sichtlich erregt, doch er dämpfte immer wieder seine laut werdende Stimme, vielleicht, weil er wusste, dass durch die dünnen Wände des Wohnwagens jedes laute Wort nach draußen drang. Die Frau erwiderte deutlich leiser und in dem sichtbaren Bemühen, zu erklären, ohne dass der Mann zu beruhigen war. Jetzt zog er die Frau von ihrem Stuhl hoch und hin zu dem Aktenschrank, den er mit einem harten Griff öffnete. Er zog Aktenordner nach Aktenordner aus dem Schrank und ließ sie auf den Boden fallen. Sie bückte sich und hob einen nach dem anderen auf, um ihn auf den Schreibtisch zu legen, während der Mann sich darin gefiel, ihr weitere Ordner vor die Füße zu werfen.

»Hör endlich auf!«, schrie sie, und Stephan zuckte bei diesen draußen gut hörbaren Worten zusammen.

»Na …?«, fragte Kämpmann ruhig. »Erkennen Sie sie?«

»Ich weiß nicht. Dieser Tonfall und diese Worte …«

»Was meinen Sie genau?«

»Die Worte ›Hör endlich auf!‹«, antwortete Stephan leise.

»Vielleicht kommen Sie mal kurz nach unten«, schlug Kämpmann vor. »Wir werden aus den vorbeifahrenden Autos heraus begafft. – Ist das Miriam Budde?«, fragte er, als Stephan bei ihm stand.

»Der Tonfall ist der, den Frau Budde bei dem inszenierten Streit mit ihrem Mann anschlug«, erinnerte sich Stephan. »Sie hat auch dieselben Worte gesagt. Auch von der Statur her könnte sie es ohne Weiteres sein. Aber die Haarfarbe und die ganze Aufmachung passen nicht. Auch nicht die Augenbrauen. Irgendwie habe ich aber keine konkrete Erinnerung an das Gesicht von Miriam Budde.«

»Warum nicht?«, fragte Kämpmann. »Haben Sie sie richtig sehen können? – Nein«, beantwortete er sich selbst: »Sie haben sie nicht richtig sehen können, weil sie wahrscheinlich ständig in Bewegung war.«

»Sie war im Gegenlicht«, erinnerte sich Stephan.

»Sehen Sie«, frohlockte Kämpmann. »Und so erinnern Sie sich nur an einige prägende Merkmale: Haarschnitt,

Haarfarbe, Augenbrauen. – Diese Frau da drin …«, er deutete mit einer Kopfbewegung zu dem Wohnwagen, »… ist nach meiner festen Überzeugung die vermeintliche Miriam Budde. In Wirklichkeit ist sie Anke Falkenstein, die Lebensgefährtin von Sarimski. Sie arbeitet stundenweise bei ihm. Und sie fährt häufig die Autos, die die Mieter zurückbringen, auf eine Parkposition auf dem Gelände. Dazwischen arbeitet sie auch in Sarimskis Büro. – Und sie war Patientin von Patrick Budde«, setzte er hinzu und rieb sich die Hände. »Wir haben seine Karteikarten geprüft. Frau Falkenstein suchte nach Wegen, von ihrem dominanten aufbrausenden Partner loszukommen und ihre eigene Persönlichkeit zu festigen, geriet dabei in die Fänge von Budde, einem Psychologen, der gleichermaßen machtsüchtig ist wie Sarimski, aber im Gegensatz zu diesem natürlich viel intelligenter. Er hat sie umgarnt und zu seinem Werkzeug gemacht. Regelmäßige telefonische Kontakte zwischen beiden sind nicht nachweisbar. Es gab nur Anrufe von ihr bei ihm – kaschiert als harmlose Anrufe der Patientin bei ihrem Psychologen. Den wesentlichen Anruf gab es vorgestern im Laufe des Vormittags, also am Mittwoch und somit an dem Tag, an dessen Abend Sie mit Budde im Restaurant waren. In diesem Telefonat wird Frau Falkenstein Budde davon unterrichtet haben, dass wir Spuren an dem Fahrzeug gefunden haben, mit dem sie und Bojarzin gefahren sind. Das war die entscheidende Information, aus der Budde ableiten musste, dass seine Zeit abläuft. Sie war es, die ihn dazu brachte, aufzugeben.«

»Was ist mit der wirklichen Miriam Budde?«, fragte Stephan.

»Eins nach dem anderen«, bremste Kämpmann. »Zunächst ist wichtig, dass Anke Falkenstein in die Rolle der Miriam Budde geschlüpft ist. Sie hat ihre wesentlichen äußeren Merkmale kopiert. Wir haben heute den ganzen Tag über intensiv recherchiert – und wir kennen ja die Fotoalben im Hause Budde. Sie wissen, welche Aufgabe Sie zu erfüllen hatten, als Budde Sie an jenem Sonntagmorgen in sein Haus rief, um dem vermeintlichen Auszug seiner Frau beizuwohnen und hernach auch noch Zeuge dafür zu sein, dass sie zu Bojarzin ins Auto stieg. Aber Sie hatten noch eine viel wichtigere Aufgabe zu erfüllen: Sie sind nämlich der einzige Zeuge, der bekunden kann, dass die Ehefrau von Budde überhaupt einmal körperlich in dem Haus von Budde anwesend war. Und da wir jetzt wissen, dass diese Frau in Wirklichkeit Anke Falkenstein war, steht fest, dass all die Spuren der vermeintlichen Frau Budde, die wir in Bojarzins Wohnung und im Hause Budde gefunden haben, in Wirklichkeit Spuren der Frau Falkenstein sind. Der Fall ist am Ende ganz einfach, Herr Knobel: Die echte Frau Budde war nie in Buddes Dortmunder Haus. Anwesend war dort nur Frau Falkenstein, die ihre Rolle gespielt hat. Der Umzug von Düsseldorf nach Dortmund hat somit eine ganz andere Bedeutung: Er ermöglichte Budde, in einem neuen Haus seine Frau durch eine andere spielen zu lassen und ganz neue Spuren aufzubauen, die keinen Zweifel aufkommen lassen würden, dass sie – weil alles in sich stimmig ist – von Miriam Budde stammen. Die einzige Übereinstimmung dieser beiden Frauen besteht darin, dass sie – abgesehen von einer ähnlichen Statur – dieselbe Blutgruppe haben, was Budde aus ärztlichen Vorberichten wusste. Damit löst sich auch unser Rätsel, wie und unter welchen Umständen Miriam Budde nach ihrer vorgeblichen Flucht wieder auftauchen sollte. Die Antwort ist einfach: Nie! Die wirkliche Miriam Budde ist tot und wird nicht auftauchen. Die falsche Miriam Budde lebt unbehelligt als Anke Falkenstein weiter. Mit dem Verschwinden von Bojarzin und dem vermeintlichen Verschwinden seiner Frau hatte Budde seine beiden Fälle gelöst: Er hat den schon länger zurückliegenden Tod seiner Frau kaschiert und sich zugleich seines Widersachers entledigt. – Genial, oder?«

»Ich finde keine Worte«, gestand Stephan.

»Jetzt geht es um den Tod der tatsächlichen Miriam Budde«, sagte Kämpmann, »und auch hier ist einiges so simpel, dass es fast sträflich erscheint, nicht von vornherein daran gedacht zu haben: Miriam Budde war, das bestätigen viele Arztberichte, psychisch schwer krank. Sie hat in der Tat das Haus in Düsseldorf kaum noch verlassen und sich aus Freundschaften und Bekanntschaften gänzlich zurückgezogen. Einem ärztlichen Bericht zufolge muss sie bei einer für eine Frau durchschnittlichen Körpergröße zwischenzeitlich auf ein Gewicht von 40 Kilogramm abgemagert sein. Das ist verheerend, aber es war ein glücklicher Umstand für Budde, denn seine Frau tauchte nicht mehr auf. Sie war quasi nicht mehr existent. Wie und unter welchen Umständen sie starb, werden wir zu klären haben. Es war also ein Leichtes, Miriam durch Frau Falkenstein am neuen Wohnsitz in Dortmund zum einen zum Leben zu erwecken – und zum anderen ganz neu zu erschaffen. Als Patientin konnte Frau Falkenstein, wie andere Patientinnen auch, völlig unverdächtig in Buddes Haus kommen – und dort überall als Miriam Budde Spuren legen. Und dass sich – aus unserer Ermittlersicht – Frau Budde als Ehefrau auch im Sprechzimmer aufhielt – ist nicht ungewöhnlich und deshalb nicht von uns hinterfragt worden. – Teuflisch, oder?«

Kämpmann rieb sich wieder die Hände, und ihm gelang wie zur Bekräftigung ein diabolisches Lachen.

Das Licht im Bürowohnwagen war erloschen. Kämpmann griff zu seinem Handy in seiner Hosentasche und gab das Signal. Die Festnahme von Frau Falkenstein war unspektakulär. Die Passanten registrierten sie nicht einmal. Nur Sarimski polterte lautstark gegen die Willkür der Staatsmacht. Keiner hörte ihm zu.

KAPITEL 48

Frau Falkenstein erschien im Beisein ihrer Anwältin zur Vernehmung. Es war Dienstagmorgen, 16. Dezember, kurz nach 9 Uhr. Kämpmann hatte Stephan zum Zwecke einer Gegenüberstellung hinzugebeten.

Anwältin von Anke Falkenstein war merkwürdigerweise Frau Dr. Hense, die sich Stephan auf dem Flur vor Kämpmanns Büro in einer Funktion vorstellte, die Stephan bis dahin nicht geläufig war: »Ich bin Opferanwältin«, flötete sie Stephan zu und erklärte zugleich ihre Funktion: »Es muss Menschen geben, die die Opfer mehr schützen als mit bloßen Lippenbekenntnissen. Den Opfern beizustehen, erfordert mehr als deren bloße Vertretung vor Gericht. Es ist eine Aufgabe im Sinne ständiger Beistandschaft. – Sie, Herr Knobel, sind wohl eher Täteranwalt. Schließlich haben Sie Patrick Budde vertreten«, sagte sie spitz.

Stephan verzichtete darauf, Frau Dr. Hense über die Hintergründe aufzuklären.

»Sicher ein einträgliches Geschäft, dieses Dasein als Opferanwältin«, merkte er süffisant an.

Frau Dr. Hense nahm Anke Falkenstein an die Hand.

»Er war der Anwalt von Patrick Budde?«, fragte sie ihre Anwältin.

»Tun Sie doch nicht so unbedarft!«, herrschte Stephan sie an. »Sie kennen mich doch aus Ihrem Theaterspiel.«

»Wir müssen das nicht kommentieren, Frau Falkenstein«, belehrte Frau Dr. Hense und klopfte an die Tür von Kämpmanns Büro.

»Frau Kollegin Dr. Hense!«, rief Stephan, als sie im Begriff war, die Tür zu öffnen.

Sie wandte sich um. »Herr Knobel?«

»Kommen Sie mal!«, bat er. »Ich möchte Ihnen etwas Vertrauliches sagen.«

»Nämlich?«, fragte sie, nachdem sie sich von ihrer Mandantin gelöst hatte und neben Stephan stand.

»Sie sollten sich schämen!«, zischte Stephan. »Sie benutzen Patrick Budde für Ihre Zwecke. Bei der Vertretung von Sabine Heumüller war Ihnen Buddes gefälschtes Gutachten als Mittel zum Zweck willkommen. Jetzt drehen Sie sich und benutzen ihn als die Tat beherrschenden Hintermann für Ihre Verteidigung der Anke Falkenstein. Ich wette, dass Sie wussten, dass Frau Heumüller Budde erpresst und er aus diesem Grund ein falsches Gutachten erstellt hat. Haben Sie mal darüber nachgedacht, dass Sie durch Ihr Verhalten dazu beigetragen haben, dass Bojarzin überhaupt zum Opfer wurde, Frau Opferanwältin? Ist das Ihr Verständnis von Gerechtigkeit?«

»Ich weiß nicht, wovon Sie reden.«

»Ach, wirklich nicht?«

»Wie kam es eigentlich zu Buddes Tod, von dem die Zeitungen eigenartigerweise erst heute berichten? Das soll schon am Mittwoch passiert sein. Ein geheimnisvolles Treffen in einem Restaurant, bei dem Budde der Polizei in die Falle getappt sein soll. Sie waren doch so vertraut mit Budde. Wussten Sie nichts davon? Oder waren Sie am Ende gar dabei?«

Sie lächelte überlegen.

»Nichts für ungut, Kollege Knobel«, besänftigte sie. »Buddes Tod kommt mir bei der Verteidigung meiner Mandantin nicht ungelegen. Toten kann man ungeniert die Verantwortung geben.« Sie grinste. »Täter, Opfer ... Es sind doch bisweilen unscharfe Kategorien. Sie dürfen meine Mandantin gleich ruhig wiedererkennen, Herr Knobel. Es ist nicht wesentlich!«

KAPITEL 49

Anke Falkenstein ließ im Wesentlichen nur ihre Anwältin reden. In der Rückschau gestaltete sich die Abfolge der Geschehnisse nach Ansicht von Frau Dr. Hense zwangsläufig und einfach: Anke Falkenstein habe vor etwa einem Jahr bei Budde mit einer Therapie begonnen, um sich in ihrer Partnerschaft mit Roger Sarimski zu behaupten oder von ihm zu lösen. Sie habe zu Budde gefunden, als der noch in Düsseldorf tätig gewesen sei. Frau Falkenstein sei damals in Düsseldorf als Büroangestellte tätig gewesen und habe so ihre zahlreichen Besuche beim Therapeuten gegenüber

Sarimski kaschieren können. Budde habe schnell Gefallen an der attraktiven Frau gefunden, die seiner eigenen in mancherlei Hinsicht ähneln müsse. Beide seien in etwa gleich groß, und mehr als das sei auffällig, dass sie sich in ähnlicher Art und Weise zu bewegen pflegten. Budde habe schnell die Ursache von Anke Falkensteins Problemen erkannt, und es sei ihm ein Leichtes gewesen, einen Gegenpol zu dem dominanten und aufbrausenden Sarimski zu bilden, der hinter seiner korrekten Fassade zu unbeherrschten Wutausbrüchen neige. Budde habe sich als gebildeter und einfühlsamer Psychologe präsentiert, das Weiche und Verständnisvolle in seinem Wesen unterstrichen und das Gebot der Distanz zur Patientin ins Gegenteil verkehrt, indem er sich der Orientierung suchenden Anke als Alternative angeboten habe, der er mit Verständnis, Liebe und Augenmaß den Weg nach vorn zu weisen verstanden hätte. Zu dieser Zeit sei Miriam Budde, wie Anke Falkenstein später erfahren habe, bereits tot gewesen. Sie habe sich mit Arsen das Leben genommen und sich ein Beispiel an der Perfidie ihres Mannes genommen, der, wie ihr Budde bei ihrem letzten Zusammentreffen gestanden habe, hemmungslos ihm angenehme Patientinnen verführt und zu Objekten seiner sexuellen Lust gemacht habe. Miriam Budde sei in dem Maße krank geworden, wie sich ihr Mann durch seine Eskapaden beflügelt gesehen habe. Den Giftcocktail, dessen Bestandteile sie von einem befreundeten Arzt erhalten habe, habe sie vor laufender Kamera genommen, während sie – auf 36 Kilogramm abgemagert – ihren Mann als das größte Schwein bezeichnet habe, das man auf Erden finden könne. Sie habe ungerührt Namen seiner Gespielinnen vorgelesen, bis sie unter der Wirkung des Giftes zusammengebrochen und verstorben sei. Budde hätte Anke Falkenstein dieses Video gezeigt, die Botschaft seiner Frau als Hirngespinst einer Kranken abgetan und erklärt, dass er dieses Material unter keinen Umständen offenbaren könne, weil es ihn ruiniert hätte. Budde habe ihr erklärt, wie einfach es sei, einen Menschen schon durch bloße Gerüchte zu ruinieren. Budde habe ihr gebeichtet, die Leiche seiner Frau auf dem Grundstück des Düsseldorfer Hauses verscharrt zu haben und Anke Falkenstein zugleich einen gemeinsamen Neustart in ihrer Heimatstadt Dortmund in Aussicht gestellt, wenn auch sein zweites Problem, ein querulatorischer Mensch namens Markus Bojarzin, erledigt sei. Das Rollenspiel sei schnell vereinbart gewesen, und es sei nur darum gegangen, die Nähe zu Bojarzin zu suchen, ihn später zu verführen und sich dann als Miriam Budde zu offenbaren, um ihn auf diesem Wege erpressbar und zur Aufgabe seines Wirkens gegen Budde zu motivieren. Sie selbst sollte nach außen als Anke Falkenstein noch in ihrer Beziehung zu Roger Sarimski bleiben, bis Budde alle Schatten der Vergangenheit abgestreift und auch den Mut gefunden habe, den Freitod seiner Frau und auch dessen Verschweigen zu offenbaren. Er wolle reinen Tisch machen, auch auf die Gefahr hin, dass er beruflich und privat Schaden nehme. Wenn alles vorbei sei, wolle er mit Anke Falkenstein ein unbeschwertes neues Leben beginnen. Als sie an jenem verhängnisvollen Sonntagabend mit Bojarzin einen Spaziergang gemacht und einen von Budde empfohlenen Weg genommen habe, habe sie nicht geahnt, dass Budde seinem Erzfeind auflauern wollte. Sie sei völlig überrascht und erschrocken gewesen und sei nach der Tat erst davongelaufen und dann noch einmal in Buddes Haus gekommen, weil sie völlig verwirrt gewesen sei und nicht mehr weitergewusst habe. Hier habe sie wohl auch dieses Jubiläumsbuch angefasst. Danach sei sie geflüchtet und wieder zu Sarimski gegangen. Trotzdem habe sie in ihrer Naivität immer noch Budde vertraut und ihm auch mitgeteilt, dass die Polizei bei einem von Sarimskis Autos Spuren gesichert hätte. Es sei der einzige Kontakt zu ihm gewesen. Sie habe große Fehler gemacht, die sie zutiefst bedauere.

Die Anwältin endete mit einem Augenaufschlag.

»Sie sind also nur Opfer, Frau Falkenstein«, grunzte Kämpmann unwillig und sah auf.

Frau Dr. Hense nickte. »Meine Mandantin ist sehr naiv. Wir können nicht die Maßstäbe anlegen, wie wir denken würden oder müssten.«

»Der Staatsanwalt wird entscheiden, was er daraus macht. Und wenn mich nicht alles täuscht, wird er Ihnen nicht alles glauben, was Sie hier vortragen lassen, Frau Falkenstein. Wenn er also Anklage erhebt und das Gericht die Anklage zulässt, dann werden Richter über Ihren Fall entscheiden, Frau Falkenstein. Können Sie sich erklären, warum wir das Video, von dem hier die Rede ist, nicht in Buddes Haus gefunden haben? Wir haben nach seinem Suizid sein Haus und seine Praxis von links nach rechts gedreht. Ebenso seine Schließfächer. Wir haben kein Video gefunden.«

»Er hat es vernichtet«, sagte Frau Falkenstein.

Kämpmann runzelte ungläubig die Stirn. »Das hätte er nach Ihrer Version nie getan, denn es ist doch offensichtlich das einzige Beweismittel, mit dem er belegen konnte, dass seine Frau sich das Leben genommen hat. Verstehen Sie: Das Video brauchte er, um sich zu entlasten.«

»Budde hat aber gegenüber meiner Mandantin behauptet, es vernichtet zu haben. Wir können ihn leider nicht mehr befragen.«

»Wie schade, nicht wahr?« Kämpmann verzog verächtlich die Mundwinkel. »Ich gehe eher davon aus, dass Budde seine ihm lästig gewordene Frau ermordet hat und Sie das wissen, Frau Falkenstein. Sie erfinden diese Video-Geschichte, um Ihre Naivität glaubhaft zu machen, wonach Sie nur das Gute in Budde gesehen haben und deshalb auch keinen Argwohn hegen mussten, als Budde Sie mit Bojarzin auf den Spaziergang schickte. In Wirklichkeit wussten Sie, was Bojarzin da erwartete.«

»Sie müssen darauf nichts sagen!«, belehrte Frau Dr. Hense ihre Mandantin.

Kämpmann winkte ab.

»Seien Sie bitte noch so freundlich und beschreiben den Ort, wo wir Bojarzins Leiche finden, Frau Falkenstein!«

Die Anwältin fasste ihre Mandantin am Arm.

»Wenn Sie das überhaupt wissen …«

Kämpmann blitzte mit den Augen.

»Ich weiß es nicht so genau«, sagte Frau Falkenstein.

Kämpmann schwenkte um.

»Warum haben Sie mit Budde noch mal gesprochen, nachdem wir an Sarimskis Autos Spuren sicherten?«

»Weil ich wusste, dass die Maskerade jetzt auffliegen würde. Ich hatte ja eines von Rogers Autos vom Hof genommen. Mit ihm war ich an jenem Freitag zum Hotel gefahren und hatte es in dessen Nähe geparkt. Und diesen Wagen hatte ich auch in meiner Rolle als Miriam Budde an jenem Sonntagabend benutzt. Bojarzin hatte ich gesagt, dass es mein Auto sei. Ich hatte ihm, nachdem er mich in der Nähe von unserem Haus abgeholt hatte, vorgeschwindelt, dass ich mit einem Taxi zu meinem Mann gefahren sei, um einem Streit über das Auto aus dem Weg zu gehen. Ich habe ihm vorgelogen, dass es zwar mein Auto sei, mein Mann aber immer die Kosten dafür getragen habe und mir in seinem Geiz wohl den Wagen weggenommen hätte, wenn ich damit auf unserem Grundstück erschienen wäre. Das der Polizei bekannte Auto, das vermeintlich Miriam gehörte, stand während dieser Zeit auf Buddes Grundstück. Es war ein Fahrzeug, dass erst nach dem Umzug nach Dortmund angeschafft und von mir gelegentlich genutzt wurde.«

»Viel Aufwand und Arrangement für Ihre so untergeordnete Rolle«, bemerkte Kämpmann höhnisch. »Aber auch Sie stolpern über dieses Jubiläumsbuch, Frau Falkenstein! Angeblich hatten Sie nach der Tötung Bojarzins und dem endgültigen Verlassen des Hauses von Budde nur einmal Kontakt zu ihm, als sie ihm von unseren Untersuchungen der Autos erzählt haben. Aber Frau Dr. Hense war gerade so freundlich, dieses Jubiläumsbuch in ihrer Darstellung besonders hervorzuheben. Von dem Buch und seiner Bedeutung dürften Sie eigentlich gar nichts wissen, es sei denn, Budde hatte Sie zwischendurch darüber informiert. Sie waren stets über alles im Bilde – jedenfalls über alles, was auch Budde wusste. Aber vermutlich werden Sie mir jetzt sagen, dass Budde Ihnen das bei Ihrem vermeintlich einzigen Telefonat gesagt hat, oder?«

Er seufzte zufrieden, als sie schwieg.

»Wir sind noch lange nicht am Ende«, wusste er.

KAPITEL 50

Stephan war am darauffolgenden Vormittag ohne Vorankündigung in Brigitta Kumorowskis Büro erschienen.

»Wir sollten offen miteinander reden!«, forderte er, bevor sie überhaupt etwas sagen konnte.

Stephan holte sein Handy hervor und wählte im Menü das Fotoalbum an. Er rief die gespeicherten Bilder auf und wechselte zwischen den Motiven, bis er das gesuchte fand.

»Sieh mal hier!«, sagte er und legte das Handy Brigitta auf den Schreibtisch.

»Was ist das?«, fragte sie und beugte sich keuchend vor.

»Das sind Fotos von unserem Frühstück. Auf diesem hier sieht man dich, vor dir ein gefülltes Sektglas und neben dir – sieh nur genau hin! – eine halb geleerte Sektflasche. Erinnerst du dich?«

»Ich habe nichts getrunken, Stephan«, schnaufte sie. »Das Bild muss entstanden sein, nachdem wir später die Plätze gewechselt haben. Du hattest vorher auf diesem Platz gesessen. Als du aufgestanden bist, um Fotos zu machen, habe ich mich auf deinen Platz gesetzt, um besser auf mein Kind aufpassen zu können.«

»Aber es ist dein Glas, Brigitta«, widersprach Stephan ruhig. »Und es ist die Flasche, aus der du getrunken hast. Marie erinnert sich genau. Oder glaubst du, dass das Foto lügt?«

Er hob bedauernd die Schultern und steckte sein Handy wieder ein.

»Wir werden das thematisieren müssen, wenn dieser Unsinn fortgesetzt wird. Es wird deiner Karriere abträglich sein, dich mit denen gemein zu machen, deren Verhalten du anprangerst.«

KAPITEL 51

Marie und Stephan erhielten wenige Tage später vom Jugendamt die Mitteilung, dass behördlicherseits derzeit kein weiterer Handlungsbedarf erkannt werde. Der Amtsleiter hatte in verschachtelten Sätzen erläutert, dass Frau Kumorowski möglicherweise einige Fakten vorschnell gewertet habe und hierbei einem Irrtum unterlegen sei. Das Schreiben endete mit dem Angebot an Marie und Stephan, jederzeit die kompetente Hilfe des Amtes in Anspruch nehmen zu können. Ausdrücklich bot der Amtsleiter auch seine persönliche Hilfe und Beratung in allen Fragen zur Erziehung an.

»Das Foto von der Feier hat gewirkt«, stellte Stephan zufrieden fest.

»Ich glaube eher, dass meine Mail an Brigitta entscheidender war, die ich ihr vorgestern geschickt habe«, meinte Marie.

Stephan schaute sie verwundert an.

»Welche Mail?«, fragte er.

Marie nahm ihn an die Hand, führte ihn ins Arbeitszimmer und ließ ihn sich vor ihren Computer setzen. Dann rief sie ihre Nachricht an Brigitta Kumorowski auf, die sie ihr ins Büro gesandt hatte:

›Hallo Brigitta,

mit Mail vom 16. Oktober dieses Jahres habe ich eine Reklamation von einem Peter Denker erhalten, der einen Materialfehler an einen an ihn gelieferten BH »Montegrande lux« rügte und beklagte, dass seiner Freundin »Bri« der Halter beim Anprobieren gerissen sei. Mit gesondertem Päckchen hat er die Ware mit der Bitte um Neulieferung zurückgesandt. Er verwandte dabei ein zuvor anderweitig benutztes Päckchen, das als ursprünglichen (natürlich nunmehr durchgestrichenen) Adressaten deinen Namen trug. Ich habe damals die schadhafte Ware gegen neue getauscht und ihm mit neuem Päckchen zugesandt. Das alte, von ihm verwendete Packmaterial ist mir jetzt in die Hände gefallen, als ich das Büro gründlich aufgeräumt habe. Das Aufräumen war wirklich dringend nötig! – Nun meine Frage: Herr Denker ist, vermute ich, dein Freund. Sollen wir die Ware zukünftig nicht direkt an dich senden?

Viele Grüße, Marie Schwarz‹

Stephan gluckste.

»So dumm kann diese Frau doch gar nicht sein, oder?«

Marie zuckte mit den Schultern.

»Sie wird nicht gewusst haben, dass die Ware von hier kam. Und sie wird auch nicht die Produktnamen gekannt haben. Die Bestellungen scheint nur ihr Peter zu tätigen.«

Sie lachten und nahmen sich zärtlich in den Arm.

Es hatte sich alles aufgelöst. Das Mandat Budde hatte Stephan keinen Cent eingebracht, aber Stephan war › nicht unglücklich. Er hatte Budde ans Messer geliefert, was er als dessen Anwalt nicht hätte tun dürfen. Budde hatte ihn vor rechtlichen Schwierigkeiten bewahrt, indem er ihn an seinem letzten Abend von der Schweigepflicht befreit hatte. Alles, was Budde seinerzeit sagte, war nunmehr rechtlich verwertbar, aber eben auch zum Nachteil von Anke Falkenstein, die in Untersuchungshaft auf ihren Prozess wegen Beihilfe zum Mord an Bojarzin wartete. Sie hatte den Fundort der Leiche preisgegeben, weil ihr bewusst geworden war, dass es zu ihrem Vorteil gereichte, wenn man anhand der sterblichen Überreste noch den Nachweis der alleinigen Täterschaft Buddes führen konnte und sie so die drohende Anklage wegen mittäterschaftlich begangenen Mordes abwenden konnte. Miriam Buddes Leiche fand man verscharrt im Garten des Düsseldorfer Hauses. Ob sie sich selbst vergiftet hatte oder aber von Budde ermordet worden war, konnte nicht geklärt werden. Nach den Recherchen der Staatsanwaltschaft stand fest, dass Budde mit einer Vielzahl seiner Patientinnen Verhältnisse eingegangen war und Miriam Buddes Wissen vom verantwortungslosen Handeln ihres Mannes zur Gefahr für dessen vermeintlich so makellose Karriere geworden sein dürfte. Es lag nahe, dass Budde seine Frau getötet hatte, zumal die behauptete Videoaufnahme, in der seine Frau ihren Freitod zelebriert haben soll, nicht gefunden wurde und nur der Mord an seiner Frau Buddes Inszenierung nachvollziehbar machte, indem er Anke Falkenstein in deren Rolle schlüpfen ließ. Doch Kämpmann hatte die Akte pragmatisch geschlossen. Wegen des Todes des mutmaßlichen Täters wären alle weiteren Untersuchungen nur von akademischem Wert gewesen.

Draußen hatte es angefangen zu schneien. Marie und Stephan gingen mit ihrer Tochter nach draußen, fuhren mit dem Auto an den Stadtrand und liefen durch das frische Weiß. Elisa spielte darin und staunte über ihre Spuren. In der kalten Luft waren die drei für sich. Sie atmeten tief ein und nahmen die Tochter in ihre Mitte. Der Wald neben dem Feld, auf dem sie standen, reckte sich wie eine schwarze Wand in einen Tag, der alle Farben und Geräusche schluckte. Weiter hinten war das Café, in dem es heiße Schokolade und Kuchen gab. Allein der Gedanke daran war warm und farbig.

Sie hielten einen Moment lang inne.

Es war Stille. Die Stille ihres gemeinsamen Glücks.

ENDE

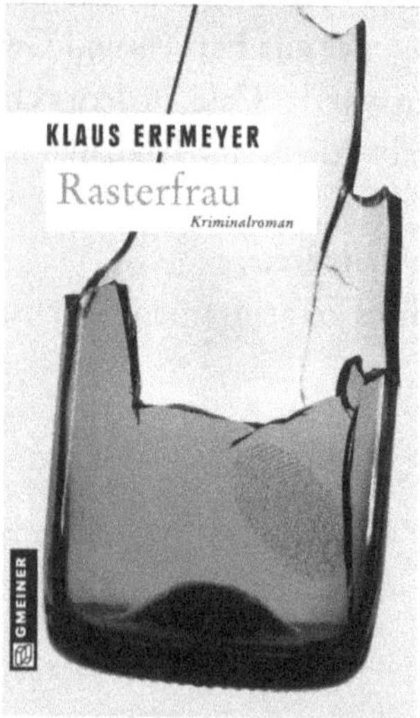

KLAUS ERFMEYER
Rasterfrau

978-3-8392-1420-6 (Paperback)
978-3-8392-4153-0 (pdf)
978-3-8392-4152-3 (epub)

»Stephan Knobel rollt im Auftrag eines zu lebenslanger Haft Verurteilten den abgeschlossenen Fall wieder auf. Hochspannung!«

Mit gemischten Gefühlen übernimmt Rechtsanwalt Stephan Knobel die Vertretung von Maxim Wendel. Dieser wurde wegen Mordes zu lebenslanger Haft verurteilt und strebt eine Wiederaufnahme des Prozesses an. Doch er hat nicht nur die Tatwaffe zweifelsfrei berührt, sondern auch ein Motiv: Der ehemalige Lehrer, der zu Schulzeiten jungen Schülerinnen nachstellte, hat angeblich eine Studentin vergewaltigt, wobei das Mordopfer ihn beobachtet haben soll …

KLAUS ERFMEYER
Irrliebe

978-3-8392-1183-0 (Paperback)
978-3-8392-3721-2 (pdf)
978-3-8392-3720-5 (epub)

»Ohne dass man sich zur Wehr setzen kann, ist man dazu geneigt, jede Spur mitzuverfolgen.«
WDR

Als Franziska Bellgardt über eine verführerische Kontaktanzeige den Franzosen Pierre Brossard kennenlernt, scheint sie die Liebe ihres Lebens gefunden zu haben. Doch die Leidenschaft für den rätselhaften Pierre endet mit ihrem Tod. Franziskas Schulfreundin Marie Schwarz und ihr Freund, der Dortmunder Rechtsanwalt Stephan Knobel, beginnen die schicksalhafte Beziehung zu ergründen. Bald zeigt sich, dass es um weit mehr geht als Franziskas Liebe zu einem Mann, dem sie sich bedingungslos unterwerfen wollte …

Das Neueste aus der Gmeiner-Bibliothek

Unsere Lesermagazine

Bestellen Sie das kostenlose KrimiJournal in Ihrer Buchhandlung oder unter www.gmeiner-verlag.de

Informieren Sie sich ...

www ... auf unserer Homepage: www.gmeiner-verlag.de

@ ... über unseren Newsletter: Melden Sie sich für unseren Newsletter an unter www.gmeiner-verlag.de/newsletter

f ... werden Sie Fan auf Facebook: www.facebook.com/gmeiner.verlag

Mitmachen und gewinnen!

Schicken Sie uns Ihre Meinung zu unseren Büchern per Mail an gewinnspiel@gmeiner-verlag.de und nehmen Sie automatisch an unserem Jahresgewinnspiel mit »mörderisch guten« Preisen teil!